FML PEPPER

DEUSA *de* SANGUE

O AMOR TRARIA LUZ E REDENÇÃO, MAS ERA PELA
ESCURIDÃO QUE O CORAÇÃO DELA BATIA MAIS FORTE

Planeta minotauro

Copyright © FML Pepper, 2023
Copyright © Editora Planeta do Brasil, 2023
Todos os direitos reservados.

Preparação: Bárbara Parente
Revisão: Franciane Batagin Ribeiro
Projeto gráfico e diagramação: Márcia Matos
Capa: Rafael Brum

Dados Internacionais de Catalogação na Publicação (CIP)
Angélica Ilacqua CRB-8/7057

Pepper, FML
  Deusa de Sangue / FML Pepper. - São Paulo: Planeta do Brasil, 2023.
  288 p.

ISBN 978-85-422-2319-4

1. Ficção brasileira 2. Fantasia I. Título

23-3889   CDD B869.3

Índice para catálogo sistemático:
1. Ficção brasileira

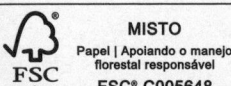 Ao escolher este livro, você está apoiando o manejo responsável das florestas do mundo

2023
Todos os direitos desta edição reservados à
EDITORA PLANETA DO BRASIL LTDA.
Rua Bela Cintra, 986 – 4º andar
01415-002 – Consolação – São Paulo-SP
www.planetadelivros.com.br
faleconosco@editoraplaneta.com.br

Dedico este livro à luz e à escuridão que habitam em nossos corações.
E a vocês, Xande e Rico, sóis da minha vida.

"Não haveria luz
Se não fosse a escuridão
A vida é mesmo assim
Dia e noite, não e sim."

Certas coisas, Lulu Santos

Capítulo 1

— O-o que está acontecendo...? Mãe?!? Ju? — As palavras rodopiavam no ar, cambaleantes, e se desintegravam antes de formarem frases coerentes.

Mamãe arremessava roupas em uma sacola de pano às pressas. Deitada com os pés embolados no lençol, Juno envolvia a barriga, chorava. A cena que estilhaçaria meus sonhos e me tornaria outra pessoa, aquela que dividiria o antes e o depois da minha existência, avançava, implacável, diante dos meus olhos catatônicos.

— Eu não disse para você ficar brincando com seu irmão na habitação do Samir? — mamãe ralhou, perturbada, ao me ver entrar com passos hesitantes, sua voz poderosa rasgando o ar e os meus ouvidos como uma navalha afiada.

Ela estava com aquele olhar novamente...

Algo ruim me lambeu por inteira e meus dedos se contraíram com força, fechando-se ao redor de Stu, meu cavalinho de madeira. A ardência na palma da mão, no entanto, não era nada perto da que crescia atrás dos olhos.

Pisquei forte. Várias vezes.

Precisava encontrar coerência entre o que via e o que meu cérebro processava. As janelas estavam fechadas, mas era a sensação de urgência que envolvia tudo como um manto pesado, abafando o ambiente e as minhas emoções. Havia muito além de medo deformando as faces das duas mulheres que mais amava no mundo.

Segredos...
E no que estava escancaradamente acontecendo.
Uma fuga!
— V-vocês... iam... embora? Sem mim?!? — A compreensão, pesada demais, despencou dos meus lábios.
— É para a sua segurança — esclareceu ela com a respiração ruidosa, parecia sentir dor ao pronunciar tais palavras.
Seria tão forte quanto a que eu sentia neste instante? Porque algo de repente se contorceu com tanta fúria no meu peito que eu tinha a certeza de que corações podiam ser literalmente estilhaçados.
— Deixa eu ir com vocês — pedi, a voz estrangulada em meio ao choro que forçava passagem.
— Não.
— Mas...
— Não! — mamãe trovejou e eu me encolhi. — Não insista!
Minha irmã mais velha enterrou o rosto nas mãos.
— E-eu... eu... — Espremi Stu contra o peito. Ao menos ele, eu conseguia segurar. *Mas as lágrimas...*
— Pare com isso, Nailah! Quantas vezes já lhe disse que chorar é para os fracos! — exigiu ela, descontrolada, enquanto segurava a cabeça entre as mãos.
Travei os dentes, mas um soluço me escapou. Mamãe fechou os olhos, puxou o ar com força e finalmente interrompeu o vaivém atordoante, sentando-se na beirada da cama. Ficando na minha altura, ela envolveu meus dedos entre os dela e esboçou um sorriso ao detectar Stu, o pequeno intruso entre nós. Suas mãos sempre aconchegantes estavam frias e suadas. Tremor se espalhou por minha pele. Meu coração deu novo salto.
Mamãe nunca tremia!
— Eu não queria que fosse assim...
— Por que não posso ir com vocês?
— Porque estará mais segura aqui do que sob a guarda de duas mulheres.
— Eu... não entendo — respondi num fiapo de voz. Uma capa de suor gelado, frio como a neve, cobria meu corpo dos pés à cabeça e, ainda assim,

um calor devastador me consumia.

— Shhh. Vai ficar tudo bem, mas você precisa ser forte. Aliás, força é o que não lhe faltará. Terá apenas que aprender a domá-la para... — Mamãe arregalou os olhos como se desvendasse uma charada. — Veja um thunder de perto, toque em um deles, filha — ordenou num rompante emocionado ao encarar Stu na palma da minha mão. Escutei o arfar de Juno atrás de nós. *Tocar num cavalo? Mas isso era impossível!* — Prometa-me, Nailah! — Ela apertou meus pulsos com força. Concordei, cada vez mais atordoada, e ela soltou o ar como quem arranca um fardo das costas. — Os cavalos são o grande milagre. A única certeza de que ainda não fomos abandonados de vez pelos deuses, que poderemos ter um futuro melhor. — Seu semblante ficou nebuloso. — Mas Juno corre perigo, e, para ajudá-la, não posso arriscar a sua vida nem a do seu irmão.

Perigo?!? O chão desapareceu de vez sob meus pés. Segurei-me como pude enquanto observava Juno com atenção redobrada. Minha irmã mais velha parecia tão saudável, e depois que ganhara algum peso ficou ainda mais bonita. Juno tornou a soluçar e se encolheu. *Sentia dor?*

— Ju? O que foi? — Quis ir até ela, mas mamãe me interceptou.

— Nailah, não era para... — Ela balançava a cabeça em negativa, respirava com dificuldade. — Mas como acredito que nada é por acaso e, já que isso aconteceu, quero que me escute com atenção — disse, olhando-me de um jeito intenso demais. Seus olhos, vermelhos como os meus, estavam em brasas. — Se algo der errado, se...

— Me deixa ir com vocês. Por favor! Eu não gosto mesmo desse lugar e...

— Jamais diga isso em voz alta! — interrompeu ela de um jeito grave. — Não importa o lugar. Nunca importará! Sua morada é onde estiver seu coração. Mas isso não vem ao caso. O importante é que você terá de ser forte, bem mais do que seu irmão. Não será nada fácil.

— Por quê?

— Pelo manto de Lynian!* Porque você é uma mulher! — Ela jogou os braços no ar e explodiu com uma risada dura, mas, ao perceber meu estado

---

* Esse e outros termos estão disponíveis em glossário ao fim do livro. (N. E.)

aturdido, mamãe me puxou para si e acariciou meus cabelos. — Eu não... Desculpa, meu amor. É sempre tão esperta que às vezes me esqueço de que ainda é muito pequena para entender. — Ela afastou meus cachos dos olhos. Pouco adiantou. A névoa da incompreensão embaçava tudo. — Quero apenas que grave isso: guarde sua honra, ela é sua única fortuna neste mundo. Seja correta, mas, se não houver condições... — Seu olhar voltou a me queimar. — Use as armas que julgar necessárias, mas nunca deixe que eles a façam se curvar, nunca deixe de lutar.

— "Lutar"?!

— Mãe, não! — minha irmã tentou interceder.

— Lutar, sim! De todas as formas — reafirmou ela sem dar atenção aos protestos de Juno e, abaixando-se ao meu nível, sussurrou: — Sabe aqueles seus sonhos "diferentes"? — Mamãe olhou dentro dos meus olhos. Meneei a cabeça, sem, no entanto, compreender o que isso tinha a ver com a terrível situação. — Eu também os tive a vida inteira, não com a mesma intensidade, não com tanta luz — confessou e meu coração disparou —, mas cessaram quando fiquei grávida de você e Nefret. Então, ainda pequenininha, um dia você acordou contando um deles e compreendi que eles seriam a minha herança. Nefret, mesmo sendo seu irmão gêmeo, não os herdou. Parece que os sonhos têm... *alma feminina* — arfou. — Peço-lhe que nunca duvide deles, que não se deixe levar pela escuridão, que nunca se afaste da luz que existe dentro de você, que não faça o que eu... — Ela engoliu em seco, não completou a frase. — Você ainda é muito pequena para entender, mas no futuro vai compreender. E me perdoará. Prometa-me que guardará estas palavras. Prometa-me que nunca deixará de lutar.

Tornei a concordar, apenas para abrandar o pavor em suas feições.

— Vamos, Juno! Não podemos perder mais tempo. — Mamãe se afastou ao escutar sons do lado de fora da nossa habitação. — Nailah, haja o que houver, fique dentro de casa.

Minha irmã pegou outra sacola e, com os olhos inchados, veio em minha direção.

— Tchau, Nanai.

— Ju, e-eu... Ju! — Agarrei seus quadris, não mais contendo as lágrimas que insistiam em jorrar.

— Vai ficar tudo bem. Stu vai cuidar de você, maninha. — Juno piscou e, com um soluço alto, se curvou para me beijar. Tentava a todo custo colocar ânimo nas palavras. Era inútil. Elas só serviam para me fazer chacoalhar de pânico nesse terremoto em que eu acabara de ser arremessada. — Eu te amo, Nanai.

Mamãe se uniu a nós, abraçando-nos com vontade e urgência. Era mais que uma despedida. Algo sinistro pairava no ar.

Trincas...

Havia trincas por todos os lados, como as das paredes do quarto. Éramos uma massa de amor prestes a implodir em fragmentos de tristeza e de perda. Mas, para meu horror, uma voz agourenta destilava seu veneno em meus ouvidos, afirmava o que eu não conseguia suportar:

Para essas trincas não haveria reparo.

— Eu te amo, Nailah. Muito. Nunca duvide disso. — Mamãe me beijou também. — Mas não saia daqui em hipótese alguma. Não ouse me desobedecer!

E, como num passe de mágica, o manto quente do amor era substituído por um sopro glacial, penetrante e definitivo.

Elas se foram.

Perdida dentro de mim, arrastei os pés pelo cômodo decrépito e, por uma mínima fresta da porta de entrada, procurei pelas silhuetas das duas.

Mas não estavam mais lá.

Desapareceram...

O odor ácido da maresia penetrava por minhas narinas e fazia minha garganta arder. Rajadas de vento açoitavam os dois mundos que me mantinham de pé, o de dentro e o de fora. Redemoinhos de folhas secas, terra e incompreensão rodopiavam diante dos meus olhos apáticos. O ar era frio e ainda assim o calor ficava insuportável. As chamas que me faziam queimar por inteira vinham do vulcão que eu nem sabia que existia dentro da minha própria carne. Eu estava sufocando de agonia. Precisava de oxigênio. Necessitava de água para abrandar esse fogo causticante. *De chuva?*

Ah, as chuvas...

Mesmo após séculos de trégua, meu povo ainda tinha horror a elas. Apesar de no passado os vendavais terem sido os porta-estandartes sombrios da chegada iminente de tempestades implacáveis e tragédias, eu experimentava prazer inexplicável ao sentir suas rajadas no meu rosto, os braços poderosos do vento a me envolver e tranquilizar.

Estremeci ao escutar uma explosão de passos e o bradar de vozes masculinas: capatazes!

Não, Nailah! Você fez uma promessa!, alertou a voz da razão.

— Confiram a habitação. Cerquem tudo! — ordenou um deles.

Nailah, não faça isso, mamãe disse para não sair...

— Elas não devem estar longe! — berrou outro, o tom mais furioso que o primeiro.

"Elas"?

Abri a porta alguns milímetros e o senti do outro lado da rua, parcialmente encoberto pelas sombras, meu espírito direcionado para a ligação que nos unia desde sempre: Nefret!

Com os olhos arregalados, meu irmão gêmeo sabia o que se passava dentro de mim quando nem mesmo eu tinha certeza do que estava prestes a fazer. Pressentindo o pior, ele balançava a cabeça em negativa. Escancarei a porta e saí em disparada pela rua de terra batida.

— Nailah, NÃO!!! — Seu grito de pavor repercutiu em meus ossos.

Mas não olhei para trás. Não podia. Antes que algum deles invadisse minha habitação, corri para onde foram os demais capatazes e, ainda que pisando com força, as passadas de uma menina de sete anos ficaram despercebidas em meio às falas bradadas adiante.

Um berro estridente reverberou pelo lúgubre lugar. E na minha alma.

Oh, não!

Com as pernas trêmulas e o coração pulsando dentro da boca, alcancei, ofegante, o descampado próximo ao grande portão da entrada da nossa colônia. Frases desconexas digladiavam-se no ar. O vento uivava forte, chicoteava meus cabelos, distorcia os sons e se transformava em uma muralha invisível, mas algumas palavras malditas conseguiram atravessá-la, como fantasmas do meu futuro dançando pela noite macabra:

Vergonha. Desonra. Morte.

Lacrima Lunii.

Perdi o ar de vez ao ver Juno caída a poucos metros do gigantesco muro do nosso conglomerado. Não vi nenhuma ferida, mas sangue maculava o vestido amarelo. Ajoelhada ao lado do seu corpo desacordado, mamãe tinha o rosto deformado por uma emoção devastadora.

— Fique onde está, mulher! — ordenou um dos capatazes. — A Amarela deverá pagar pelo erro que cometeu!

Mamãe quebrou os protocolos e lhe respondeu olho no olho, mas se petrificou, em choque, ao ver quem estava ali entre eles, pálido como um boneco de cera. *Papai?!?*

— Inferno de Zurian! Georgia, não! Juno sabia o que estava fazendo. Você não pode abrir mão de nós por causa dela! — papai clamava. — Você não está raciocinando. Está passando por outra crise de nervos. Por favor, seja razoável!

A cena que assombraria o resto dos meus dias avançava, impiedosa.

— Está me chamando de louca? Até você? — Mamãe parecia possuída por uma cólera sobrenatural. — Juno é inocente! Se há amor não existe erro e ninguém vai arrancar filho algum de mim!

— Recolham a Amarela! — comandou um homem calvo. Ele olhava para o céu a todo instante, parecia tenso com a estranha ventania que ganhava corpo, como se um exército invisível estivesse montando cerco ao nosso redor.

— Nunca, seus desgraçados! Nunca! — mamãe esbravejava.

Meus olhos ardiam, nada fazia sentido. Pesadas nuvens dançavam de um lado para o outro como soldados assumindo seus postos e, ainda assim, a lua de Kapak reluzia como nunca, altiva e inabalável.

— Peguem-nas! — determinou o que parecia ser o líder do grupo.

Papai, faça alguma coisa! Você precisa ajudá-las!

Mas ele nada fez, exceto tombar a cabeça sob o peso da covardia. O capataz de pescoço largo e cabelo preso num rabo de cavalo abriu um sorriso cruel e caminhou em direção a elas. Mamãe se colocou de pé em frente ao corpo de Juno e, em meio às chicotadas violentas do vento, o encarou de queixo erguido.

— Terá que me matar para tocar nela — enfrentou, exalando toda força divina que somente uma mãe é capaz de criar para defender um filho em perigo.

O homem rosnou e avançou, covardemente lhe acertando um soco na barriga. Mamãe se curvou de dor e foi de joelhos ao chão, mas não emitiu som algum. Então o sujeito a agarrou e começou a arrastá-la. Ela gritou, finalmente implorando pela ajuda do meu pai. Em vão.

A noite ficava ainda mais escura.

Senti o vômito subir pela garganta enquanto urina escorria por minhas pernas.

O capataz perverso riu, parecia sentir prazer com a bizarra situação. Mamãe lutava para se libertar, mordeu o braço do algoz e, quando ele se abaixou, em uma manobra para se desvencilhar, ela cravou as unhas em seu rosto. O homem ganhou um semblante assassino e, sem hesitar, acertou-lhe um soco violento na têmpora.

— NÃOOO!!! — O horror enterrou os dentes nas minhas costas, catapultando meu corpo para a frente. Corri ao socorro dela.

A ventania piorava, o ar soprado por bocas invisíveis me desequilibrava. O capataz sorria com descaso para a figura insignificante que eu era nesse cenário macabro, aguardava minha aproximação com interesse, satisfeito que eu presenciasse o massacre em detalhes.

— Nail... — Mamãe arregalou os olhos antes de perder a consciência e desmoronar de boca ao chão. O baque foi surdo, mas reverberou com estrondo em meu crânio e espírito.

Acabou.

Caí prostrada sobre ela e me deparei com seu rosto lindo camuflado por uma arrasadora mortalha de sangue, areia e impotência.

— MÃEEE!!! — O berro saiu engasgado enquanto tentava a todo custo levantar sua cabeça e trazê-la para perto. Para mim. A dor encharcava minha alma. Minha mente entorpecia. Não conseguia compreender nada. Não conseguia acreditar em nada. Nada disso estava acontecendo. — Mamãe, por favor, fala comigo! Sou eu, Nailah!

— Tire a Branca daí! — uma voz comandou ao longe.

— Deixe-a ver o que acontece com as vadias! Para aprender a lição — respondeu o homem de rabo de cavalo e aparência cruel.

Escuridão crescia ao meu redor. A ventania ganhava proporções assustadoras. Rugidos ferozes faziam a muralha e o chão estremecerem. Uma energia inesperada, tão pungente quanto indomável, fervilhava por debaixo da minha pele. Só então me dei conta do que se encontrava na palma da minha mão: Stu!

— Covarde! — gritei de pé, arremessando-o com toda força.

— Argh! Sua... — O sujeito grasnou ao sentir o corte que o meu cavalinho fizera em seu supercílio.

— Não ouse tocar na Branca! — alertou com autoridade outro deles quando o monstro ameaçou vir na minha direção.

O capataz cruel limpou parte do sangue e, com um sorriso perturbado, afundou a bota no chão inúmeras vezes. Assisti ao maldito transformar Stu em pó, desintegrá-lo em migalhas.

Juno estava errada. Não haveria ninguém para me proteger. Nefret era fraco como nosso pai e agora Stu também se foi.

Tudo estava em pedaços: Stu, minha vida, meu mundo.

Mordi as bochechas, mas não permiti que nenhum som saísse da minha boca e confessasse minha derrota. *Chorar era para os fracos.* Mantive a expressão mais desafiadora que fingi possuir. Segurei na marra a enxurrada de lágrimas e a onda de dor que carbonizava cada uma das minhas células.

Um movimento abaixo de mim me despertou. O corpo de mamãe era assaltado por espasmos ininterruptos. A sinistra realidade despencava como um punho fechado sobre minha cabeça. Meu orgulho se desmanchava, tão destroçado quanto minha fé, e caí prostrada de joelhos.

— Não!!! Mamãe, por favor! Olha para mim! Fala comigo! — implorava, asfixiando-me nas garras do sofrimento enquanto envolvia seu rosto com o que restou de mim.

— Nailah...

— Mãe?!? — Meu náufrago coração era novamente cuspido para a boca e a encarei por trás de uma cortina de lágrimas contidas a todo custo.

Num esforço colossal, mamãe murmurou antes de desfalecer em meus braços:

— Lute.

E então, aconteceu.

Uma tempestade violenta desabou sobre nós, o dilúvio de lágrimas do mundo disfarçando as minhas e selando a inundação de uma era, o afogamento do meu coração.

Em meio às falas tensas e bradadas, o maldito capataz a arrancou abruptamente de mim e, jogando-a nos ombros, atravessou o muro intransponível, levando-a para a terra inalcançável. Encharcada da cabeça aos pés, assisti, destruída, ao corpo desacordado de Juno ser carregado com urgência na mesma direção. Os uivos dos ventos se uniam ao pranto dos deuses e criavam uma ópera atordoante. Ganidos de bestas que vinham das vísceras do oceano faminto faziam as colossais muralhas de Khannan estremecerem, mas o trepidar não era nada diante do terremoto que me destruía por dentro.

O cronômetro do fim fora acionado!

Tapei os ouvidos com força, não suportava ouvir mais nada, não suportava sentir mais nada. A vida saía de foco em seus instantes finais. Nem sequer precisava fechar os olhos. Havia trevas por todos os lados. A escuridão estendia suas garras e me puxava para si, para onde eu não deveria ir. Cambaleei, sem resistência, em meio ao espetáculo de horror que chegava ao seu epílogo e, de onde estava, amordaçada na plateia dos aniquilados, eu a vi desaparecendo para sempre, deixando nas minhas mãos trepidantes e no meu espírito arruinado a bomba em forma de comando que nortearia o resto dos meus dias e seria a sina da minha existência:

Lute!

Houve um tempo em que nosso mundo era populoso, colorido, fértil; uma época com sol e milagres; alegria e possibilidades. Topak, o deus do dia, e Kapak, a deusa da noite, viviam em harmonia, equilibrando luz e escuridão, mas Zurian, o deus da morte, aproveitando-se da indolência de Tanys, o deus da paz, assim como da inocência de Lynian, a deusa da vida, fez um acordo com Mersys, o deus da guerra, e, tão sutil quanto ardiloso, debaixo do nariz do descaso das demais divindades, bolou seu plano implacável de extermínio...

Fome. Pestes. Horror.

Chocado com o cenário de caos, o covarde Tanys se suicidou, decretando a ascensão de Zurian e permitindo que sua sombra mortal se espalhasse pelas camadas mais profundas do solo e dos corações. Ao ver suas mãos e reinado se encharcarem com tanto sangue derramado, Lynian não conteve o pranto. Seu dilúvio de lágrimas amargas caiu do céu como tempestades violentas e ininterruptas, por décadas, e inundaram tudo.

Mortes. Milhões delas.

Triunfante, o perverso deus da morte passou o bastão para Mersys concluir o massacre e, sem condições de enfrentar o ataque da natureza, nosso povo acabou guerreando entre si e pelas poucas áreas habitáveis que restaram. Armas tão destruidoras como tufões, tão devastadoras como terremotos e tão letais quanto pragas foram o tiro de misericórdia. Os vencedores, no entanto, pagaram um preço alto por suas nefastas conquistas: terras estéreis, filhos estéreis.

A espiral de extinção se alastrou, sedenta e cruel. Arruinado de todas as formas, nosso povo foi de joelhos ao chão, curvando-se diante da imutável verdade: o extermínio de tudo e de si mesmo estava ali, a um elevar de mãos, na próxima respiração.

Bastava fechar os olhos e aguardar o fim.

Mas, quando a luz de Topak esmoreceu de vez, e a escuridão de Kapak envelopou as almas restantes no manto sombrio da despedida, algo fantástico, *inimaginável*, aconteceu...

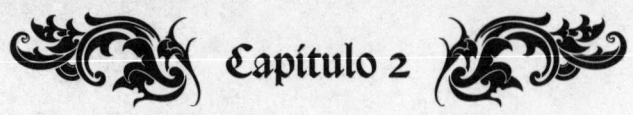

Capítulo 2

A SEIS ANOS DO FIM

— Quase lá, Branca. Atrevo-me a dizer que, com a sua altura excepcional, você será disputada pela nata da aristocracia assim que virar uma Amarela. Na certa receberá lances dos principais hookers do Twin Slam, os cavaleiros mais poderosos de Unyan. Você será uma barbada! Que Lynian esteja por ti — diz o curadok, encerrando a minha primeira checagem.

— Quando a luz do mundo apagar — finalizo a saudação com a mente aceleradíssima.

A notícia mais aguardada vibra no meu peito. Impossível conter o sorriso, o único depois de cinco anos de luto. Não precisarei mais arrancar a pele dos dedos descascando as espigas de milho do amanhecer ao fim do dia. Em breve, sairei deste lugar que me arremessou num inferno em vida. *Se é preciso um marido aristocrata para isso, então que seja!* As palavras finais de mamãe, no entanto, fazem-me estremecer por inteira: "Sua morada é onde estiver seu coração".

Meu coração está longe daqui, bem longe daqui...

Balanço a cabeça. Enquanto o sangramento não vem, quero esquecer esse mundo cinzento, quero apenas não pensar em nada.

— E aí? — pergunta Samir ao me ver saindo do setor de checagens.

— O doutor disse que serei uma "barbada"! — Alargo o raro sorriso.

— Hum — meu amigo rumina, azedo, e vai embora sem olhar para trás.

Suspiro. Samir deve estar num dia ruim. *Outro dia ruim.* Relevo suas grosserias dos últimos tempos porque o compreendo melhor do que ninguém. Cada um sabe o tamanho da dor que carrega dentro de si.

Mas hoje eu preciso comemorar!

Afundo os pés na terra vermelha e desato a correr pelas ruas enlameadas de Khannan, a Colônia 20 de Unyan, o lugar em que vivo desde que nasci, mas que nunca fora o meu lar. Hoje seus muros não me sufocam. Hoje me sinto livre pela primeira vez na vida depois de tanto tempo. Hoje pinceladas de felicidade preenchem os vazios que carrego no peito. *Hoje. Somente hoje…*

— Já era para seu sangramento ter acontecido, mas… *deve* ocorrer em breve, as mudanças estruturais no seu corpo confirmam o que digo. Não é raro sangrar aos quatorze — tranquiliza o curadok na minha terceira checagem.

— Farei quinze no mês que vem — relembro-o, aflita.

— Não se preocupe, você *deve* virar uma Amarela antes da próxima vistoria.

Deve. Onde antes havia a certeza, agora habita a dúvida. O discurso ainda é impregnado de propriedade, mas a aura de otimismo não brilha como antes e exibe suas trincas. *Outras trincas…*

— Que Lynian esteja por ti — finaliza ele, dispensando-me.

— Quando a luz do mundo apagar — murmuro com um nó na garganta e sem argumentar, como cabe a mim proceder.

E retorno ao trabalho.

Não estou mais na área de debulhagem das espigas de milho como as demais colonas da minha faixa etária. Não suportei ver um capataz maltratar uma idosa e fiz a loucura de entrar no meio dos dois para defendê-la. Ganhei uma punição em praça pública, outra pior em casa, mas, apesar de ter sido realocada para cá, valeu a pena. O patife foi transferido.

Assim que chego ao galpão, Samir checa meu corpo de cima a baixo e seu olhar se fixa na maldita pulseira que permanece em volta do meu punho, na cor inalterada que me encarcera aqui dentro: branca.

Sim, nada ainda.

Por uma fração de segundo, tenho a sensação de que ele solta o ar, aliviado. Chacoalho a cabeça. Estou furiosa com o meu destino, imaginando coisas. Samir jamais desejaria isso. Ele está apenas tenso à medida que os anos passam e os testes para ser aceito como hooker se aproximam, acha que pode se transformar no melhor cavaleiro da história de Unyan, como se esse título pudesse apagar as tristezas que guarda dentro de si e transformá-lo numa outra pessoa.

Pobre Samir. Um sonhador...

Desde que o Twin Slam começou, raras vezes um colono foi o grande vencedor do torneio cuja vitória significa não apenas uma fortuna em dinheiro, terras, poder e status, mas também a possibilidade de escolher primeiro sua candidata entre as Amarelas de toda Unyan. Os hookers campeões vêm da casta, dos bem alimentados filhos de aristocratas acostumados a montar cavalos desde a tenra infância, rapazes que não precisam trabalhar o dia inteiro para sobreviver.

Encaminho-me para a minha área e trinco os dentes não apenas por ver que as sacas estão ainda maiores que as da véspera, mas pelo que estava exposto sobre elas, para que todos riam da minha mutilação, fazendo questão de não me deixar esquecer. O capataz se desfez das minhas luvas discretas e adaptadas e, no lugar, colocou um par de luvas branquíssimas, sendo que há um nó no dedo anelar esquerdo pintado de vermelho vivo. Não me deixo abater, calço-as e pego uma saca.

— Argh! — A fisgada inesperada me faz cambalear.

— Praga de Zurian! Me dá isso aqui. — Rápido como um raio, no instante seguinte Samir já está ao meu lado, amparando-me. — Suas costas ainda estão... — Ele trava, incapaz de camuflar a expressão aborrecida, mas não diz aquilo que já deve saber, o que meu pai faz comigo havia muito tempo.

— Não ouse ajudá-la — dispara o capataz, enfático.

— A saca dela está pesada demais! — Samir não recua. — Nailah é uma garota, uma Branca.

— Garotas como essa daí precisam ser dobradas desde cedo, entender quem manda no mundo — rebate o superior. — Por quê? O valentão discorda? — Ele alisa os cantos do bigode por cima de um sorriso desafiador.

Samir fecha os punhos, ira explode em seus olhos, pensa em revidar. E poderia se quisesse. Aos dezessete anos, ele já é maior e mais forte que o sujeito à sua frente. Mas não o faz, algemado pela nossa posição na sociedade.

— Está tudo bem, Sam — tranquilizo-o e, cerrando os dentes, suporto a ardência nas costas e passo pelo capataz com o nariz empinado.

Aborrecido, Samir abre passagem. O coitado nem imagina que essa luva idiota não é nada diante do que enfrento todos os dias, muito menos que esses pesos são de grande ajuda, no fim das contas. Eles me mantêm de cabeça baixa e com isso não preciso me deparar com os olhares de desprezo ou pena que me perseguem.

Alcanço a rua de terra batida com o queixo erguido. Desta vez me obrigo a encarar o que venho negando desde que as checagens iniciaram e esquadrinho as Amarelas de cima a baixo, garotas que já sangraram e se tornaram adultas, passaram a ser consideradas aquilo que eu já deveria ser: uma mulher. Todas elas exibem corpos menores e mais delicados do que o meu. Observo meus quadris largos e meus seios volumosos. A sensação de agonia se avoluma, arranca-me o ar.

O que há de errado comigo?

— Por que está com essa cara? — Lisa indaga assim que coloco a saca em uma das wingens de carga, os robustos veículos do Gênesis que distribuem os produtos de Khannan pelas fazendas aristocráticas e demais colônias de Unyan. Ela arregala os olhos: — Malditos filhos de Zurian! Eles te obrigaram a usar essas luvas horrorosas?

— Shhh. Deixa para lá — disparo ao ver outros capatazes adiante. A nós, mulheres, só é permitido falar em público com a voz baixa e, ainda assim, devemos ser breves. — Bolso direito — comando e, disfarçadamente, uma pálida Candice se aproxima e embola o conteúdo em uma toalha. Ela e Lisa trabalham na lavanderia, o que facilita nosso esquema, pois retiram e entregam as roupas das habitações em cestos. — É um antitérmico potente. Distribua entre Esther, Madeline e dona Janice.

— Um o quê?

— Um remédio para febre — corrijo-me aos tropeços.

Mulheres não sabem ler. Mulheres têm vocabulário limitado. Mulheres não usam o termo "antitérmico".

— Como sabe disso? — Lisa arqueia uma sobrancelha, desconfiada. Ela não é boba, mas também não consegue acreditar no que seus instintos afirmam. Seria arriscado demais, até mesmo para alguém como eu.

Porque para esse crime não haveria perdão.

— Ouvi o curadok comentar. — Faço cara de inocente. Se compreendo o significado das letras, ainda que precariamente, devo isso ao meu irmão, que me ensinou o básico às escondidas. *Tudo sempre às escondidas.* — Ah! E trouxe esse aqui para você, Candi. É para cólica.

— Sagrada Lynian! Você se arrisca demais. Se eles a flagrarem de novo, sabe o que vai perder desta vez... — Ela olha de relance para onde deveria estar meu dedo anelar esquerdo amputado a sangue frio no ano passado.

— Mas sem essa ajuda, muitas mais perderão. Vale o risco — digo sem qualquer hesitação. — Além do mais, pequenas quantidades passam despercebidas.

— Tomara. — Candice recua, taciturna. — A sra. Willians pediu para dizer que Mona e Marisa estão bem melhor, que aquele remédio foi maravilhoso. Tantas colonas a adoram, dizem que você é como aquele anjo dos nossos ancestrais, mas...

— Anjo ladrão? Existe isso? — intromete-se Lisa.

— O fim nem sempre justifica os meios, Nailah. — Indiferente às brincadeiras de Lisa, Candice insiste, determinada a se fazer ouvir.

— Não fica assim, Candi. Sei me cuidar. — Toco sua mão de leve, tranquilizando-a.

— E ainda tem o Samir. — Lisa coloca lenha na fogueira. — Não tem medo de que seu namoradinho secreto descubra?

— Eu e Samir somos apenas bons amigos.

— Amigos, é? Acho que o fortão não foi informado sobre isso, não é, Candi?

— Não mesmo — Candice responde, convicta.

— Já que não pode te chamar de *amorzinho*, ele te chama de *irmãzinha*. — Lisa não dá trégua. — Ou seria um disfarce para Nefret não perceber? Se seu irmão já fica uma fera ao te ver dando mole para todos os bonitões, imagine se ele soubesse que o melhor amigo, logo a pessoa que ele confiou para vigiar os passos da irmã endiabrada, é justamente quem anda se agarrando com ela pelos cantos de Khannan?

— Esse lance com o Samir nunca foi nada sério. Nem poderia, vocês sabem. É só uma... *brincadeira* para passar o tempo.

— "Brincadeira"? É como se chama agora? — Lisa faz uma cara safada.

— Com Samir ou com *qualquer outro*, você tem que parar ou vai acabar ficando malfalada — Candice solta, taxativa. — Seu irmão tem razão por ficar bravo com você.

— Lá vem você defender Nefret. É Nefret daqui, Nefret dali — dispara Lis, mais implicante do que nunca. Candice se encolhe, não consegue disfarçar o interesse em meu irmão. Fuzilo Lisa com o olhar, que ameniza a pegada: — Mas agora terá a chance de conhecer um garoto que a enxergue para valer, Candi. O problema não é com você, não vê? Nefret nunca teve olhos para nenhuma garota de Khannan antes, imagine agora que só aparece uma vez por mês nessa colônia.

— Talvez ele se afaste por causa do problema na fala... — argumenta ela.

— Nada disso. O temperamento arredio dele é que repele as meninas.

As duas têm razão, no fim das contas. A gagueira fez meu irmão ficar introspectivo e, uma vez assim, ele se fechou em seu mundo, alheio aos olhares femininos seduzidos em sua rara beleza ruiva.

— Se Nefret estivesse interessado em alguém, eu saberia. Sem contar que ainda não está na época de ele se alistar. Enquanto você não tem tempo a perder, Candi — friso. — Essa conversa é sem sentido.

— É verdade. Voltemos então ao que interessa. — Lisa não perde tempo. — Nai, você não disse o preço que pagou para conseguir realizar o último desejo da Bess.

— O de sempre. Beijos. Era isso o que o encarregado do setor queria.

— O mais *interessante* dos encarregados, pela sua cara de satisfação. — Lisa me encara com malícia, conhece meu ponto fraco.

Qual é o problema em admirar coisas belas, ou melhor, homens bonitos?

— Ah, podem parar de me olhar assim! Essas pessoas daqui nunca levantaram um dedo para me ajudar, por que eu deveria me importar com o que falam sobre mim?

— Pois devia, se quer mesmo sair de Khannan — Candice devolve de estalo. — Tomara que as orações da sra. Janice sejam fortes.

— Como assim?

— Ela disse que pediria um bom futuro para você à Mãe Sagrada — responde, mas instantaneamente se retrai ao perceber para onde o comentário conduzira meus pensamentos. — Nailah, eu não quis... Desculpe, eu não...

— Tá tudo bem.

— Ué? E para mim? Não vai ter oração, não?

— Eu é que vou orar para que Lynian lhe dê juízo, Lis. Será meu presente de aniversário para você — Candice devolve entredentes, e, cabisbaixa, coloca um cesto em cada braço e vai embora a passos lentos.

Ela devia estar saltitante por poder deixar os cabelos à mostra e exibir o vestido amarelo que lhe cobre o corpo, mas se sente culpada de alguma forma por ter sangrado enquanto eu e Lisa permanecemos atadas às correntes invisíveis do traje branco.

— Amiga, não fique assim também, não atrai boas energias. — Lisa me faz olhar para ela. Com a mesma idade e condição, somos espelhos uma da outra. — Tem uma coisa que queria te contar, e como Candi morre de medo desse assunto, esperei ela ir embora... — diz com a cara mais diabólica do mundo. — O assassino atacou de novo! Dessa vez foram duas na mesma noite! Uma Amarela e uma Coral. O Gênesis está abafando a história, mas o negócio é sério. Ugh!

— Sei — balbucio. Na certa é mais uma das suas diabruras.

— Juro! — O sorriso travesso desaparece. — Ouvi uma conversa entre meu pai e o Landmeister e, pela forma como cochichavam pelos cantos... Parece que o corpo da Amarela... há... *desapareceu.*

— Pessoas desaparecem, Lis. Corpos, não.

— Não me refiro a esse tipo de "desaparecimento". — Ela bufa. — A garota já estava morta quando o corpo sumiu. A testemunha encontrou um dos brincos, um coração envolto por outro, dentro de uma poça de sangue. Era herança de família.

— Bom, nesse caso o assassino enterrou o corpo ou o jogou no mar, óbvio.

— Então por que ele não levou nenhuma "prenda" da Coral? — devolve, afiada. Pelo que contam, o monstro sempre levava algum pertence das vítimas. — Tem um boato sinistro rolando sobre uma assombração que vem buscar suas oferendas nas noites de lua de Kapak. Loreta também sumiu numa noite assim, lembra?

Lua de Kapak...

— Coincidência — respondo, mas fico desconfortável.

— Não é, não, você sabe muito bem. Não se faça de tonta.

— Eu?!?

— Sim, você. Tem andado estranha nessas luas, não adianta negar.

— Ah, não delira. São apenas dores de cabeça que, vez ou outra, coincidem com essa época — rebato na defensiva quando algo em mim sinaliza para o pior, quando não tenho coragem de confessar que de uns tempos para cá uma onda de angústia me invade nessas noites, um tipo de escuridão que parece vir da minha alma, tão amedrontador quanto envolvente, *tão... inexplicável.*

— Hum. O que faz para curar essas dores? Repousar que não é, porque nunca está na sua habitação quando vou te procurar. — Ela não se intimida. Disfarço o tremor com uma careta de indiferença. Lisa me estuda, mas acaba dando de ombros. — Enfim, a testemunha viu o corpo planando no ar em meio à névoa negra, disse que era a filha do Landmeister da Colônia 7, justamente a garota que desapareceu.

Névoa negra?!? Posso sentir o sangue sumir do meu rosto de vez, medo e fascínio cintilando nas gotas de suor que instantaneamente brotam na minha testa.

— Isso é loucura — afirmo, mas é um sussurro afônico o que sai de mim.

— Será? Sei não... Esse "desaparecimento" mais parece parte de algum esquema. Talvez exista uma saída, afinal. Talvez esse brinco tenha "sido perdido" e essa garota desaparecida esteja agora onde sempre quis estar.

— Você acha que... — engasgo — ela fugiu e armou o próprio sumiço?

— Bingo! — Seu olhar faísca. — Não vê? Talvez essa seja a solução para os nossos problemas.

— Você está pensando em... fugir?!? Isso é loucura!

— Shhh! Calma. É brincadeira. — Lis solta uma risada uma nota acima do normal e se recompõe. — Não sou maluca a tal ponto, sua tonta. Você sabe que sempre fico meio... *agitada* no meu aniversário. Ah, pare de me olhar assim! Desculpa, vai?

Solto o ar, mas não me sinto aliviada. Mudo rapidamente de assunto.

— Eu trouxe uma coisa para você, na verdade não é bem um presente...

— Nailah, você não tem condições, já faz muito por... *Oh!* — Coloco a pequena trança que fiz com um chumaço dos meus cabelos na palma da sua mão. Ela arregala os olhos. — Você cortou uma mecha dos seus cabelos só para me dar de presente?

— Se há uma coisa que eu tenho de sobra é cabelo. — Sorrio e a puxo para um abraço apertado. — Agora estaremos unidas para sempre, Lis. Feliz aniversário!

— Unidas para sempre, amiga. Para sempre — ela afirma com um fiapo de voz, abraçando-me de volta com vontade, verdadeiramente emocionada.

Mas não me passa despercebido o tremor que percorre todo seu corpo ao pronunciar essas últimas palavras.

— Não está atrasada para a checagem? — Samir indaga, pegando-me no flagra. — O que tanto você olha?

— Nada. Só estava distraída — minto.

A verdade é que eu estava suspirando acordada, incapaz de parar de observar os jovens aristocratas que conversam com Landmeister no outro lado da rua, perto do gabinete geral. São todos muito interessantes, mas estou aprisionada na beleza do orador da Cerimônia de Apreciação. Já esbarrei com ele outras vezes e, em todas elas, assim que meus olhos o viam, meu coração perdia o compasso e minhas pernas bambeavam. Não sei o que é isso que sinto, mas certamente poderia ficar olhando para ele o dia inteiro, por todos os dias da minha vida.

— Bando de hipócritas repugnantes — rosna Samir às minhas costas.

— Nem todos.

— Por que não? Está interessada em alguma dessas serpentes de Zurian? Por acaso seria aquele ali, o nobre boa pinta que joga charme para todas e adora fazer discursos impactantes? Bem que Nefret tinha razão ao me pedir para vigiar os seus passos enquanto ele estivesse fora — dispara ele. *Era tão óbvio assim meu interesse pelo aristocrata?* Estreito os olhos, mas dou um passo para trás, atônita. Nunca tinha visto tanta ira se desprender de sua boca. — Eu avisei seu irmão um milhão de vezes! Desde que começou a sair com a Lisa, você tem andado diferente. Precisa se afastar dela o mais rápido possível ou sua reputação ficará manchada para sempre.

— Lisa é minha amiga! Ela é apenas extrovertid...

— Tão ingênua! — interrompe com um estalar de língua, irônico, como se soubesse de coisas que nem imagino. — Não é capaz de enxergar, não é? — Ele meneia a cabeça e, do nada, envereda pelo assunto que me faz perder o ar. — Ainda acredita nas histórias malucas que sua mãe contava? Sobre guerreiras que falavam com cavalos e que tinham poderes mágicos sobre as chuvas e os trovões? Sobre príncipes encantados e amores impossíveis? Abra os olhos, Nailah! São apenas casamentos arranjados para a perpetuação da espécie. Amor à primeira vista não existe.

— Minha mãe não era louca! — Muitos a tacharam como uma coitada que havia perdido a guerra para os próprios nervos, mas jamais esperaria ouvir isso de Samir, que dela recebera tanto carinho. Magoada, revido: — Por que não confessa logo que morre de inveja dos aristocratas? Que são mínimas as suas chances de virar um hooker de ponta ainda que treine todos os dias da sua vida?

— Agora você me ataca para defendê-los? — Uma veia pulsa em seu pescoço.

— Foi você quem começou. Eu só disse a verdade.

— A verdade... — Samir estreita a distância entre nós, abre um sorriso perigoso. Não recuo. — A verdade é que somos invisíveis para esses engomadinhos, sua cega! Acha que algum deles vai te enxergar e lhe dar o devido valor? Nunca. Nenhum deles!

— Por que não? — Meus sentimentos se embaralham no peito. Não acredito que essa discussão esteja mesmo acontecendo. Não com ele.

Samir solta uma risada fria. *O chão está trepidando ou sou eu que estou tremendo?*

— Vou poupar Nefret de saber sobre isso aqui. Ele ficaria... *arrasado*. Pode olhar para o aristocrata bonitão à vontade. Aliás, por que não deixa a checagem para o próximo ano e fica aí babando?

O tremor alcança níveis perigosos. Uma rajada de vento me acerta o rosto num tapa feroz. Dor e decepção me desestruturam. Preciso me apoiar no poste de madeira. O velho lampião de querosene pendula sobre minha mente em frangalhos diante das duas opções perturbadoramente dolorosas.

— O que está insinuando? Que devo faltar à checagem porque já sou uma estéril ou porque nenhum homem se interessaria por mim? — Minha voz sai com dificuldade, arranhando e queimando, como se precisasse criar passagem à força em meio a pregos em brasas. Samir me fuzila com o olhar, mas nada diz. Gotas de suor reluzem em sua pele morena e pelos braços musculosos que tantas vezes foram refúgio e calor para as noites frias da minha alma. — Sabe de uma coisa? Prefiro um aristocrata hipócrita a um colono egoísta! Você parece satisfeito em me ver permanecer Branca, mesmo sabendo que meu tempo está se esgotando, que serei dada como oferenda a esses deuses cruéis só *porque...* — engasgo, incapaz de concluir a frase quando a emoção devastadora avoluma-se na minha garganta. — Tenho relevado suas grosserias dos últimos tempos pela nossa amizade, mas quer saber? Estou farta!

— Sua... sua... — Samir se aproxima, abre e fecha a mão. Seus olhos cor de café estão diferentes e escuros. Ele parece perturbado, um outro Samir. — O que preciso fazer para que enxergue o óbvio, sua estúpida!

— "Estúpida"? — Ferida, cambaleio. — Entre nós... está tudo acabado.

— Nailah, espere, eu...

Desvencilho-me dele e vou embora a passos largos. Não deixo Samir ver que, por pouco, quase permiti que uma lágrima caísse.

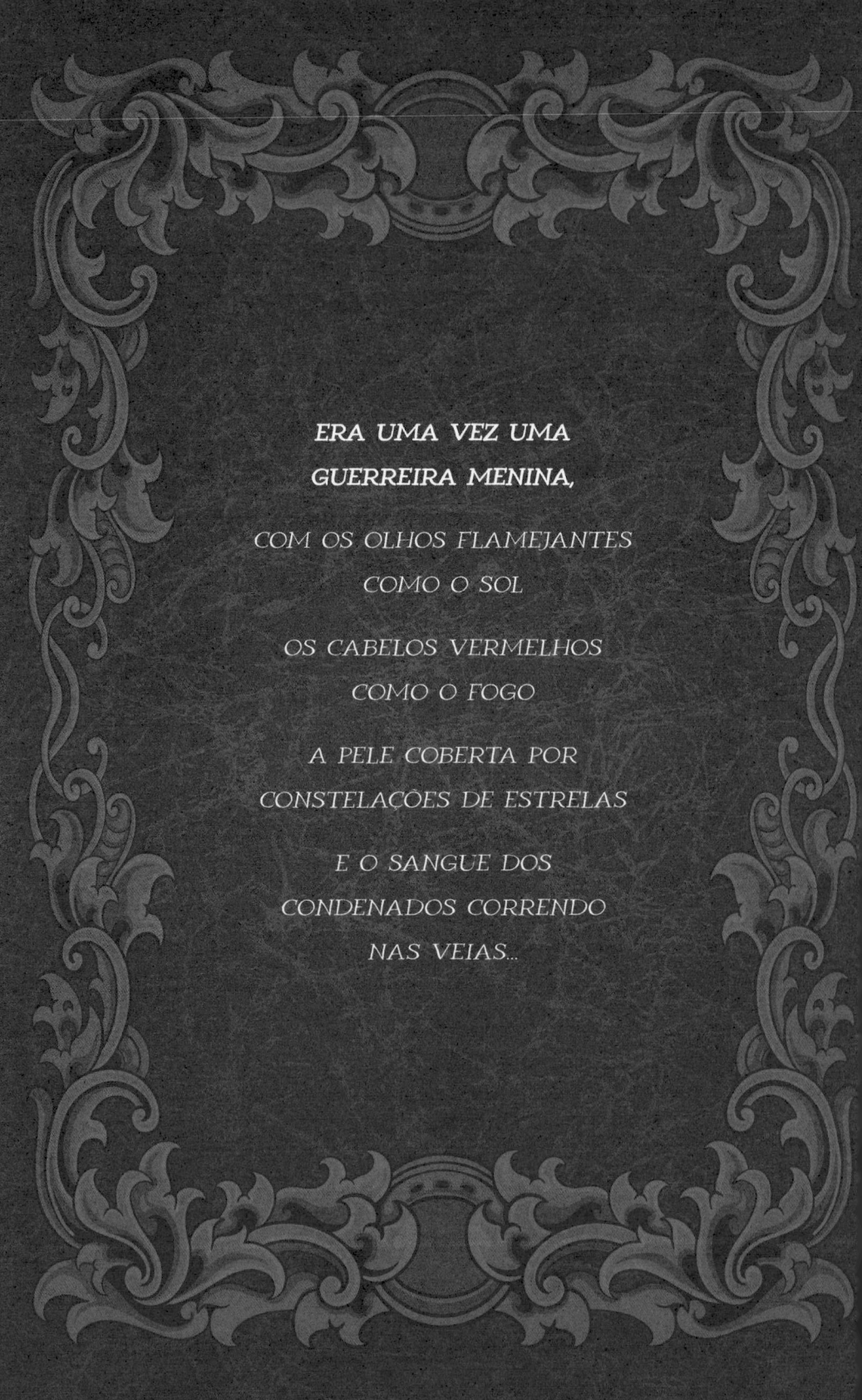

ERA UMA VEZ UMA
GUERREIRA MENINA,

COM OS OLHOS FLAMEJANTES
COMO O SOL

OS CABELOS VERMELHOS
COMO O FOGO

A PELE COBERTA POR
CONSTELAÇÕES DE ESTRELAS

E O SANGUE DOS
CONDENADOS CORRENDO
NAS VEIAS...

Capítulo 3

A DOIS ANOS DO FIM

— Não há explicação para o seu caso — o doutor diz com o semblante enevoado após minuciosa avaliação. — Seus órgãos reprodutores estão em perfeito estado, o sangramento já devia ter acontecido, mas...

— O quê? — Com o coração socando as costelas, jogo o protocolo para o espaço, aquele pelo qual eu deveria permanecer em silêncio. Por sorte, esse curadok é diferente dos demais, que nos julgam de cima de seus pedestais e não admitem que as mulheres lhes dirijam a palavra a menos que façam uma pergunta.

— Vivemos tempos sombrios em Unyan, na atmosfera e alma das pessoas. — Ele sai pela tangente, embrenhando-se na gelada e onipresente neblina do não dito. — Faço a checagem das Brancas em várias propriedades aristocráticas, e isso que está acontecendo com você vem ficando mais comum do que imagina.

— Sou uma estéril? — Vou direto ao xis da questão, o coração ameaçando rasgar o peito agora, desesperado em fugir desse corpo amaldiçoado.

— Talvez sim... ou não. Só o tempo dirá — murmura ele sem me encarar.

Tempo. Tempo. Tempo! Não suporto mais ouvir essa palavra!

— Mas já tenho dezesseis!

O curadok balança a cabeça, não responde. Meu futuro glorioso, aquele que ele mesmo disse ser certo e cristalino, transformou-se em um labirinto sem saída. Afundo o rosto nas mãos. Garotas miúdas e mais novas já sangraram e, como prêmio, puderam participar da Cerimônia de Apreciação uma, duas e até mesmo pela terceira vez enquanto eu – *enorme desse jeito* – ainda estou assim, *aqui!*

— Já deve saber que... — ele recomeça, hesitante.

— Só me restam duas checagens? Que quando eu completar dezoito vocês "desaparecerão" comigo? — Sento-me num rompante e me cubro com o lençol.

A cama do setor de checagens range alto, trepida. Pelo visto também quer se livrar de mim agora que fiquei grande demais até para ela. Minhas mãos se contraem e abro um sorriso furioso, aquele que sempre surge quando não sei o que dizer e me sinto acuada. As palavras me escapam, não tenho habilidade em articulá-las. Nunca tive. Obrigo-me a acreditar que minha força reside em outro lugar, tem que estar.

Só não sei onde.

Meus olhos ardem sem parar. Mas não vou chorar. Não sou fraca. O sangue pulsa em meus ouvidos e meu sorriso se alarga, febril, selvagem. Encaro meus punhos cerrados, prontos para lutar, para fazer o que mamãe ordenou.

— Ninguém me levará para... *lá* — digo com os dentes trincados, a fúria a transformar meu peito em um furacão de afronta e de desespero.

— Casos de sangramentos tardios são raros, mas acontecem. — O curadok tenta colocar algum ânimo no tom de voz.

Não adianta mais. O estrago está feito. Nesse instante, todas as palavras no mundo são desnecessárias, quiçá cruéis.

— Estou dispensada?

Ele concorda com um mínimo movimento de cabeça e sua expressão se fecha, pesarosa, enquanto recoloco o vestido branco. Capto seus olhos correndo das feridas nas minhas costas para a minha mão esquerda.

— O corpo responde de maneira peculiar frente a sofrimentos extremos.

— Não entendo o que diz, senhor.

— Que *talvez* você seja refém de suas próprias emoções. O que quer que guarde aí dentro do seu coração pode estar dificultando o processo... *do sangramento*.

Engulo em seco com o comentário, balbucio as malditas saudações a Lynian – *a deusa mesquinha que jamais atendeu a um único pedido meu* – e saio do setor de checagens arrastando os pés pela rua enlameada, os pensamentos embaralhados, uma única palavra pulsando desvairadamente em meu cérebro: lute!

Mas como?

De repente estou correndo como um raio, fugindo da minha sina macabra, das verdades assustadoras e do futuro que desponta como uma tormenta ainda maior. Quero mergulhar no vento, sufocar dentro de suas rajadas, atropelar os ponteiros cruéis do tempo, desaparecer para sempre.

Não suporto mais.

Minha cabeça começa a latejar, a mente sucumbindo ao medo, perdida dentro de mim mesma. Imagens sem sentido me desestabilizam. De novo e de novo. A lua de Kapak. Escuridão. Agonia. Rostos de garotas que nunca conheci. Sorrindo. Clamando por socorro. O zunido da lâmina implacável rasgando o ar. Dor. O precipício. Mais escuridão. Engasgos estrangulados. O gemido inumano. O ribombar das ondas do mar. Frenesi. Sangue escorrendo pelos meus dedos trêmulos. Mais dor. A névoa escura se enroscando pelo meu pescoço, sussurrando sedutoramente nos meus ouvidos...

Venha para mim...

Ah, não! Até acordada agora?

Quanto mais tento me livrar da sua atração e capturar oxigênio, quanto mais tento negar o fascínio que a escuridão exerce sobre meu espírito, mais me sinto hipnotizada por sua voz de veludo e acabo entrando pelo caminho proibido, embrenhando-me pelas áreas ainda mais baixas de Khannan, o lugar abandonado onde no passado vidas e construções foram devoradas pelo oceano faminto. Aqui as falésias não são tão protetoras. Aqui as muralhas falharam em conter a fúria das ondas.

Aqui, entretanto, as lágrimas passam despercebidas.

Corro. Corro. Corro. O choro represado sai numa explosão incontrolável, enfraquece minhas pernas. Tropeço em escombros ocultos e desabo em meio ao mato alto que cresce por entre os destroços.

— Argh!

Furo a mão em uma viga de ferro exposta e, ao limpar o sangue, uma sombra cresce sobre mim. Coloco-me de pé num rompante, preparada para me defender, mas não há nada. Simplesmente ninguém. Coço os olhos, preciso ter certeza de que não estou em outro pesadelo. As rajadas do vento ficam mais fortes e espalham a neblina negra que sempre me envolve nesses momentos e, de dentro da vegetação chicoteada de um lado para o outro, uma silhueta surge e desaparece. Tremendo, afasto o matagal e me deparo com uma estátua de tirar o fôlego, inexplicavelmente intacta em meio às ruínas que se projetam do chão como vértebras de criaturas fossilizadas.

Não pode ser! É de Lynian?!?

A imagem da deusa na entrada de Khannan traz uma matrona com o olhar pacífico enquanto embala seus dois bebês nos braços, mas essa aqui é completamente diferente! A vegetação que a cobre não é capaz de anular a pungência da escultura metálica. A mulher grávida de olhar desafiador, exuberante e altiva sobre o dorso de uma égua musculosa, uma homenagem à divindade precursora do mundo em que vivemos, parece ainda mais enigmática que a história contada através de gerações, emergindo selvagem e vitoriosa por detrás das folhagens. Atônita, encaro-a por um tempo que não sei definir, não com os olhos, mas com a alma.

Porque, curiosamente, dessa vez não sinto raiva.

Caio de joelhos e vou com a testa ao chão, curvada sobre o peso do meu fracasso, meu pranto abafando os sons do mundo e o que restou de luz dentro dessa minha existência amaldiçoada. Mamãe teria vergonha do que me tornei: não virei mulher, não vi ou toquei num thunder, não fui forte o suficiente e, principalmente... *Não lutei.*

O vento zune ainda mais alto e, de repente, lá está ela, planando no ar em meio à escuridão que me envolve: a figura sem rosto com longas madeixas feitas de raios flamejantes. Sua voz reverbera, incisiva, na minha mente.

Aguce os sentidos. Liberte-se. Enxergue.

Não. Não. Não! De novo, não!

Deparar-me de dia também com a imagem que assombrava minhas noites desde a infância me faz afundar ainda mais o rosto na terra, incapaz de aceitar que estava perdendo a batalha para os meus próprios nervos. *Assim como a minha mãe...*

— Enxergar o quê? — pergunto em meu delírio crescente. — Como vou me libertar? Isso não faz o menor sentido!

— Não chore — uma voz gentil me acolhe.

— Eu odeio esse mundo! Odeio essa vida! — expurgo minha ira.

— Eu sei. — O murmúrio em forma de resposta demora algum tempo, mas vem transbordando compreensão, resgata-me dos meus devaneios.

Engulo em seco, mal conseguindo romper a cortina de lágrimas e a bruma escura. *Já anoiteceu? Quanto tempo fiquei aqui, largada em meio às ruínas deste lugar abandonado? Outro apagão da minha mente?*

Nada disso. Na certa, emendei um sonho maluco dentro de outro, porque o aristocrata que desejo em silêncio há tempos, o mesmo que Samir afirmou que nunca me enxergaria, nesse instante me encara com o olhar brilhante e a expressão preocupada. De traços irretocáveis, como se esculpido pelas mãos dos deuses, é inquestionavelmente o homem mais lindo que já vi na vida. No sonho encantado, entretanto, ele não ordena nada. Ao contrário, acomoda-se ao meu lado sem se importar de sujar os trajes requintados que me fascinam.

— Você está machucada. Deixe-me ajudá-la. — Ele coloca a mão sobre a minha.

— E-eu... — Sento-me num rompante, arrepiada por inteira em meio a fios de palavras evaporados e pensamentos embaralhados.

Mãe do céu! Era real! Ainda que imunda de terra e vergonha, procuro pelo que restou da minha dignidade, aprumo o corpo e escondo os cabelos soltos sob o véu branco enquanto meu coração sapateia enlouquecidamente no peito.

— E-estou bem. Não se preocupe comigo, senhor — balbucio, atônita.

— Andriel — ele me corrige.

Em choque, assinto, mas não consigo desviar o olhar. Não sei como escapar. O nobre inclina-se sobre mim e, com um longo suspiro, enxuga as lágrimas que restaram, deslizando os dedos pelo meu rosto. O toque inesperado é quente e delicado, mas gera um calafrio poderoso que corre como um relâmpago pela minha coluna e me faz despertar de vez. Começo a ferver.

— Uma Branca nunca deveria chorar. Ainda mais uma Branca tão linda como você — diz baixinho. — Não fique assim. Há de ficar tudo bem. Tenha fé.

Ele me olha de um jeito tão penetrante, como se conhecesse minha dor. *Impossível! Alguém como ele é intacto de todas as formas e não alquebrado como eu.* Pego-me hipnotizada por sua voz de veludo, pelo cinza plácido de seus olhos, por sua beleza reluzente, típica dos nobres, por… *tudo nele!*

E então… ele sorri para mim.

Pisco de novo e de novo, a respiração presa em algum lugar inalcançável. Uma última gota de chuva goteja no meu nariz, escorre pelos meus lábios e, sem que eu me dê conta, abre passagem para uma nova era na minha existência.

Aguce os sentidos. Liberte-se. Enxergue.
Sorrio de volta.

ERA UMA VEZ UMA
GUERREIRA MENINA,

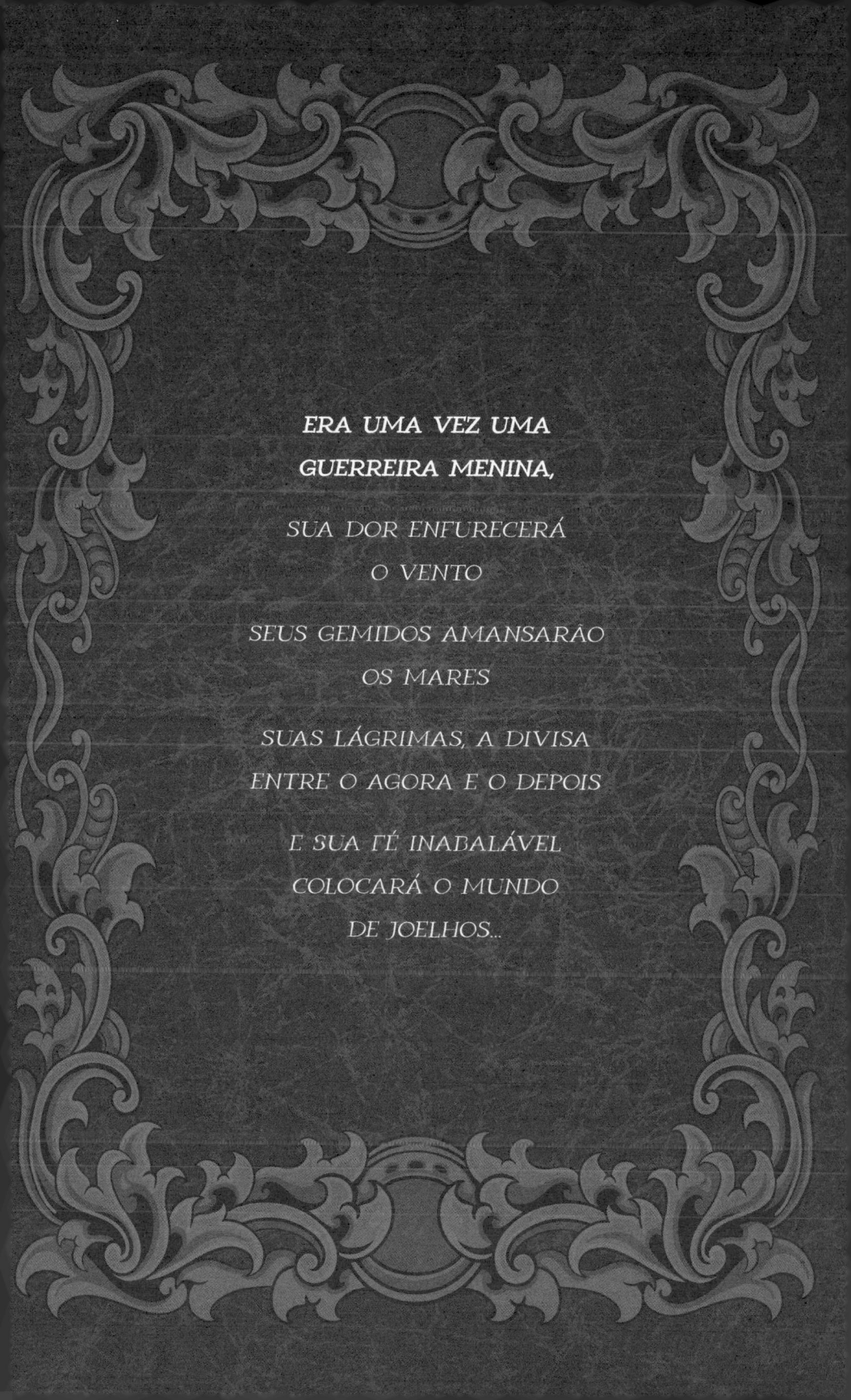

SUA DOR ENFURECERÁ
O VENTO

SEUS GEMIDOS AMANSARÃO
OS MARES

SUAS LÁGRIMAS, A DIVISA
ENTRE O AGORA E O DEPOIS

E SUA FÉ INABALÁVEL
COLOCARÁ O MUNDO
DE JOELHOS...

Capítulo 4

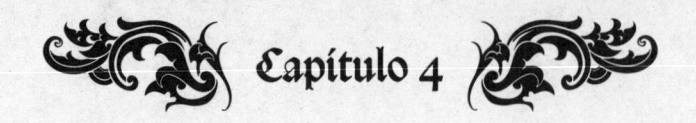

É lua de Kapak.

Nela passo os dias mais felizes, quando encontro meu amor, *apesar de ainda me sentir tão estranha em suas noites...* Avanço com cuidado pela trilha de cascalhos em meio ao matagal e escombros. Escondo-me atrás do largo pedestal onde fica a estátua de Lynian guerreira e começo a cavar. Estremeço de satisfação quando meus dedos se deparam com o pedaço de papel.

*"Segunda lua. Trinta antes C.
Com amor,
A."*

Amanhã, trinta minutos antes da ceia, vibro ao decifrar a mensagem em código de Andriel. Uma súbita claridade incide no pedestal, revelando marcas de palavras que outrora ali estiveram, de um mundo que não existe mais. Deslizo as pontas dos dedos por elas. Que mensagem seria? Com certeza algo muito importante para os antepassados terem gravado em pedra. Por alguma razão inexplicável, eu gostaria de poder decifrá-las também...

Preparo-me para voltar para o trabalho antes que deem por minha falta, mas, por um instante apenas, permito-me fechar os olhos e deixar as emoções abrandarem.

— Shhh. Fique parada. — O sussurro me pega desprevenida. A mão grande cobre meus olhos. Arrepio, não em pânico como seria de esperar, mas de prazer, quando o aroma familiar entorpece meus sentidos e a respiração quente atinge minha nuca. — Abra a boca — comanda a voz. Obedeço, extasiada, e, como num passe de mágica, um morango se desmancha na minha língua. Em seguida seus lábios estão cobrindo os meus com fulgor.

— Você fica tão linda quando não está na defensiva, tão... *sensual*. Acho que vou trazer uma venda na próxima vez — ele diz ao afastar a boca da minha. — Mas não pode se distrair assim, Raio de Sol — alerta Andriel, ao remover a mão sobre meus olhos. Meu coração acelera com a visão arrebatadora. Ele está mais perfeito do que nunca, com as faces rubras e as mechas alouradas caídas na testa.

Alargo o sorriso. Esqueço de tudo. Abafo os sons do mundo.

— Eu sabia que era você — brinco, tentando acobertar o deslize.

— Mentirosa.

Adoro quando Andriel fica com a aura leve assim.

— Onde se machucou? — pergunto ao ver arranhões no dorso da sua mão.

— Toquei em alguma planta que não devia. — Ele pisca com malícia.

— Venenosa? — indago sedutoramente, deslizando os dedos pelo seu amuleto da sorte, um bracelete de ouro com um trevo feito de pedras preciosas encrustadas.

— Talvez, mas tenho o antídoto à minha frente. — Com delicadeza, ele remove o véu que cobre minha cabeça para fazer o que adora: soltar meus cabelos e afundar os dedos em meus cachos. O cinza de seus olhos cintila como nunca, prata incandescente derramando sobre mim. — Tão linda, tão...

Uma onda de calor me toma por inteira e afundo os lábios nos dele, incapaz de conter a paixão que ferve em meu peito. As carícias avançam, irrefreáveis, ardentes demais. Andriel responde com vontade, mas geme e recua. Sem parar de afagar meu rosto, ele diminui a lenha e deixa o beijo brando.

— É melhor você ir agora — diz, quando seus olhos afirmam o contrário.

— Só mais um pouquinho... — insisto, enchendo seu pescoço de beijos febris.

— Sabe o risco que corremos. Eu não devia ter vindo, mas imaginei que a encontraria e... não resisti! — Ele me envolve, e seu calor se espalha pelo meu corpo. — Além disso, não existe "pouquinho" quando se está apaixonado. Nós simplesmente não... — Sua voz sai rouca. — Não conseguiríamos parar na hora H. Você não entende porque é pura. Mas ainda temos tempo e, quando seu sangramento acontecer... Ei, não fique assim. — Andriel eleva meu queixo com carinho ao ver a sombra pairar sobre meu semblante. — Seu sangramento vai acontecer, temos que ter fé. Então, quando esse momento chegar, darei o lance e você será minha para sempre.

— E se esse momento não chegar?

— Aí daremos um jeito. Prometo — responde sem titubear.

Ele me ajudaria a fugir daqui!

— Oh, Andriel! Eu te amo tanto — confesso num jorro de emoção e esperança, aninhada em seu corpo largo, antes de me levantar para ir embora.

— Eu também, Raio de Sol. Mais do que imagina.

<hr />

Será hoje. Será hoje. Será hoje.

Meu coração repete essas duas palavras, um badalo contínuo e atordoante de encontro ao peito. Aviso de dias melhores ou o prenúncio para o pior?

Porque tenho a impressão de que as nuvens ficaram ainda mais escuras.

Porque não é lua de Kapak.

Preciso arrumar uma forma de fugir daqui, *assim como Lisa fez...*

Preciso falar com Andriel.

Quatro meses se passaram desde o nosso último e desastroso encontro, desde sua explosão de ciúmes ao me pegar recebendo os carinhos e sorrisos do encarregado do grande armazém, um preço alto a pagar em troca de umas míseras maçãs. Meu orgulho, no entanto, não permitiu que eu lhe contasse a verdade, que fiz aquilo num momento de desespero, por causa do castigo de fome imposto pelo meu pai.

Quatro meses sem notícias *dele.*
Quatro meses para o meu fim.

Puxo o ar com força, recobro o ânimo. A essa altura, Andriel já deve ter chegado para o Shivir, a Cerimônia de Apreciação das Amarelas de hoje à noite.

E, quem sabe, pode ter deixado um bilhete para mim, pode ter... me perdoado.

Angústia impõe o ritmo frenético das minhas passadas. É ela que me impulsiona, que me faz cometer tamanha insensatez de ir em direção à área abandonada de Khannan quando a essa hora eu já devia estar a postos para executar o estranho pedido que a sra. Alice havia me feito com tanta veemência na véspera, as mãos geladas ao me entregar uma autorização do Landmeister: levar os caixotes com os limões que estavam na área de estocagem para a cozinha.

"Mas somente no primeiro badalar dos sinos. Seja rápida, muito rápida", frisou ela, tão enfática quanto enigmática.

Não respondeu, entretanto, por que eu devia fazer isso justamente no horário em que todas as mulheres teriam que se recolher no Burchen. Eu jamais diria não à bondosa senhora, uma das poucas que me trata com carinho, tampouco consegui conter a vontade insana de ter alguma notícia de Andriel...

Ainda tenho tempo!, convenço-me enquanto acelero pela trilha que conheço de olhos fechados rumo à estátua da guerreira. A um passo de alcançá-la, capto um ruído – apenas um – que me faz estremecer por inteira.

Porque eu sabia que não vinha das ondas violentas do lado de fora.

Manto de Lynian! Tinha alguém por perto!

Jogo-me atrás da base da estátua e aguardo, encolhida e imóvel, o próximo passo do inimigo. Aguardo e aguardo, mas nenhum ruído chega até mim.

Quem quer que seja, pelo visto era esperto. Também esperava algum movimento meu para efetuar a próxima jogada ou...

Liberto o ar aprisionado. Estou tensa demais. Talvez tenha sido um graveto deslocado pelo vento e nada mais. Assim que a descarga de adrenalina se vai, desato a cavar. Foi para isso que vim, afinal: achar alguma mensagem de Andriel.

Oh!

Sou inundada por uma onda de alívio e felicidade. Não é um bilhete que encontro, mas uma faixa feita de um tecido negro e acetinado no lugar de sempre.

Sim, era ele! Andriel disse que traria uma venda para o nosso próximo encontro. Então...

Arranco o véu. Ele adora meus cabelos soltos. E, levada pela emoção arrasadora de tê-lo ali depois de tanto tempo, faço o que jamais imaginei que faria, logo eu, alguém que tem pavor do escuro, ou melhor, do poder que a escuridão exerce sobre mim...

Coloco a venda.

— Eu sei que você está escondido aí. Me desculpa pelo que aconteceu. Senti tantas saudades, meu amor — confesso baixinho. — Pode se aproximar. Não vou arrancar a venda nem me mexer, juro.

Após alguns segundos que parecem uma eternidade, torno a escutar os ruídos. Eles aumentam aos poucos, como se meu amado se aproximasse cautelosamente.

O que ele está fazendo? É algum joguinho de sedução?

Não importa. Estou adorando.

— Dei um nó bem apertado. Estou literalmente nas suas mãos — sussurro de maneira sensual.

Sinto seu calor me rodeando, estudando a hora de capturar minha boca com um beijo apaixonado. Começo a arder por dentro. Um fogo maravilhoso e entorpecente, um fogo inédito. Faço o que ele me pediu da vez anterior, afasto os lábios.

Será que ele colocaria um morango na minha boca? Ou a própria língua?

As duas coisas ao mesmo tempo?

Sagrada Lynian! O que é isso que me deixa tão fora de mim diante dessa onda de expectativa, desse formigamento que sobe pela minha espinha? Não sabia que era possível me sentir tão viva assim, tão...

O calor aumenta.

Andriel está bem perto agora, quase grudado a mim, posso captar a energia no ar, mas ele não me toca e vai me deixando maluca pela espera, uma agonia deliciosa...

— Não aguento mais. Me beija, vai — imploro com a voz melosa.

Sua respiração faz carícias na minha pele e paralisa ao nível do pescoço. Meus pelos eriçam. Experimento ondas de arrepios e calor ao mesmo tempo. O ar sai de mim com dificuldade e passo a língua nos lábios sedentos por seu toque.

A respiração de Andriel fica ruidosa. Impossível controlar o sorriso que divide meu rosto ao meio. *Ele está se segurando, mas também parece desesperado pelo beijo!*

Inclino-me em sua direção, abro mais a boca e então, como num passe de mágica, o calor desaparece quando escuto novos ruídos. Aguardo mais um momento, a expectativa nas alturas, imaginando mil coisas que ele possa estar tramando e...

— Chequem as redondezas! — O comando bradado me atinge como um soco.

Arranco a venda num rompante, em choque.

Andriel?!?

Vasculho ao redor, mas não há ninguém por perto.

E então, o som inconfundível: o primeiro badalar dos sinos!

Eles anunciam a chegada dos principais cavalos de Unyan à nossa colônia, os *thunders*; assim como avisam às mulheres para se dirigirem imediatamente para suas habitações sob risco de serem penalizadas.

— Acho que vi alguém perto da estátua! — Escuto outro deles berrar, sobrepujando as badaladas, a voz mais perto agora.

Ah, droga!

Recoloco o véu às pressas, deixando apenas o rosto exposto e, de cabeça baixa, saio dali em disparada. Com o som estridente dos sinos reverberando em meus nervos e ouvidos, corro como uma louca pela trilha secreta por entre os escombros e matagal alto, subo a ladeira e passo como um raio pelas ruínas de um altar de oferendas aos deuses usado no passado, mas, ao contornar o tronco largo e retorcido de uma árvore eternamente desfolhada, trombo em uma parede sólida, grande e...

— Merda!

Que fala!?...

Uma fisgada lancinante se alastra por minha cabeça, o chão desaparece por completo. Ciente da queda eminente, lanço as mãos ao ar, agarrando a primeira coisa que encontro pela frente, ou melhor, músculos firmes por debaixo das várias camadas de um tecido incrivelmente macio. *Ah, não!*

Para piorar a situação, o véu se desloca em meio ao caos e cobre meus olhos. Desorientada dentro do interminável instante de escuridão, tudo que consigo captar é o martelar furioso de um coração sobrepujado por um praguejar colérico quando nossos corpos caem como sacos embolados de encontro ao chão. Uma corrente gelada trespassa minha coluna e me faz paralisar com o que meus ouvidos acabam de captar: passos acelerados se aproximando rapidamente!

— Só pode ter vindo por aqui! — Folhas secas são pisoteadas com violência.

— Chequem tudo! — brada um homem.

Nada justificaria eu estar neste lugar baldio com o vestido levantado em uma posição para lá de incriminadora, embolada no mato com um homem!

— *Meeeeerda!* — A voz grave libera um sussurro raivoso. *Ou foi meu pensamento?*

Uma mão imensa, ainda mais febril que a respiração que me atinge, tapa minha boca enquanto a outra envolve minha cintura, puxando meu corpo com força para junto de si. O contato pungente e determinado me pega desprevenida. Tento me livrar de sua pegada, chutá-lo e empurrá-lo para longe.

Os sinos param de tocar.

— Quieta! — rosna o sujeito.

O comando incisivo acorda meu instinto de sobrevivência. Obedeço e, de repente, estamos rolando por entre as folhagens. Meu véu, para meu alívio, sai de cima dos olhos e traz o mundo e meu discernimento de volta. Com o coração esmurrando as costelas, reconheço os três pares de botas que passam a poucos centímetros dos nossos crânios camuflados no matagal e aceleram em direção à área prime: *capatazes!*

Dessa vez foi por pouco, muito pouco.

Pisco com força, tentando a todo custo reagrupar meu raciocínio em meio à confusão de folhas e espinhos que me pinicam por todos os lados. A descarga de adrenalina foi tão violenta que estou em estado de choque, imobilizada dentro de um tremor impiedoso. O sujeito que me envolve está tão atordoado quanto eu porque sua respiração descompassada confunde-se com a minha e seu coração bate nos meus ouvidos, tão intenso e disparado como se fosse o meu. Ele levanta a cabeça e, por uma mínima fração de segundo, no breve intervalo de uma pulsação, seus olhos profundamente negros cravam nos meus, encarando-me de um jeito penetrante e perturbador. Um suspiro longo e, a seguir, o peso que me mantinha aprisionada ao chão desaparece. Ainda assim não consigo liberar o ar acorrentado dentro de mim.

— Hoje é seu dia de sorte, docinho. — A voz masculina, grave e sensual, me traz de volta à realidade.

Puxo o véu com força, de forma a cobrir o rosto ao máximo, e me levanto num rompante. *Talvez ele não seja capaz de me reconhecer, afinal, foi tudo tão rápido e...*

— Obviamente não é o meu — acrescenta ele em tom jocoso ao se limpar da terra e folhas agarradas ao corpo.

Apesar da taquicardia, meus olhos são aprisionados pela roupa chamativa: calça comprida na cor vinho com brilhosas listras pretas bordadas nas laterais, camisa cintilante da mesma cor. *Aristocratas não usam roupas assim, muito menos os colonos! O que seria ele, afinal?* Apoiado no tronco da árvore, o sujeito de porte avantajado meneia a cabeça. Ainda que parcialmente oculto pelas sombras, sou capaz de ver seus olhos escuros e predadores percorrerem meu corpo de cima a baixo de um jeito tão intenso que, por um centésimo de segundo, me faz cogitar se estou nua.

Dou um passo para trás. E mais outro. Ele murmura alguma coisa, pragueja consigo mesmo, mas, em seguida, escuto apenas uma risada debochada.

— É assim que agradece quando alguém salva a sua pele? Saindo de fininho? — indaga ele, sarcástico. — Gostei.

— Errr... E-eu... — gaguejo diante da situação para lá de esdrúxula. Jogo o peso do corpo de um pé para o outro, sem saber se devo agradecer ou...

— Tome mais cuidado da próxima vez que for se encontrar às escondidas com alguém, gracinha. — Eu me arrepio com o comentário implicante, mas meu sangue esquenta instantaneamente. *Praga de Zurian! Será que... Ele me viu fazendo papel de idiota com aquela venda nos olhos? Foi ele que quase me beijou?!?* — Os tempos estão mesmo mudados. Jamais imaginei que diria isso para uma Branca — solta, irônico. — Apesar de ter sido... hum... *divertido* o que fizemos, acho prudente você sumir daqui antes que mais capatazes apareçam ou que a minha maldita curiosidade me faça dar uma nova checada no seu corpo incrivelmente *delicioso* — comenta de um jeito malandro. *Argh! Que vontade de dar um murro na cara desse babaca!* — Bom, acho que agora é a hora que eu finalizo dizendo "Que Lynian esteja por ti" e você responde...

— Vai para o inferno! — Saio dali em disparada.

Escuto apenas a risada cretina ficando para trás.

Capítulo 5

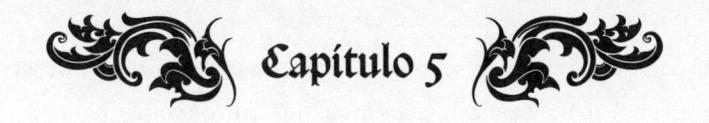

O ATORMENTADO

Aliso a pétala entre os dedos.

Tão macia. Tão falsa...

Dei a ela o veneno certeiro e mortal: ajoelhei-me aos seus pés, ofereci o paraíso, prometi que a arrancaria do mundo triste em que vivia, a fiz rir com vontade e leveza de espírito, conversei de igual para igual, elevei sua autoestima, cobri seu corpo de carinhos gentis e sua alma de elogios profundos e verdadeiros.

Ou melhor, tão verdadeiros como essa sociedade em que se refugia, como a cor do seu traje, tão... *amarelo!*

A pobre infeliz, como era de se esperar, deixou-se seduzir e envenenar. E, exatamente por isso, mereceu o fim que teve.

Mosca estúpida!

Sinalizei a armadilha sendo montada, dei a chance de recuar, de voar para longe do caminho sem volta. De nada adiantou. Cega pelo reluzir daquilo que desprezo, a idiota foi adiante. Viu suas asas sendo arrancadas uma a uma, suas chances de fugir lhe escapando, e, ainda assim, ordinária, sedenta de um desejo vergonhoso e doentio, saltou de olhos fechados para o precipício.

A emoção poderosa como o fogo continua a lamber minha pele da cabeça aos pés. Com o coração socando as costelas e a pulsação nas alturas, puxo-a para mim, afasto os sedosos cabelos dos olhos opacos, e observo, em êxtase, sua pele pálida e ainda mais atraente. Corro o olhar para seus lábios entreabertos, silenciosos, tão... *perfeitos!*

A sensação de poder massageia meu corpo e espírito enquanto a pungente fragrância se espalha pelo ar, o calor úmido avança por minha pele e roupas, tingindo-as com o tom de vermelho que me fascina.

Minha assinatura. Minha obra de arte.

Sou puro prazer. Sou ira. Sou poder.

Ergo o rosto ao céu, e em meio à bruma do triunfo que a tudo envolve lá está ela, como haveria de ser, encarando-me de volta: redonda, poderosa, inalcançável. O majestoso astro é mais do que testemunha dos meus passos, é espelho do que sou e reflete as dores que carrego na alma.

Somos tão semelhantes: solitários e com várias faces...

Um barulho ao longe.

Vozes?

Pisco inúmeras vezes. O mundo para de girar.

O oxigênio entra rasgando meus pulmões em uma inundação violenta e a névoa da loucura, escura e perturbadora, se desfaz em minúsculas partículas de perda, constrangimento e inconformismo.

O frenesi diminui.

O sangue da vergonha se infiltra por debaixo das minhas unhas e arde nas minhas retinas.

Não. Não. Não!

— NÃOOO!!! — sacudo com força exagerada o corpo sem vida.

O que foi que eu fiz?!?

Capítulo 6

— Que maravilha — praguejo baixinho escondida atrás dos tonéis de água do reservatório principal ao ver que todas as colonas já se recolheram no Burchen, a reclusão obrigatória apenas para o sexo feminino.

A nós, mulheres, é expressamente proibido ficar do lado de fora das habitações durante eventos importantes, e a passagem da caravana é um deles. Em dias como o de hoje, mulher alguma pode caminhar livremente pela colônia até o início do Shivir. Reza a lenda que trazemos má sorte para as competições e, por isso, não podemos ter qualquer contato com as criaturas sagradas. *Mas como faríamos isso? Por quê?* Meneio a cabeça em meio a tantas perguntas sem respostas.

Aguce os sentidos. Liberte-se. Enxergue.

A cada inspiração, a voz da figura sem rosto dos meus sonhos fica cada vez mais incisiva e insistente, deixando a atmosfera tão nublada quanto os meus pensamentos. A manhã escura, entretanto, tem lá suas vantagens. Ela confere sombras oportunas, escudos que ajudam a camuflar a silhueta de alguém que não deveria estar onde estou, alguém... *como eu*. Faço caminhos alternativos, esgueirando-me pelos cantos, correndo o mais rápido que posso pela colônia que conheço como as palmas das minhas mãos. Contorno os galpões de refino de grãos, a divisa para a região das habitações quando escuto a comoção generalizada: o segundo badalar dos sinos!

Ah, droga. Os caixotes dos limões!

O pedido da bondosa senhora lateja em minha mente acelerada, mas eu precisava voltar para casa antes que fosse tarde demais, não podia arriscar. Sem conseguir evitar, no entanto, encaro a aglomeração de colonos ao longe, todos os olhares aprisionados no que está acontecendo do lado de fora dos altíssimos muros de Khannan nesse instante, naquilo que não tenho permissão para ver. A ardência atrás dos olhos piora. Sinto inveja. Sinto tantas coisas que não sei mapear ou nomear...

Dane-se! Ainda que atrasada, eu não falharia com a sra. Alice!

Então, conforme ela pediu, corro o mais rápido que consigo. Meu fôlego suporta o ritmo frenético que imponho às pernas. Faço o percurso ladeando as colossais muralhas de pedra de Khannan, aquelas que foram construídas para nos proteger das ondas gigantescas que aprisionam nosso mundo e que, cada vez mais vorazes, engolem tudo que encontram pelo caminho. Dizem que a morte seria a consequência inexorável longe da sua proteção.

De nada adianta. Meu espírito odeia esse muro desde aquela noite nefasta, quando o maldito não foi capaz de impedir que os capatazes levassem mamãe e Juno.

A chuva fina não atrapalha, já estou acostumada. Acelero ainda mais, afundando os pés na terra umedecida e, desviando com agilidade das poças d'água acumuladas pelo caminho, voo em direção à área dos armazéns, em uma região distante da entrada da colônia, agora completamente deserta. Entro no de número três e vou até o portão dos fundos, o qual se abre para um pátio de dimensões reduzidas limitado pelo muro de Khannan ao fundo e que, à exceção das caixas empilhadas ao relento, tem a aparência abandonada. *Estranho... Será que é aqui mesmo?*

— Ah, que ótimo. — Reviro os olhos ao ver que há vários caixotes sobre os dos limões, justamente os últimos da enorme pilha encostada ao muro.

Começo removendo um a um, mas o processo é lento e desajeitado. Praguejo. Em minha batalha pessoal contra o tempo, impaciente e afobada, tenho a estúpida ideia de fincar os pés no chão e usar todas as minhas forças para segurar, de uma só vez, a pilha de caixas que se encontra sobre as que eu quero. Como era de se esperar, tinha que dar merda. Elas escorregam das minhas mãos e se espatifam no chão, espalhando rabanetes e beterrabas para todos os lados.

— Mas que drog... Oh! — Minha voz entala na garganta ao me deparar com o inimaginável: um buraco na espessa muralha até então camuflado pelos caixotes. Meu ritmo cardíaco ultrapassa a velocidade da luz quando escuto os sons dos cascos.

Thunders?!?

Sou lambida por um fogo sem precedentes. Tudo trinca diante dos meus olhos:

Andriel. Sangramento. Tempo. Fuga.

Nada mais interessava. Nada mais tinha valor. *Nada.* Porque só há uma certeza. Aquela que estava adormecida nos últimos dez anos de sofrimento, aquela que, como mágica, traz a vida de volta ao meu espírito anestesiado. A emoção arrebatadora tem um nome: cumprir as promessas que fiz à minha mãe!

Ver um thunder de perto. Lutar.

Não faça essa loucura, Nailah! Será um caminho sem volta, sentença de morte até mesmo para uma Branca!, implora a voz da razão num clamor desesperado.

Ignoro-a e avanço pela estreita passagem. Sem sucesso. Para meu desespero, descubro que meus ossos são mais largos do que eu imaginava. O tempo, meu adversário de sempre, acelera de propósito. Seguro a onda de pânico que ameaça me asfixiar ao perceber que os sons estão perdendo a intensidade. *Não. Não. Não!*

Então faço o impensável: afundo no chão, espremendo-me enquanto me arrasto pela lama. Praguejo ao ver o branco impecável do meu vestido adquirir um tom marrom esverdeado, arranho braços e ombros no processo, mas consigo passar e chego ao outro lado do muro. Levanto-me aos tropeços e, sem que eu possa reagir, o oxigênio é abruptamente arrancado dos meus pulmões. *Oh!*

Tudo ao meu redor perde a definição e se transforma em um borrão que cresce pelas laterais dos olhos e engole as luzes. O universo e a vida desalinham, se contorcem em suas engrenagens, entram e saem de foco.

Porque, no meu íntimo, sei que não estou dentro de outro sonho desta vez.

Porque, *finalmente,* eu os vejo.

Magníficos. Deslumbrantes. Perfeitos.

Thunders!

Embasbacada, observo cinco dos quarenta melhores cavalos desse mundo desfilando com imponência no caminho de terra onde me encontro antes de fazerem a curva e surgirem pela alameda em frente à entrada de Khannan onde serão reverenciados como deuses. Uma escolta do Gênesis os protege com armas em punho. Os consortes, responsáveis por guiar os animais sagrados durante as festivas paradas públicas, os ladeiam a pé e, para minha surpresa, usam trajes espalhafatosos, coloridos e brilhosos. Com os nomes gravados nas selas, os thunders, por sua vez, estão sem os *Zavojs,* as famosas pinturas divinas usadas nas provas, deixando seus corpos exuberantes a descoberto para que o público masculino possa escolher seus favoritos.

Agarrada ao muro e imunda de lama da cabeça aos pés, fico em êxtase ao me deparar com os idolatrados hookers, os misteriosos cavaleiros que os montam, poderosos e ocultos atrás dos Kabuts de gala. Com suas identidades preservadas a cada início de temporada, eles se mantêm distantes de nós, pobres mortais, intocados no inalcançável mundo da glória. Seus trajes rebuscadíssimos são fiéis aos que Nefret havia secretamente desenhado para mim e fazem lembrar "guerreiros ancestrais orientais", de uma época em que ainda existia Oriente e Ocidente, figuras impressionantes que meus olhos furtaram dos livros que sobreviveram às garras implacáveis do tempo e das tragédias e a que somente os homens têm acesso.

Meu pulso vibra, o porquê da comoção generalizada dispensa explicação, vem de dentro da alma. Os animais são assustadores e, ao mesmo tempo, incontestavelmente belos. Há uma energia palpável envolvendo cada um deles, como se emitissem luz própria, sóis entre trevas, entre o que somos.

Um cavalo malhado de porte largo e cauda volumosa passa por mim marchando com elegância por entre as poças e terreno enlameado. Usando um Kabut acobreado, seu hooker o conduz com maestria, dando-me a sensação de que estão flutuando. Os olhos do consorte se encontram com os meus e ele franze o cenho ao compreender a afronta às regras de Unyan e ao Burchen: a presença de uma mulher.

Fui descoberta!

Meu coração dá uma quicada violenta. *Preciso sair daqui agora!*

Mas, de repente, o mundo trepida numa explosão de sons. Teias e mais teias de relâmpagos se entrelaçam no céu. Rugidos colossais fazem tudo estremecer. *Trovões?!?* Uma névoa estranha envolve tudo, embrenhando-se por olhos, poros e mente. Um temporal desaba sobre minha cabeça. *Estou delirando?* O praguejar e a comoção generalizados confirmam o contrário, no entanto. *Estava mesmo acontecendo! O maior de todos os medos dos habitantes de Unyan estava de volta...*

— Cuidado!

Um relinchar altíssimo, como um grito vindo das entranhas do mundo, faz o chão sacudir como num terremoto. *Argh!* Uma pancada. É de raspão, e ainda assim forte o suficiente para me fazer ir de cara no terreno lamacento. A metade esquerda do meu rosto lateja e o véu voa longe, deixando meus cabelos expostos.

— Manto de Lynian! Foi por pouco! — alguém berra, e só então me dou conta de que eu havia sido atacada por um thunder. — Segure-a!

— Não consigo! Silver Moon está descontrolada! — brada exasperado o hooker sobre o penúltimo animal da caravana, justamente o que havia acabado de me atacar.

Com uma facilidade assustadora, a thunder imensa, musculosa e alva como a neve joga o corpo do cavaleiro de um lado para o outro, bufa e dispara uma série de coices aleatórios, quer se libertar a todo custo. Os homens berram. O tumulto impera. Em meio à loucura instalada e à péssima visibilidade, começo a me arrastar pela lama, tateando o ar, desesperada para voltar ao buraco do muro.

— Ôoo! — O hooker puxa as rédeas, tenta domá-la, mas a cada trovoada a égua fica mais nervosa.

Outra lufada quente invade minhas narinas e cascos gigantescos passam a centímetros do meu crânio. Rolo para o lado. *Mãe Sagrada! Foi por pouco!* O som da água envolve tudo, o temporal ganha proporções inimagináveis e, ainda assim, o relinchar da égua reverbera dentro do meu cérebro, como se estivesse saindo de dentro de mim. Meu corpo responde de uma forma eletrizada, como se não me pertencesse mais. Ainda caída no chão, eu a vejo dentro névoa, uma fera celestial impiedosa, lançando o hooker longe e, com um coice, acertando-lhe o crânio ainda no ar. O homem cai desacordado em uma poça de sangue. Meus olhos saltam das órbitas. *Não pode ser! Ela havia matado o próprio hooker?!?*

Seu consorte, um senhor franzino e de cabelos grisalhos, berra descontroladamente, implora por ajuda para conter o ataque de cólera do animal. Com uma força impressionante, a égua se livra dele como se nada fosse, jogando-o também no chão, e, bufando com ira escarlate, vira-se na minha direção. Minha saliva evapora ao vê-la arrastar os cascos, lançando tiros de água e lama vermelha para todos os lados enquanto balança a cabeça num cacoete apavorante, sua crina de prata chicoteando o ar antes da fúria aprisionada em seus olhos vermelhos atravessar a bruma como um raio e se focar, assassina, nos meus.

Agora é certo. É a mim que ela quer!

— Não a encare! Vá embora! — brada o consorte para mim, em pânico.

Faço conforme ele diz. Evito o contato visual com a thunder demoníaca e, lenta, mas muito lentamente, coloco-me de pé e começo a me afastar. A chuva torrencial cria uma cortina quase intransponível e, ainda assim, capto seu trotar vindo em minha direção, diminuindo a distância entre os nossos corpos. Meu pulso acelera. Sou rápida, mas minha intuição afirma que terei de ser muito mais do que isso para alcançar a fenda no muro ainda viva. Tremendo dos pés à cabeça, sou capaz de sentir seus olhos selvagens sobre mim, acompanhando meus movimentos, aguardando o momento de atacar. Dou outra passada para trás. Mais uma. O muro se aproxima.

Só mais um pouco...

Outro relinchar aterrador, a óbvia advertência para não dar nenhum passo a mais me faz congelar no lugar. É como se a égua falasse comigo, como se fosse a voz em minha mente. Meu corpo não me responde. Nada, nenhum músculo. *Oh, não! O que está havendo comigo?* E, sem que eu possa evitar, indo contra qualquer lógica e sensatez, minha cabeça desobedece aos clamores apavorados da razão e, por vontade própria, se eleva em direção a ela.

— Elizabeta, NÃO! — Ao ver que cometo a loucura de encará-la, o consorte a puxa na direção oposta, mas a thunder lhe acerta um coice em cheio no rosto, fazendo-o perder os sentidos e desabar no chão.

A égua solta um ganido, parece enlouquecida, e avança na minha direção. Não saio do lugar, não me mexo, não consigo fazer absolutamente nada.

Nova trovoada altíssima e então... *acontece.*

Nossos olhares finalmente se encontram sem a interferência da estranha névoa e, dentro do furacão em que fora arremessada, é a primeira vez que sou capaz de realmente enxergar. *E experimentar o que nunca senti na vida.*

O ar paralisa.

Meu coração silencia.

O mundo adormece.

Sou o choque em pessoa, o tudo e o nada, um iceberg mergulhando em um rio de lava fervente, me desintegrando e me reconstruindo a cada respiração. Nem mesmo os gritos de pavor como ruído de fundo ou os avisos acalorados para que eu fuja conseguem me resgatar do estado de torpor. Vejo sem piscar, hipnotizada, a thunder relinchar alto em meio aos raios e trovões e empinar sobre as patas traseiras, ficando gigantesca à minha frente. Uma rainha, *uma deusa.* Sou a súdita condenada, mas sinto-me bem, estranhamente satisfeita em receber a sentença de morte, em olhar para ela, ainda que seja a última coisa a fazer na vida. Essa thunder não é apenas magnífica ou irretocável. Ela é a expressão daquilo que não sei definir, o sonho que se escondeu na penumbra do meu destino, daquilo que mamãe afirmou nos seus instantes finais...

Um arfar vitorioso se desprende do meu espírito. *Um thunder me tocaria.* Ainda que às avessas, a promessa que fiz à minha mãe seria cumprida.

Seria uma boa morte, afinal.

Seus cascos imensos reluzem em minhas retinas, açoitam o ar com força arrasadora e beleza indescritível. Vejo-os vindo em minha direção, aproximando-se mais e mais, e então... afundam na terra à minha frente!

Como assim? Não morri?

Com o coração esmurrando o peito, incapaz de raciocinar ou piscar, fico cara a cara com o vermelho selvagem que reluz dentro de seus olhos, um espelho da minha alma. *Sagrada Lynian! É o meu sangue refletido ali dentro?* Asfixio. Engasgo. Não levanto as mãos em defesa. Tampouco consigo desviar o olhar. Num misto de horror e encantamento, deparo-me com o extraordinário: ela gane com estrondo e, no instante seguinte, se curva à minha frente.

Ohhhh!

O sangue explode em meus ouvidos, meu pulso dispara, meu peito entra em chamas, todas minhas células vibram. Sou uma orquestra vulcânica, um organismo renascendo. E, atraída por sua beleza e fúria divinas, para o momento mágico da minha existência, faço o que mulher alguma poderia: estendo a mão. *Para ela.*

Quando meus dedos trêmulos tocam seu focinho, a thunder solta um gemido e uma energia cintilante, quente como o fogo e causticante como o gelo, trespassa minha pele, massageia meu coração e o céu se rasga sobre nossas cabeças.

Parabéns. Você a encontrou.

A voz etérea dos meus sonhos surge, claríssima, em minha mente desorientada. *Era essa thunder quem eu deveria procurar? IMPOSSÍVEL! Acorda, Nailah!*

Tão rápido quanto surgiram, o temporal e os trovões cessam, o frenesi se dissipa e sou tomada por raro momento de paz e bem-estar quando uma onda de calor morno se espalha por minha pele, como se braços invisíveis me envolvessem em um abraço. Regozijo. A thunder parece sentir o mesmo e sua crina prateada brilha ainda mais. Elevo o rosto, emocionada, deparando-me com o milagre incidindo diretamente sobre nós, aquilo que nos fora usurpado pelos erros dos nossos antepassados: *o sol!!!*

Mas, da mesma forma que a tempestade e as trovoadas, em poucos instantes o sol também se vai, tornando a desaparecer atrás das nuvens eternas e fazendo o tumulto retornar com força total!

Disparos de advertência ecoam no ar. Thunders relincham alto. O último animal da parada, um altivo cavalo negro com um sinal branco em forma de seta no focinho desata a se debater. Em meio à desordem instalada, capto apenas zumbidos dentro de cenas fragmentadas: correria, cacofonia, a thunder branca aninhada em mim, avisos bradados, o último consorte pulando na frente de seu thunder negro e, mancando, controlando-o com rapidez e destreza.

— O que está havendo? Quem foi o causador dessa confusão? — Sou arrancada à força do estado delirante quando o chefe dos soldados do Gênesis vocifera ordens atrás de ordens e, surgindo pelo local onde os animais já deviam ter passado, vem correndo em minha direção.

Garras de Zurian! A situação é gravíssima. *Eu havia cometido um crime sem perdão.*

— Pelo manto dos sobreviventes! Vá embora, garota! — Diante do meu estado catatônico, a voz grave e familiar berra em meus ouvidos, enfia meu véu nas minhas mãos, agora um amontoado de lama e tecido, enquanto me empurra buraco adentro.

Uma fisgada lancinante se alastra pelo meu couro cabeludo e um tufo dos meus cabelos é arrancado com violência assim que me arrasto para dentro do pátio.

— Peguei você!

Ah, droga!

ERA UMA VEZ UMA
GUERREIRA MENINA,

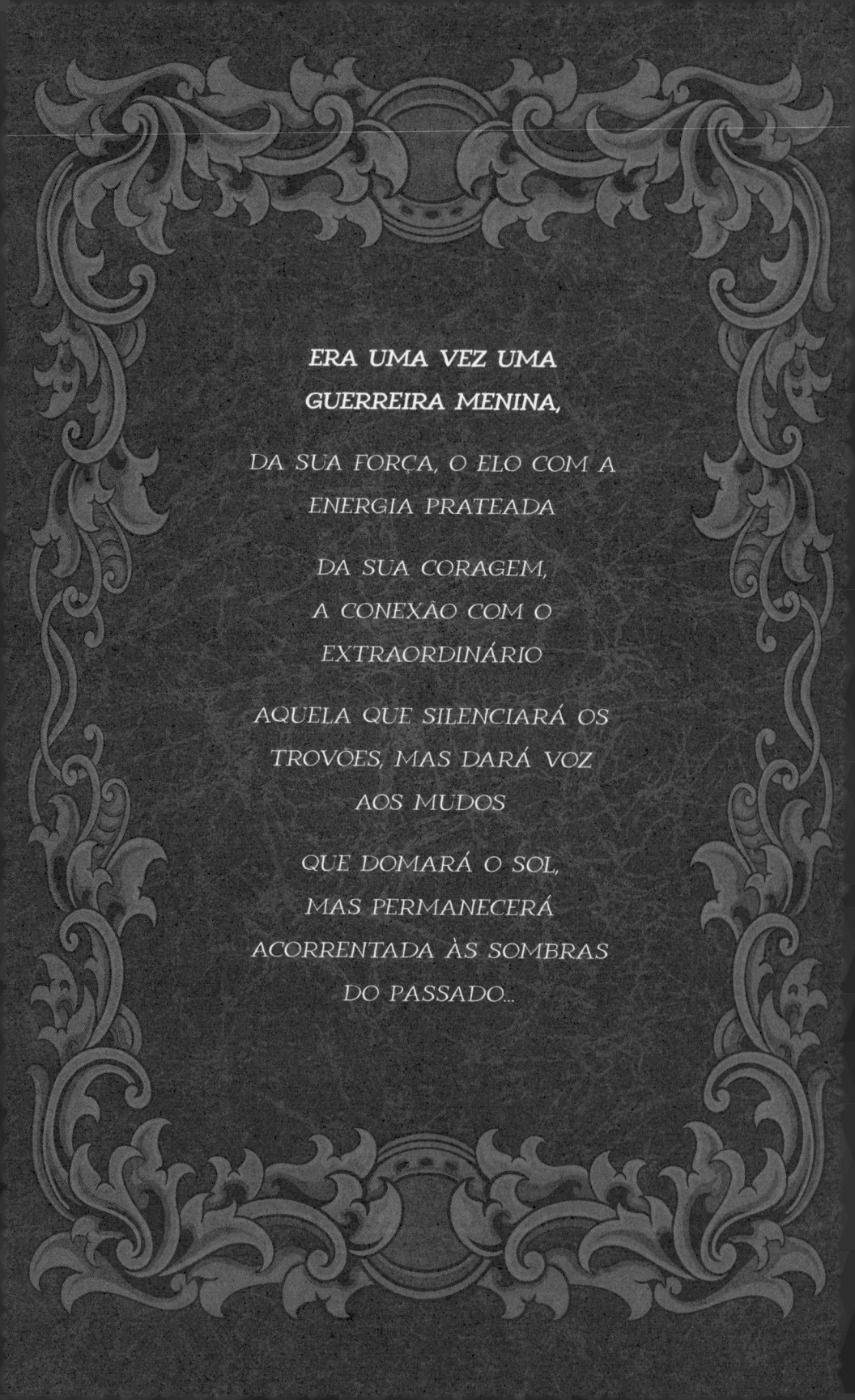

DA SUA FORÇA, O ELO COM A
ENERGIA PRATEADA

DA SUA CORAGEM,
A CONEXÃO COM O
EXTRAORDINÁRIO

AQUELA QUE SILENCIARÁ OS
TROVÕES, MAS DARÁ VOZ
AOS MUDOS

QUE DOMARÁ O SOL,
MAS PERMANECERÁ
ACORRENTADA ÀS SOMBRAS
DO PASSADO...

Capítulo 7

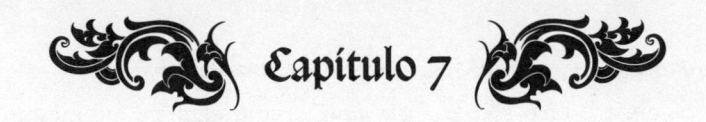

— Aiii!

— Eu sabia que você ia aprontar alguma burrada, diaba maldita! Não basta a vergonha que tenho que passar todos os dias por sua causa? — Meu pai tem o rosto perigosamente vermelho, e veias arroxeadas saltam do seu pescoço.

— Os rabanetes rolaram para fora quando esbarrei no caixote. Não estava fazendo nada de errado! A sra. Alice que pediu. Tenho a autorização do Landmeister. Aqui, ó! — Tateio por dentro do vestido, mas nada encontro.

Que ótimo. Eu tinha perdido.

— Sonsa! Olha o seu estado. — De fato, meu aspecto é deplorável. — Pensa que caio na sua lábia? Você quis ver os malditos cavalos de perto!

— E o que há de errado nisso? — Deixo a máscara cair, enfrento-o.

Um tapa violento explode no meu rosto, propositalmente sobre a ferida aberta. Sinto gosto de sangue na boca, mas não me encolho.

— Jamais me encare desta forma! Você é apenas uma mulher! Mulheres nos devem respeito e obediência. Esse é o papel que lhes cabe, como foi e como sempre será! — ele brame com intolerância. — Algum deles a viu?

Suas palavras me enojam. Prendo a respiração. Nego.

— Não ouse mentir para mim, Nailah.

— Ninguém me viu. — A mentira sai por entre os dentes cerrados.

Meu pai finalmente libera o ar, mas eu perco o meu.

Porque sim, eu fui vista! Porque eles virão atrás de mim!

— Se abrir o bico sobre... *isso aqui*... com alguém, até mesmo com Nefret, vai se arrepender amargamente, eu juro — ameaça ele. — Vamos! — Crava as unhas no meu braço, conduzindo-me às pressas pelas ruas de terra batida até a nossa habitação. — Eu vou te dobrar, maldita! — vomita ele, empurrando-me para dentro de casa.

— O-o que h-houve? — Nefret corre em meu socorro ao ver meu estado.

— Além de gago, é surdo também? Não escutou os trovões? O dia do julgamento se aproxima! É isso! Mas essa diaba não vai fazer da minha vida um inferno antes da hora! — Os olhos arregalados do meu irmão gêmeo ficam para trás enquanto sou arrastada pelos cabelos. — A maldita não respeitou o *Burchen,* não respeita nada! Outra vergonha em nossas vidas! — grasna ele. — Tive de dizer ao capataz que ela estava passando mal, no sanitário! Já imaginou se ele descobrisse a verdade?

Assim que entramos no quarto, ele tranca a porta e faz o ritual de sempre: arranca o cinto da cintura, desabotoa os botões de cima do meu vestido e, em seguida, o som surdo que tanto odeio rasga o ar e estala sobre minha pele, talhando à força um caminho de sangue e de dor, mas nunca de submissão.

Suporto com os dentes trincados a ardência da carne em brasas, o dano se aprofundando em minha essência. Escuto os berros de Nefret do lado de fora ao notar que a punição está indo além do habitual. Respiro fundo, mas não imploro para parar, gemo ou abaixo a cabeça. Jamais lhe darei essa satisfação.

— Você vai aprender, maldita, por bem ou por mal! — Ele finaliza a surra e vai embora, sua voz asquerosa ecoando pela habitação: — Sem comida por dois dias! Tenho assuntos a tratar. Ela está sob sua responsabilidade, Nefret. Nailah só sai do quarto para o Shivir. Não ouse ajudá-la, senão...

Escuto a porta da entrada bater com estrondo e, finalmente, vou com os joelhos ao chão. As fisgadas se alastram, latejam em algum lugar atrás dos meus olhos, mas não liberto uma lágrima sequer.

Consegui, mãe! Eu toquei num thunder!

O olhar fulgurante da égua branca como a neve ainda lateja em meu espírito. Nunca me deparei com algo tão lindo e cheio de luz. Os cavalos são adorados não somente por serem caso raro de sobrevivência, mas por exalarem o fogo e o brilho, transbordarem aquilo que perdemos há muito tempo: vida.

Vida que seria arrancada de mim em breve...

A compreensão do caminho que teria de tomar me faz estremecer: *fugir!*

Meu tempo havia acabado, afinal. Fui vista cometendo um crime sem perdão. Contrariando a lógica, no entanto, abro um sorriso triunfante.

Porque eu havia descoberto a saída!

— T-trouxe um presente para v-você — Nefret diz com candura, analisando-me de cima a baixo assim que saio do banho. Seus olhos, no entanto, estão em brasas, como sempre ficam depois das surras que recebo do nosso pai.

Fiquei mais tempo que o usual, deixando a água fria aliviar a ardência das feridas que ainda drenam às minhas costas e abrandar a tensão que me consome, em um misto de euforia por ter tocado num thunder envolta numa capa de ansiedade e frustração diante do que terei que fazer — fugir antes que fechem o buraco no muro —, com ou sem Andriel.

Não posso mais esperar. Não terei outra oportunidade.

— Acho q-que vai gostar. — Ele me estende um véu branco com as bordas rendadas, feito de um tecido delicado.

— Luz de Lynian! Deve ter sido uma fortuna! Você não devia...

— Shhh. Não foi tão c-caro assim e, bem, esse trabalho que f-faço pelas fazendas de Unyan pode ser enfadonho, mas tem lá suas v-vantagens. Recebo gorjetas generosas. — Sem perder tempo, seus dedos sempre gentis o colocam sobre minha cabeça. — Ficou l-linda. — Ele abre um raro sorriso, sua face cintila carinho. Meu coração murcha, arrasado, ciente dos últimos instantes que passaríamos juntos. — Toma. Esse n-negócio aqui pode ajudar a d-disfarçar a ferida. Era da n-nossa mãe.

— Mas... Como? — Meus olhos se arregalam ao ver o estojo de maquiagem.

— Peguei entre as c-coisas dela, antes q-que os capatazes se livrassem de tudo. Guardei p-para quando você... — Ele meneia a cabeça, encolhe os ombros.

Não haveria um "quando" e ambos sabíamos disso.

— Não tenho coragem de usar, não precisa. Ninguém prestará atenção em mim, nem mesmo o "poço de candura" do nosso pai. Ele até se esquece de me perseguir nas Cerimônias de Apreciação. Só por isso ainda gosto delas. E dos morangos, claro.

— É para sua p-proteção, sua cabeça-dura. Essa f-ferida pode levantar suspeitas. Por f-favor, não complique ainda mais as coisas p-para o seu lado.

Pego o estojo de maquiagem, mas fujo do seu olhar inquisidor enquanto me sento em frente à antiga penteadeira. O rosto que me encara de volta parece tão embaçado e corroído como o velho espelho. E me condena.

Nefret era meu irmão, meu grande amigo. Dane-se tudo. Ele tinha de saber!

— Eu finalmente fiz o que mamãe me pediu — digo com um fiapo de voz, o coração pulsando dentro da boca. — Eu consegui, Nef.

— Hã?

— Eu vi um thunder de perto. E... toquei nele.

— Quando vai p-parar de contar mentiras para se s-safar das suas estripulias?

— Não estou mentindo!

— C-calma... — Ele pede ao captar emoção verdadeira fervilhando na minha voz. — Pode ter sido outro d-daqueles seus s-sonhos, sabe que às vezes se deixa levar por eles, f-fica aérea e imaginando cois...

— Estou te contando a melhor coisa que aconteceu na minha vida e você está me chamando de louca?

— C-claro que não! — Ele estremece com o comentário. — Mas sabe o que lhe vem acontecendo nos últimos t-tempos, nas luas cheias... O s-sonambulismo.

— Eu não apaguei e acordei em outro lugar dessa vez! Eu vi com os meus próprios olhos. Juro!

— Ah, é? Se Brancas não p-podem sair, c-como fez isso p-por detrás das muralhas d-de Khannan? Que t-tramoia aprontou, então? — exige, intolerante, como sempre fica quando acha que me coloco em perigo ou estou indo contra as regras.

Mordo a língua. *Como pude ser tão idiota?*

Se eu contasse a verdade, Nefret teria que saber sobre o buraco na base do muro. Ele tentaria me impedir e meu plano de fuga seria aniquilado tão rápido quanto surgiu.

— Eu... Acho que está certo. — Disfarço. — Devo ter imaginado coisas, ando tão tensa. Hoje não é lua de Kapak e... só havia meu véu nas minhas mãos dessa vez.

— Ainda b-bem. — Ele esfrega o rosto, libera o ar. — Essa surra... Foi t-terrível, mas podia ter sido muito pior se você f-fosse encontrada por um capataz. Tem q-que parar de agir por impulso. Nem s-sempre estaremos por p-perto para livrar a sua cara.

— Eu sei — murmuro e me encolho ao pensar no assunto em que me obrigo a não pensar. *Meus apagões... E o chamado da voz sedutora que o antecedia — aquela que meu espírito implorava para eu seguir.* Desconverso. — Senti saudades.

— Eu t-também. Muita — diz com pesar e a expressão sombria. — Meu t-trabalho está passando por mudanças, p-por isso demorei mais dessa vez.

— Esse hematoma...? — Aponto para seu queixo.

— Escorreguei n-na escadaria de uma f-fazenda. — Ele desvia o olhar. Sei que está mentindo. Eu ouvi seus gemidos pelo nosso elo. Na certa, foram os covardes que implicam com a sua gagueira desde a infância. — V-vai. Coloca l-logo a maquiagem.

— Desperdício gastar a relíquia da mamãe. — Repuxo os lábios, mas ponho de lado o assunto que sempre o deixava incomodado. Não era uma boa hora. Passo uma camada de pó branco para uniformizar a pele seguida do blush rosado nas bochechas.

— Ótimo. Agora aplique um p-pouco de cor nos lábios. Estão r-roxos.

— De fome! Estou sem comer o dia inteiro. — Faço drama, mas meu estômago reclama de verdade. — Não sei para que essa besteira agora. Não estou interessada em ninguém a não ser...

Ah, que ótimo. Eu e minha língua gigantesca!

A fisionomia de Nefret se deforma e uma gargalhada feroz explode nos meus tímpanos, reverberando pelas paredes do quarto. Giro o rosto, fugindo do escrutínio de seus olhos vermelhos e acusatórios.

— É, claro! — solta ele, amargo. — Sei que j-joga charme p-para conseguir agradinhos, conheço esse seu t-truque manjado, mas... está s-se encontrando às escondidas com alguém, não é? — Suas feições ficam sombrias, deformadas por incredulidade e algo mais que não sei identificar. *Ódio? Medo? Repulsa?* — Não minta p-para mim! — ordena com estrondo, a voz grave e nada usual, como raras vezes presenciei. — Quando vai d-deixar de ser tão ingênua, merda! Será q-que ainda não entendeu que n-ninguém desposa uma Branca ou...

— Uma infértil?

— Uma garota que não é mais p-pura, por mais linda que seja! Algo só é valioso se for d-difícil de obter! — Ele me corrige com um sorriso frio. — Já lhe d-disse um milhão de v-vezes: sua virtude é sua única f-fortuna nesse mundo!

— Discurso idiota!

— Acorda, sua t-tola! Apesar de não dizerem, é o que t-todos pensam, sejam aristocratas ou colonos! O sujeito vai te seduzir até c-conseguir o que quer e depois te d-descartar. Fácil assim! — Estala os dedos com força e as sardas idênticas às minhas ficam ainda mais rubras. — Maldição, Nailah! Já se esqueceu d-da Prisla? Enquanto a coitada foi levada p-p-para... — ele engasga, mas não diz o nome que é sinônimo de vergonha e dor, a pior de todas as sentenças — todos continuam a tratar bem o c-canalha que selou seu t-terrível destino!

— Nem todos os homens são canalhas!

— Se lhes for c-conveniente... — devolve com fúria e sarcasmo ferino.

— Honrada ou não, já estou arruinada, não enxerga? Sou a aberração da qual a sociedade pretende se livrar em breve!

— Não! Jamais d-diga isso! — Para minha surpresa, Nefret rompe a distância e me abraça com vontade. Apesar de ser impróprio qualquer demonstração de carinho entre homens e mulheres que não sejam casados, mesmo entre irmãos, ele desobedece quando estamos a sós. Escuto seus batimentos acelerados em meus ouvidos. Meu irmão sempre foi mais sensível do que eu. — Viver n-nesse mundo é... d-difícil, muito d-difícil. Aguente só m-mais um pouco, dê tempo ao t-tempo. Enquanto isso, resguarde s-sua virtude e não cometa n-nenhuma loucura. E-eu lhe imploro. — Há um soluço camuflado no pedido desesperado.

Sua dor é por me amar demais e se culpar por não conseguir me proteger como acha que deveria, como acredita que nossa mãe gostaria. Abafo as emoções que fervilham em meu peito, a agonia crescente. Sei que eu deveria concordar com meu irmão e conviver bem com essas regras e costumes, afinal, Khannan é tudo que conheço e lá fora pode ser ainda pior do que aqui, como afirma a sra. Alice. Mas algo em mim urge em sentido contrário, uma força incontrolável, que não aceita as coisas do jeito que são, como se eu nunca pertencera a esse mundo...

Mas não quero discutir. Não quando sei que nossos abraços estão contados.

— Está bem. Farei como me pede.

Ele suspira forte, aliviado com a resposta, e se afasta.

— Papai disse que está p-proibida de aceitar agrados dos rapazes. Na c-certa serão muitos, ainda m-mais assim, com o rosto p-pintado.

— Não quer me desenhar, então? — Aproveito a bandeira de paz levantada e a deixa para mudar de assunto.

Nefret nunca mais tocou em um carvão, abdicou do incrível talento desde que o maldito do nosso pai o ridicularizou em público, berrando aos quatro ventos que rabiscos num papel é coisa de mulherzinha e não de um homem de valor.

— Nem p-pensar — ele descarta a ideia de bate-pronto, amargo, assim como fez com todos os desenhos lindíssimos que guardava com tanto carinho desde a infância. — Mas vou dar um j-jeito de arrumar algo para v-você comer.

— O sr. Wark não vai desgrudar do seu pé.

— Nosso p-pai estará tão interessado em me mostrar p-para os olheiros da Academia que não p-prestará atenção em mais nada. — Faz uma careta. — Além do mais, eu s-sempre fico com o estômago embrulhado n-nestes encontros.

— Vai me ceder a sua janta?

— Menos as b-batatas assadas, claro. — Ele sorri com o olhar, no seu jeito introspectivo de ser. Sorrio de volta. — Cubra o cabelo e v-vamos embora.

※

Minutos depois, já percorremos as ruas enlameadas do conglomerado, continuamente ladeadas pelas fileiras ininterruptas de habitações, as tortas construções de pedra espremidas e apoiadas umas às outras, como amigos embriagados, inclinadas em ângulos indolentes, frias e úmidas, com janelas estreitas para proteger dos ventos incessantes e portas de metal enferrujadas pela maresia – tudo sombrio e decrépito como a atmosfera ao redor.

— Infinita Lynian! Por que atrasaram tanto? — Samir surge no nosso caminho quando estamos prestes a contornar a sede administrativa, a apenas uma quadra de atravessar os largos portões do salão nobre de Khannan, sempre a última das vinte colônias a ser visitada pela caravana.

— Nós n-não estamos atrasados — Nefret responde sem diminuir o ritmo.

— Como não? O desfile das Amarelas já está quase no fim! — Samir coloca-se à nossa frente, impedindo-nos de ir adiante. Meu pulso dá um salto ao dar de cara com um rapaz ainda mais forte e atraente do que aquele com quem discuti há mais de um ano, a última vez que o vi tão de perto. Engulo em seco. Nefret nunca soube sobre o que houve entre nós – *a irmã e seu único amigo* –, da amizade nada convencional que mantínhamos às escondidas ou do rompimento dela. Nem quero imaginar como ele reagiria se tomasse conhecimento. — Não ouviu o comunicado avisando que o Shivir seria mais cedo dessa vez? Os nobres pediram para antecipar a cerimônia, devem estar se borrando de medo e querem ir embora o mais rápido possível. Khannan já tem fama ruim, e depois do que houve hoje de manhã... — Ele repuxa os lábios. Pelo fato da nossa colônia ficar na área mais baixa de todas, tão próxima das ondas gigantescas, tornou-se a mais desprestigiada e "perigosa" de Unyan. — Onde você estava, afinal?

— Onde eu estava?!? Eu que n-não te achei em lugar algum desde q-que cheguei — devolve Nefret de bate-pronto, sempre possessivo com relação a Samir. Sem seu único amigo por perto, meu irmão fica ainda mais introspectivo e solitário. Mas Nef muda de postura ao compreender o perigo iminente, colocando-se à minha frente e protegendo meu corpo com o dele. — Por que t-tantos soldados do Gênesis?

— Tá correndo um boato esquisito — Samir também fica em posição estratégica para que ninguém me veja.

— Que b-boato? — Nefret indaga com tom de voz áspero e nada usual. — Não vá me dizer que t-também acredita em assombrações?

— Tem coisas estranhas acontecendo em Unyan sim, mas o assunto é outro. Parece que o Gênesis está à caça de um criminoso — Samir responde ao meu irmão, mas é para mim que olha enquanto fala. Nossos olhares se prendem por mais tempo do que o sensato.

— Criminoso e-em Khannan?!? — Nefret empalidece. Suor gelado escorre por minha nuca. *Os soldados estariam atrás de mim?* — Como Nailah v-vai entrar agora? — Ele meneia a cabeça, preocupado com outro problema, aquele que só agora eu me dava conta. *Ah, só me faltava essa!*

O acesso da ala feminina é fechado assim que o desfile das Amarelas inicia, afinal, trata-se do momento mais importante do Shivir, onde os aristocratas avaliam as valiosas mercadorias da colônia. A mulher que não se apresenta, não importando a cor, é duramente penalizada. No meu caso, por ainda ser Branca, o castigo não seria dos piores. Eu até preferiria algumas chibatadas a correr o risco de ser descoberta pelos soldados do Gênesis, mas tenho de entrar. *É a única oportunidade de falar com Andriel.*

— Você distrai os soldados do setor masculino enquanto eu dou cobertura para Nailah entrar — Samir diz, convicto, pegando-nos de surpresa, pisca para mim de relance. — Imaginei que precisariam de uma ajudinha.

Mal consigo acreditar, agradecida. Somente ele com seu porte avantajado teria condições de esconder uma garota do meu tamanho. *Sim, podia dar certo!* Até porque a vigília da ala masculina era só para constar, uma vez que os homens tinham permissão para entrar e sair do salão nobre quando bem entendessem.

— Ok. Fiquem aqui — Nefret assente. — Nai, você só entra q-quando eu levar as mãos à cabeça. Se alguém a v-vir...

— Não vão — afirmo ao abrir um sorriso petulante.

Nefret balança a cabeça, mas sorri de volta. Apesar de tudo, sei que admira meu lado guerreiro, aquilo que ele nunca foi.

— N-nada de flertar com os rapazes, ouviu? — Antes de se afastar, ele sussurra em meu ouvido para que Samir não escute. — Esconda o rosto com o v-véu, e, p-pela luz divina, mantenha-se d-discreta esta noite.

Assinto e, conforme o planejado, poucos minutos depois os soldados estão em uma conversa animadíssima com meu irmão, que pega algo da carteira e lhes mostra. Interessados e distraídos, os sujeitos começam a rir e falar sem parar.

— Atrás de mim — Samir comanda assim que Nefret faz o sinal e, sem perder tempo, avança rápido e sorrateiramente pelo pequeno trajeto que teremos que cobrir. O lugar está deserto porque já está todo mundo lá dentro. Sigo-o como uma sombra, a corrida sincronizada de quem já fez isso antes. *Várias vezes.*

Respiro aliviada ao entrarmos no salão nobre. Apesar de desprovido de cor e luxo, o local tem pé-direito alto e é rodeado por um pequeno, porém bem cuidado jardim. Para que o ar circule pelo amplo lugar, há minúsculas janelas circulares na parte superior das paredes. Na nave central, o destaque fica por conta de um enorme vitral com a pintura desgastada de Lynian erguendo algo redondo e resplandecente ao céu: aquilo que os ancestrais chamavam de sol.

E que nem de longe retrata a beleza do que vi hoje cedo.

No Shivir, entretanto, o salão ganha algum charme graças às inúmeras velas acesas que criam espectros de luz dançantes pelas faces das pessoas e afugentam, ainda que por poucas horas, a sombra da desesperança que guardam nas almas.

Interrompemos o passo ao avistar o Sr. Parker, o Landmeister e maior autoridade de Khannan, atrás dos arranjos de antúrio. Preparando-se para começar seu enfadonho discurso assim que o desfile das Amarelas finalizar, ele está tão concentrado que mal nos vê passar ao fundo. Ao chegar ao local onde teremos que nos separar, Samir acena, encarando-me de um jeito intenso. Digo um obrigada em mímica e, sem perder tempo, avanço silenciosa e o mais rápido possível para a minha área.

Numa rápida varredura do lugar, observo com alívio que, fora o número elevado de soldados do Gênesis, todo o resto permanece como sempre. No centro do grande salão, sentados em compridos bancos de madeira, fica a grande maioria, ou seja, os colonos. No andar superior, assim como na nossa sociedade e na topografia de Unyan, estão os aristocratas. Eles observam e aplaudem as Amarelas lá de cima, distantes em seus privativos camarotes com cortinas de veludo verde-oliva. As garotas, usando maquiagem e seus melhores vestidos amarelos, sorriem ao desfilar, exibem os cabelos, agora soltos, com orgulho. Todas são aplaudidas pelos nobres, claro, mas como eu já havia notado, não são os aplausos o verdadeiro termômetro do interesse.

O que importava eram os olhares. Ah, os olhares masculinos diziam tudo...

A Cerimônia de Apreciação permite aquilo que seria impossível em qualquer outro momento: a interação – de igual para igual – entre colonos e aristocratas.

Teoricamente...

A grande verdade é que os aristocratas não estão aqui por livre e espontânea vontade. Eles *precisam* de nós para continuar no jogo.

Somos as apostas; eles, os apostadores.

Repuxo os lábios quando outra onda de aplausos enche o grande salão, mas mantendo-me discreta conforme Nefret pediu, curvo os ombros, abaixo a cabeça e contorno o anfiteatro por trás em direção à arquibancada situada no fundo, a área destinada às mulheres, exatamente a mesma posição que ocupamos nessa sociedade desbotada. Por ironia, a região mais colorida e cheia de vida, a aquarela sem sentido na qual fomos aprisionadas.

Refaço mentalmente o discurso que somos obrigadas a gravar desde pequenas: o Branco angelical da infância, a pureza; o Amarelo áureo das garotas na fase de apuração, a chama viva; o Coral daquelas que ficaram para o segundo escalão masculino, as centelhas que ainda resistem em lutar; o Vermelho exuberante, do fogo que arde, dos anos áureos de nossas vidas, os três primeiros anos após o casamento; o Verde esperança das grávidas; o Azul celestial das mães; o Roxo infeliz das casadas que não conseguiram engravidar; o Marrom nebuloso das que sangraram, mas nunca receberam lance; o Preto e eterno luto das viúvas.

Em meio à corrida sorrateira, um pé por debaixo de um vestido coral surge no caminho. Meus reflexos não são rápidos o suficiente, patino feio e tento me segurar como posso, mas a emenda sai pior que o soneto e acabo fazendo um barulho estrondoso ao ir de quatro ao chão.

Os aplausos cessam.

O desfile paralisa.

A música interrompe.

Escuto o murmurinho generalizado e a risadinha da culpada ao lado. Conto até mil para não acabar com a raça da asquerosa da Belinda ali mesmo e complicar seriamente as coisas para o meu lado. Os murmurinhos viram exclamações abafadas quando os aristocratas veem a garota enorme ainda em traje branco espatifada no chão. Sou pura humilhação, mas não posso demonstrar. Não quero que Andriel tenha vergonha de mim. Ajusto o véu e me coloco de pé de cabeça erguida.

— Ela escorregou, mas está tudo bem. Perdoem-nos! — diz a sra. Alice, pálida, empurrando-me com velocidade impressionante para o meu lugar.

Jogo-me na última das fileiras destinadas às Brancas e afundo no banco. Ao lado das miúdas meninas com faixa etária variando de sete a doze anos, pareço uma gigante, uma aberração. *Praga de Zurian!* Trinco os dentes, furiosa.

Uma entrada discreta?

Ah, sim, claro.

Somente TODOS os olhares masculinos estavam cravados em mim!

Capítulo 8

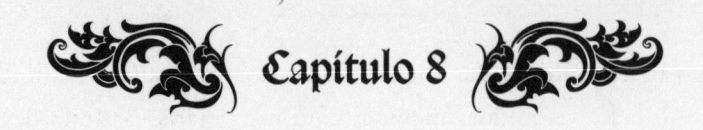

O desfile das Amarelas finaliza e, exultantes, elas retornam aos seus lugares. O Landmeister assume posição de destaque no palco, saca as fichas do discurso do bolso do paletó azul-marinho. Fará seu tradicional pronunciamento de início de temporada acrescentando, é claro, sua interpretação para lá de dramática.

Há palpável tensão no ar. Pelo visto, o Shivir perdera parte do brilho. As pessoas só comentam sobre os fenômenos da natureza que não ocorriam desde o surgimento de Unyan. A pincelada de esperança pelo fato de o sol ter reaparecido depois de séculos não foi capaz de sobrepujar o significado dos trovões e sua ligação com o medo mais enraizado do nosso povo: as tempestades.

E, como consequência, o fim.

— Colocou maquiagem, grandalhona? — Caroline, a irmã mais nova de Candice, sibila seu veneno às minhas costas enquanto dá petelecos na orelha da menina ao meu lado. Estreito os olhos ao notar que não apenas a pobrezinha, mas as demais Brancas se encolhem, desconfortáveis, como se isso fosse habitual. — Ainda se joga no chão para chamar a atenção. Tá desesperada mesmo, né?

Escondo a ferida com a renda do véu e, de esguelha, a vejo cochichar no ouvido de cobra da Belinda, a amiga inseparável sentada no banco atrás da Caroline. As duas sorriem e seus olhos exalam pura maldade. Meu sangue esquenta. Esqueço a ardência das feridas nas costas, a fome e até mesmo a emoção por tocar a thunder prateada.

— Deixa Nailah em paz — diz alguém entre os dentes. Ana, talvez.

— Ué! O que eu disse de mais? Ou será que as regras mudaram? — insiste a beldade do grupo com a expressão debochada. — Ah, entendi! Não é maquiagem. Isso aí no seu rosto é um garrancho... Ops! Uma pintura que o estranho do seu irmão fez?

— Pare com isso, Caroline — Bel alerta, tensa.

— Não ligue para ela. Você está linda, Nai. — Candice entra em minha defesa.

Giro o rosto em sua direção, surpresa. Ela empalidece e desvia o olhar. Assim como Ana e Bel. Assim como a maioria das Amarelas e Corais.

Por mais que tente disfarçar, há meses Candice me evita. Não a culpo. Na certa, a sra. Martin a proibiu de falar comigo. Apesar de não me tratarem mal, algumas colonas foram afastadas de mim por suas mães preconceituosas, por causa do que aconteceu a Juno ou devido à infração que cometi, da influência negativa que eu poderia exercer sobre suas imaculadas filhinhas.

— Será que o hooker de Black Demon vai finalmente mostrar seu rosto nesse campeonato? — Mona recomeça a conversa.

— Ah, mesmo sendo o grande campeão, eu não sei se gostaria de ser escolhida por ele. — Ana faz uma careta. — Meu irmão não conta o motivo, mas afirma que esse cavaleiro é um desequilibrado, um sádico.

— Isso mais me parece inveja — retruca Belinda, sempre intragável. — Porque além de rico, o hooker de Black Demon é admirado por todos os homens de Unyan.

— A cada ano que ele ganha o Twin Slam, mais nosso mundo escurece, não percebe? — Ana não se dá por rogada.

— Quanta superstição idiota! — Caroline rebate com uma bufada.

— Pois meu pai disse que esse sujeito é um enviado das trevas — acrescenta Sara. — Ele prefere que eu fique solteira a ser escolhida pelo filho de Zurian encarnado.

— Infinita Lynian! — várias garotas exclamam em uníssono ao ouvir o inconcebível: um pai preferir sentença tão terrível para a própria filha.

E eu? Ficaria satisfeita em me casar com o filho encarnado de Zurian para me livrar da minha sina maldita? O esdrúxulo pensamento me faz estremecer.

— Papai disse que vários aristocratas já fizeram seus lances — Eloise revela.

— Mesmo sem conhecer todas as candidatas? — indaga Sara, boquiaberta. — Isso seria idiotice!

— Khannan é a última colônia a ser visitada e no desempate leva vantagem o homem que dá o lance primeiro, meu bem — frisa a sra. Alice, a voz seca e nada usual, intrometendo-se na conversa enquanto anda de um lado para outro.

Ela e dona Irlanda são as encarregadas de supervisionar o comportamento das candidatas durante o pronunciamento, afinal, precisamos impressionar a casta que nos observa dos camarotes. Reparo na sra. Alice com atenção. Sua fisionomia me parece diferente da véspera, tão... *triste?! O que será que aconteceu?*

— Não entendo o porquê desta animação se são *eles* que escolhem. Um leilão, isso sim! — acrescenta dona Irlanda, famosa por suas espirituosas pílulas de sarcasmo.

— Tolices de solteironas azedas e descartadas — devolve Caroline com descaso, tripudiando sobre o passado da pobre senhora enquanto joga os volumosos cabelos castanhos alourados de um lado para o outro, exibindo-os, agora que se tornou uma Amarela e, portanto, está livre do sufocante véu. — É tão incrível usar um vestido amarelo. Mal consigo respirar de emoção!

— Desabotoe alguns botões — aconselho, sem conseguir me conter, e uma onda de risadinhas abafadas ecoa pelos bancos.

— Hum... Não passou da hora de eles te levarem daqui, querida? — Ela desdenha da minha sina macabra e volta a dar petelecos na menininha ao meu lado.

— Mulheres desdentadas também apodrecem por aqui, *querida*. Se tocar nessa Branca mais uma vez vou providenciar para que esse destino a encontre em breve — libero de maneira displicente, mas um sorriso perigoso surge em meus lábios quando puxo o corpinho da pequena Branca para junto do meu.

— Acha que tenho medo das suas ameaças? Você é uma louca igual a sua mãe! — Caroline guincha, cutucando ainda mais a ferida que nunca cicatriza, mas recua quando meus punhos se fecham. Ela conhece meu temperamento, sabe que sou boa de briga e mais forte que qualquer uma delas, ou melhor, do que todas elas juntas.

— Chega! — ordena Candice para a irmã caçula. Surpreendo-me ao perceber a força que ela precisa fazer para vir em minha defesa.

— Tá nervosinha assim porque sua condição não é muito melhor do que a dessa infeliz, é? — Caroline vomita, maldosa, não alivia nem mesmo para a irmã.

Viro-me para Candi e me deparo com seu semblante pesaroso, a confirmação de que, bem no fundo, ela pressente que não conseguirá um pretendente em sua terceira e última temporada. Tenho vontade de abraçá-la e lhe dizer que está tudo bem.

Mas não digo. Porque não está.

Todas as mulheres nascem com este sonho do príncipe encantado que tem prazo de validade para se realizar: *três anos*. Se uma garota não for escolhida por um aristocrata em uma das três temporadas após seu sangramento, será o fim do conto de fadas e o triste retorno ao caldeirão do inferno da vida real. A partir daí, ela se transformará em uma Coral e terá mais três anos nada empolgantes – porém definitivos – para ser selecionada pelo segundo escalão masculino, ou seja, pelos colonos. Depois disso, fim das chances de constituir uma família ou de fazer diferença neste mundo. Simplesmente fim.

— Meninas, acalmem-se! — dispara a sra. Alice com o semblante abatido. — Sei que todas estamos tensas pelo que aconteceu a Lisa, mas...

O oxigênio é abruptamente arrancado dos meus pulmões. Encaro a bondosa senhora que assente de um jeito sinistro. Meus olhos desatam a arder. O calafrio terrível está de volta. Não preciso ouvir a resposta. Meu peito lateja dor e certeza, como se, no meu íntimo, eu já soubesse, como se eu já tivesse visto o rosto pálido de Lisa e seu olhar distante dentro da escuridão.

Oh, não! Não. Não. Não!

— É o que acontece a qualquer mulher que ouse desafiar o sistema, de uma forma ou de outra — balbucia dona Irlanda, taciturna.

Como mamãe e Juno.

— Se deu mal porque quis. Lisa sabia dos riscos — dispara a víbora da Belinda, sem um pingo de empatia ou piedade.

— Cala a sua boca, idiota! — Arrasada, explodo. — Não enxerga que a culpada é sempre a vítima e a vítima é sempre uma mulher?

— Nailah! — ralha a sra. Alice, checando os arredores com preocupação, mas não é necessário. Há burburinho generalizado – bem acima do normal – enquanto todos aguardam o pronunciamento do Landmeister.

— Na lua de Kapak? — Sara indaga com um fiapo de voz e lágrimas nos olhos. Engulo as minhas.

— Não quero nem mais um pio sobre esse assunto! — ordena a sra. Alice.

— Ora, mas tem mais! Não estão a par da grande fofoca? — Belinda se faz de surda. Meu sangue ferve só em ouvir sua voz. *Vou estrangulá-la.* — Houve um incidente sério com um thunder hoje cedo, durante a parada. Os oficiais vieram atrás do culpado. Suspeitam que uma mulher foi a causadora. Pobre coitada...

Engulo em seco. A sra. Alice pisca várias vezes. Desvio o rosto quando ela me encara, pálida como um defunto. As garotas cochicham entre si, tão perplexas com a impensável notícia que mal notam o olhar perverso de Belinda atado ao meu, a saliva tóxica escorrendo pelo canto da boca quando mostra os dentes para mim no que julgo ser um sorriso de serpente. *Ela está blefando, não está?*

Observo a quantidade anormal de soldados do Gênesis no anfiteatro. Congelo dos pés à cabeça. Não, seria muita imaginação. Ela não estava blefando.

Pelas correntes de Zurian!
Sim, preciso fugir. E tem que ser esta noite!

— Luz de Topak... — começa o Landmeister.
— Clareia nossas almas! — A plateia completa em uníssono.
Preciso fugir. E tem que ser esta noite!
— Espada de Zurian...
— Quebre-se para sempre!
Preciso fugir. E tem que ser esta noite!
— Ventre de Lynian...
— Perdoa nossos erros!
Preciso fugir. E tem que ser esta noite!
— Do fim das trevas...
— A aurora do mundo!
Preciso fugir. E tem que ser esta noite!

É só nisso que penso enquanto o sr. Parker inicia o discurso com as saudações sagradas e explica a origem de Unyan, quando nosso povo reviveu o milagre da vida depois de seu longo reinado de destruição. Ele repete a história que todos sabemos de cor para que jamais nos esqueçamos dos erros cometidos no passado e, com isso, não os repitamos no futuro. As pessoas de mais idade mal piscam, emocionadas, aplaudindo com efusão o momento em que a narrativa chega ao seu clímax, quando algo inimaginável – ou melhor, *de outro mundo* – mudou o destino dos sobreviventes que se abrigavam no único lugar não inundado pelas chuvas ininterruptas e oceanos turbulentos. As raríssimas mulheres que conseguiram engravidar não geraram filhas. Nossos ancestrais compreenderam que seriam os últimos, que tudo acabaria ali. Em sua prece final, eles se curvaram e pediram perdão à deusa da vida que os havia castigado pelos erros cometidos. Fizeram uma promessa: se a grande divindade lhes concedesse outra chance, eles recomeçariam do zero e fariam tudo diferente, melhor.

E, nove meses depois, em mais uma noite de tempestade terrível e ondas furiosas, quando Unyan estava prestes a ser definitivamente engolida pela fúria das águas que a cercavam por todos os lados, em meio aos uivos incessantes do vento, os céus se abriram com estrondo colossal, as nuvens desapareceram, a chuva de décadas cessou, o mar recuou e os trovões que chacoalhavam o mundo silenciaram quando um único som se fez presente, reverberando nos tímpanos e espíritos dos remanescentes: o eco da esperança, ou melhor, um relinchar estridente.

Uma égua entrava galopando furiosamente pelo lugar e trazia uma grávida contorcendo-se sobre seu dorso. Estupefatas, as pessoas não conseguiam entender de onde surgira aquela mulher e, para assombrá-los ainda mais, como ela conseguira aquele animal se os cavalos estavam extintos havia vários séculos, assim como quase todos os demais animais de outrora. Eles a socorreram e, no final das contas, não obtiveram qualquer explicação porque a grávida não sobreviveu ao parto.

Mas a criança em seu ventre, sim!

Eles compreenderam que haviam recebido uma segunda chance, o milagre pelo qual imploraram: eram dois bebês, ou melhor, duas meninas.

Lynian, a deusa da vida, assumira parte da culpa e os havia perdoado!

Se a semente da vida voltara a germinar, imagine o estado de graça dos sobreviventes quando, logo depois, a égua também pariu sua cria: um potro saudável, que se transformou em um cavalo robusto e que deu continuidade a uma espécie considerada extinta.

As gêmeas eram mulheres férteis, e cada uma teve seis filhos, entre mulheres e homens, que também procriaram e, assim, lentamente, a espécie humana sobreviveu.

E se reergueu...

A ladainha de vírgulas continua. Aguardo impacientemente pelo maldito ponto-final. Com palavras calculadas, o Landmeister explica de maneira encantadora como se formou a engessada arquitetura de Unyan.

Tenta fazer tudo parecer belo enquanto joga a sujeira da verdade para debaixo do tapete da hipocrisia.

Ele explica – pela milionésima vez! – que os fundadores fizeram as divisões em que nos encontramos para o nosso próprio bem e para a perpetuação da nossa espécie. Pensando em dar condições favoráveis para que as pessoas com "bons genes" pudessem procriar, as terras altas, agricultáveis e de clima agradável foram distribuídas pelas famílias com filhos. As linhagens menos férteis seriam acolhidas e agrupadas nas colônias, áreas localizadas nas partes baixas e próximas do mar. Todas elas, entretanto, ficariam sob a proteção de um justo governo central: o Gênesis. Por se provarem vis e maléficas, as modernidades foram rechaçadas e, as poucas existentes, ficariam restritas para o bom uso do Gênesis, quer para manter a honra que a tanto custo vem sendo resgatada em nossa sociedade quer para conter atos perversos que colocassem em risco a vida humana, o bem mais precioso deste mundo embrionário.

Arfo forte.

O que o Landmeister não conta é que, décadas depois do "grande milagre", atos miseráveis voltaram a macular o solo e o espírito desta nova sociedade: homens assassinavam outros para se apossarem das suas terras, seus cavalos, suas mulheres férteis e seus filhos. E, assim como a fé em dias melhores esmorecia, em uma determinada manhã o sol também se foi para sempre, permanecendo desde então escondido atrás de um paredão de nuvens eternas. O horror e a escuridão engatinhavam e, em pouco tempo, estariam fortes o suficiente para ficarem de pé e fincarem suas garras na sutil paz alcançada. Os governantes perceberam que Lynian não nos concederia outra chance e tomaram uma atitude radical antes que o tênue equilíbrio recuperado fosse perdido de vez. Eles estabeleceram regras que deveriam ser cumpridas custe o que custasse. Crimes seriam punidos com rigor e as mulheres, por serem "frágeis" e "tão importantes" à procriação, deveriam ser "protegidas".

Em outras palavras, submissas e relegadas ao segundo plano!

Aproveito o momento em que todos estão atentos ao discurso para rastrear o nível superior à procura de Andriel, o coração a mil por hora, desesperada para lhe contar sobre o buraco no muro, que eu havia encontrado um jeito de fugir daqui. Vejo-o em um camarote na ala leste. Ele capta meu movimento, avalia o pedido por um momento e então... assente! Meu coração ricocheteia no peito, feliz. *Ele me encontraria no nosso esconderijo!* Não consigo me segurar e o presenteio com o meu melhor sorriso.

— Hum... Está acenando em código para alguém, é? Afinal, o que houve com seu rosto, grandona? — Belinda matuta alto.

Levo a mão à ferida num rompante, camuflando-a, e, ainda que com o pulso acelerado, giro a cabeça em sua direção. Meus lábios se abrem em um sorriso assassino. Ela estreita os olhos, desafiadora, e levanta o braço, chamando um soldado do Gênesis. *A maldita ia me delatar?* Meus punhos se contraem. *Vou acabar com sua raça, sua...*

Mas não havia mais tempo. O soldado se aproxima a passos rápidos, uma pedra de gelo entala na minha garganta, minha aceleração cardíaca triplica e...

Uma salva de palmas me salva. Literalmente.

O Landmeister dá o discurso por encerrado, acrescentando uma estratégica observação final. Ele faz questão de pontuar que a trovoada de hoje cedo foi pura obra do acaso, assim como o temporal e a rajada de sol. Afirma que não há motivo para pânico, que as chuvas permanecerão fracas e inofensivas, que Unyan não corre risco. As pessoas não parecem tão convictas assim, mas, ansiosas em começar a rara festividade, assentem e se dispersam com velocidade impressionante pelo lugar, inclusive o soldado do Gênesis que vinha em minha direção.

Mal tenho tempo de respirar aliviada porque, de esguelha, vejo Belinda alargar seu sorriso de cobra e desaparecer com Caroline em meio à multidão. Agora é certo. Ela vai bater com a língua nos dentes. Tridente de Zurian! Serei enforcada se descobrirem que fui a causadora da confusão com o thunder! *Calma, Nailah! A bruxa não tem como provar nada. Será a palavra dela contra a sua.*

Meu estômago ronca alto, tão atordoante quanto a tensão que me consome. Faminta, observo as pessoas se espalharem pelo salão, boa parte delas indo em direção à mesa central com as deliciosas iguarias do jantar abertas ao público. Alguns aristocratas nos observam dos seus camarotes, *como se tivéssemos alguma doença contagiosa!* Outros desceram, mas não para se servir das comidas dispostas (que não devem ser tão apetitosas assim para eles!) e sim para ver as Amarelas de perto, avaliá-las como se avalia mercadorias de valor.

Esquivando-me dos soldados do Gênesis e dos capatazes, em meio à confusão de pessoas, passo próxima à mesa de doces e, sem conseguir resistir, sorrateiramente furto um morango da cobertura de uma torta, colocando-o na boca num movimento fluido e ligeiro. Ato contínuo, saio pelo portão que se abre para o pátio dos fundos e vou para o lugar onde já nos encontramos antes: o jardim dos antúrios – única flor que consegue crescer aqui em Khannan. Graças aos bambus que o contornam e porque meses atrás avistaram uma cobra – pela primeira vez na colônia – deslizando por um de seus galhos (e que eu, claro, fiz questão de espalhar o boato que era venenosa!), poucas pessoas se atrevem a vir para cá desde então, empoleirando-se pelos banquinhos e canteiros dos demais pátios. Dessa forma, acabou se tornando um excelente esconderijo. Ainda assim, por questão de segurança, resolvo aguardar Andriel escondida na penumbra, abaixada em meio às folhagens.

— De quem você está se escondendo?

— S-Samir?!?

— Eu a vi caminhando para cá e... — Ele arqueia as sobrancelhas e abre um sorriso largo, entre o indeciso e o brincalhão. — Tudo bem? — Samir me estende uma das mãos ao me pegar paralisada no lugar como uma sapa catatônica.

— Obrigada, e-eu... há... Só não estou no clima de festa. Queria ficar sozinha.

— Imagino... Eu sinto muito pelo que aconteceu à Lisa, sei o quanto vocês eram próximas — diz com pesar, mas, em seguida, sua expressão suaviza e seus olhos reluzem. — Foi assim que esbarrei em você na primeira vez, lembra? Quando eu corria atrás do seu irmão porque ele tinha me trapaceado em um jogo e você surgiu possuída em cólera para defendê-lo. Já era destemida desde pequena. — Meu rosto esquenta com o elogio. Ele pisca com divertimento ao checar o local onde estamos. Há tanto tempo eu não o presenciava com a aura tão descontraída que, apesar de tudo, algo agradável me aquece por dentro. Ficar assim tão perto dele me faz perceber o quanto senti sua falta. — Isso aqui veio a calhar, no fim das contas. Poderá comer em paz.

Comer?!? Só então me dou conta do que se encontra na sua outra mão: um prato de comida! Meu estômago vibra em resposta.

— Nefret deixou as batatas assadas!

— Ele não é tão magnânimo assim. As batatas foram minha doação, *irmãzinha*. — Samir alarga o sorriso.

Sorrio de volta, satisfeita em escutar o antigo apelido. Com a sua altura, Samir é um dos poucos em Khannan que ainda pode me chamar pelo diminutivo.

— Obrigad... — Enfio duas batatas na boca de uma única vez.

— Calma aí! Assim vai morrer engasgada! — Ele ri.

— Uma boa morte — respondo com a boca cheia. Comida é o que mais necessito no momento para abrandar a tristeza pelo que houve com Lisa e recuperar minhas forças. Precisarei delas para fugir. Estremeço com o pensamento e disfarço a sensação ruim que me toma. — Mas é você quem corre risco se for pego aqui, comigo.

— Ninguém vai nos ver. Além do mais, o seu pai estava apenas no início de uma *longa* conversa com o olheiro da Academia. — Ele revira os olhos. — Pobre Nefret!

— Por que diz isso?

— Deixa para lá. — Ele solta um suspiro desanimado. — Coma.

— Acho que você deve ir agora. Já se arriscou demais — digo, agoniada, quando um lampejo de lucidez me traz de volta à complicada situação em que me encontro. *Andriel apareceria em breve!*

— Eu sei, mas... — Ele diminui o espaço entre nós. — Nailah, eu...

— Sua voz sai arranhando, insegura, como raras vezes presenciei. —

Eu queria passar uma borracha no passado, queria me desculpar pelo que falei naquele dia infeliz.

— Não precisa, Sam. Está tudo bem. Juro pela alma da minha mãe.

— Eu... queria que fosse a primeira a saber. — O brilho em seu olhar reluz como nunca. — Vou para a Academia. Fui selecionado!

Meu queixo despenca e perco o ar, petrificada com o feito extraordinário. *Ele seria um hooker?!? Samir tinha conseguido!* Pisco forte. Uma, duas, várias vezes. Observo-o atentamente e, dessa vez, não noto apenas a pele e as mãos castigadas pelo trabalho, deparo-me com um homem com uma larga envergadura. A saliva seca em minha boca. Apesar do que vivemos no passado, tenho a impressão de ser a primeira vez que eu enxergo Samir para valer. Eu, ele e Nefret crescemos unidos, brincando e brigando juntos como irmãos. Mas não somos. O véu cai e vejo claramente o porquê de ele ter sido escolhido: treinamento intensivo, genética privilegiada e determinação acima da média. Ele sempre foi muito bom na corrida também, quase tão bom quanto eu. Estremeço com o duelo de emoções em meu peito. Sinto-me feliz por ele, mas há uma parte dentro de mim que está estranha, quiçá insatisfeita, como se...

— Ei. — Ele percebe a confusão dentro dos meus olhos, a sombra escura pairando no meu semblante. — Não está feliz com a notícia?

Volto a mim, envergonhada com o estranho pensamento. Se existe alguém em Khannan que merece os louros por essa conquista, esse alguém, sem sombra de dúvida, é ele. *Claro que estou feliz!*

— Ah, Samir, parabéns! — Tomada por impulso, faço o que não poderia e rompo a distância permitida, abraçando-o com carinho e orgulho.

— Nailah... — Samir solta um gemido baixo e aceita meu abraço com vontade, seu corpo largo envolvendo o meu sem a menor cerimônia. Experimento o ritmo descompassado do seu coração na minha própria pele, inebriada pela sensação de ter seus braços protetores ao meu redor mais uma vez.

— Raio de Sol, e-eu... — A voz que surge por entre as folhagens e bambus perde o timbre, gagueja, e todos os pelos do meu corpo se arrepiam em resposta.

Oh, não!

Eu e Samir nos afastamos num rompante atabalhoado.

— Andr... — Tapo a boca com a mão livre, sem saber se o faço porque pretendo impedir que meu coração escapula pelos dentes ou para não piorar a mancada colossal ao dizer o nome dele na frente de Samir.

Os olhos de Andriel estão cravados em Samir e, por um momento, reluzem furiosamente, assassinos. Estremeço ao ver um furacão, pura ira e confronto, acontecendo dentro deles. Engulo em seco, apavorada que ele perca a cabeça por causa do maldito ciúme e acabe chamando a atenção dos soldados do Gênesis, que me odeie para sempre. Mas, no instante seguinte, seu olhar fica glacial, embaçando suas emoções em uma névoa intransponível. Samir coça a orelha e espirra forte, seu cacoete nos momentos de tensão. Eu, por minha vez, balanço a cabeça de um lado para o outro, em desespero.

— Desculpem, eu me enganei... Achei que era outra pessoa. — Ele disfarça, evita nos encarar ao girar o rosto para o lado, e, com a postura rígida, dá meia-volta, indo em direção aos dois aristocratas que acabam de entrar nos jardins.

— Eu não acredito! Inferno de Zurian! Ainda está obcecada por esse... por esse... — Samir tropeça nas palavras assim que Andriel se vai, a voz mal conseguindo se equilibrar na linha tênue que separa a fúria da incredulidade. — Nailah, você tinha combinado se encontrar com esse sujeito aqui?

— C-claro que não — engasgo.

— Por tudo que Nefret vinha me contando... — diz com nojo evidente. — Eu achei que sua obsessão infantil tivesse acabado, que tivesse aberto os olhos e tomado juízo... Argh! Mas não! — Ele esfrega o rosto, parece transtornado. — Não se preocupa com o que isso pode causar à sua vida? Não dou a mínima para os boatos que correm na colônia, sei que por detrás das suas artimanhas e sorrisos sedutores você é de fato uma garota honrada. Agora, querer tratar um aristocrata da mesma forma como lida com os colonos bobocas daqui é muita estupidez. Eles nunca serão punidos por uma conduta inadequada. Eles são imunes, sua tola!

Sons de passos e risadas altas o calam. Conversando animadamente, outro grupo de aristocratas acaba de entrar no pátio dos fundos.

— Rápido! Esconda-se! — ordena com uma força que nunca presenciei. — Agora é torcer para que o riquinho boa pinta não seja um fofoqueiro. — Fogo arde em seus olhos ao se referir a Andriel. Ele me encara por um longo momento, como se travasse uma batalha contra algum tipo de sentimento poderoso, como se sentisse dor.

E, sem se despedir, Samir se vai.

Há uma faca enfiada em minha garganta. Deu tudo errado. *Andriel não vai me perdoar! Samir me despreza!*

— Merda. Merda. Meeeerda! — praguejo e dou outra garfada.

Escuto um assovio longo.

— Ah, não. Xingar assim já é demais. — A voz grave me atinge como uma pancada violenta pelas costas.

O chão é arrancado abruptamente dos meus pés.

Alguém tinha presenciado tudo!

Capítulo 9

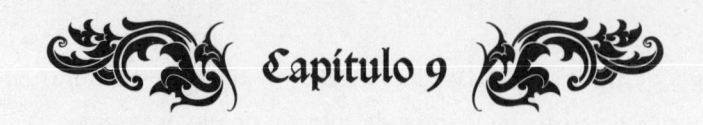

— Que cena tocante! Acho que li algo assim em um livro. Qual era mesmo...? Hum, deixe-me pensar... — diz a voz que é pura ironia e, pela forma como articula as palavras, trata-se de um nobre ou então... Giro o rosto rapidamente e, ajustando a visão, detecto a silhueta pelas frestas do bambuzal. *Como pude me esquecer do caramanchão de pedra no centro do jardim? Era um soldado do Gênesis? Estaria ali o tempo todo?* Parte da comida é expelida com violência, a outra fica agarrada na garganta. Engasgo feio e desato a tossir. Lágrimas embaçam meus olhos e minha face esquenta como se estivesse pegando fogo. — Bom... tanto faz. O triste é que me recordo muitíssimo bem do trágico final, no qual ao menos um dos dois amantes morre, igualzinho ao que vai acontecer com o casal de pombinhos apaixonados.

— N-Nós não fizemos nada errado, senhor! — respondo de cabeça baixa. Por precaução, jogo os braços para trás e escondo o prato de comida.

— Você o abraçou. — Poderia jurar que o sujeito está modulando a voz, mas não consigo raciocinar diante da afirmação que faz todos os pelos do meu corpo arrepiarem. *Droga! Ele tinha visto tudo.*

— Eu o parabenizei, somente isso. Samir é como um irmão, senhor.

— Um irmão...? Hum hum... — rumina ele. — É mesmo um bom lugar para uma confraternização entre irmãos, escondidos abraçadinhos numa moita.

— É porque eu... porque nós... — Explicar seria piorar as coisas. Apelo para o lado emocional. — Perdoe-me se lhe deu essa impressão, mas não é nada do que imagina, senhor. Sou uma Branca.

— De fato, dificílimo de acreditar. — Há uma pitada de malícia no comentário. — Até porque o timbre do seu... há... *irmão* ganhou um quê de fúria um tanto comprometedor no final, sabe? Logo depois que o outro sujeito os pegou no flagra. Não deu para ver, mas a voz não me era estranha... — Silêncio por um instante. — Você não se cansa de se meter em confusão?

Meus pensamentos embaralham. O tom anasalado desaparece e a voz grave e familiar arranca o meu chão – novamente – no mesmo dia.

Não era possível!

— Estou aguardando uma resposta. Aproxime-se. — O comando é firme, decidido e, apesar da repreensão verbalizada, não capto aborrecimento, mas sim implicância e uma pitada de algo mais que não consigo distinguir.

Contorno o bambuzal e avanço pelo caminho de pedrinhas que conduzem ao caramanchão. Levanto a cabeça muito lentamente e meus olhos pulam das órbitas com o corpo que vai tomando forma à minha frente. Não é porque estou assombrada com roupas masculinas escandalosamente requintadas e exóticas, uma espécie de túnica negra que cobre o corpo de porte elegante de cima a baixo, ou porque encaro embasbacada o relógio de pulso cravejado de diamantes que deve valer mais que toda a colônia de Khannan, ou o dourado da transgressão escancarada, aquilo que nunca vi homem algum usar: chamativos anéis nos cinco dedos da mão esquerda e duas argolas de ouro na orelha do mesmo lado.

— V-você?!?

Ah, que maravilha. Era o sujeito que trombou comigo hoje cedo! O que, talvez, tenha me visto fazer papel de idiota!

— Não acha cedo demais para se ver metida em outra enrascada? — indaga ele, sentado descontraidamente no banco de pedra de onde escutou a conversa com Samir.

O aristocrata tem o maxilar anguloso, a pele alva como o mármore, cabelos negros meticulosamente arrumados para trás e, como eu já havia reparado, olhos famintos como os de um predador.

— Talvez, mas só saberei se continuar tentando — acuada, ataco, claro.

— Atrevida demais... — Sua testa se enche de vincos e ele me estuda com um misto de incredulidade e interesse. — Quantos anos você tem, afinal?

— Dezesset... — Fecho a cara quando o nobre inclina a cabeça minimamente, o movimento suave como a seda, fixando o olhar desconcertante na minha boca. — Ah, pode parar, está bem?

— Há?

— Sei muito bem o que está pensando, senhor. Sou uma ótima leitora de faces.

— Sério? — Ele arregala os olhos e o esboço de um sorriso brinca em seus lábios. — Então você deve estar se deliciando porque eu sou um *best-seller*.

— Um o quê?

Inesperadamente, ele libera um ruído que parece um resfolegar. Ou, talvez, uma risada sendo contida a todo custo. Ou ambos. Meus pelos se eriçam.

— Deixe para lá! — Recompõe-se com um meneio de mãos, menosprezando minha inteligência como os homens têm o hábito de fazer conosco, como se eu fosse ignorante demais para compreender uma explicação. *Idiota!*
— Mas diga, o que acha que... hum... *estava escrito* no meu rosto quando você me disse sua idade?

— Você se indagava por que ainda não me levaram para...

— Para...?

— Lá. — É tudo que consigo dizer.

— Lá? — O aristocrata estreita os olhos, intrigado, e sua expressão se revela ainda mais cretina do que antes. — *Hum...* Poderia me dizer onde seria esse "lá"?

Argh!

— O senhor sabe a que me refiro — devolvo com os dentes cerrados.

— Sei?

— O lugar maldito de onde nenhuma mulher retornou, se é que existe.

— *Lá*... Ah! — Seus olhos se arregalam. — Você quis dizer...

— Isso mesmo! — interrompo-o com urgência, a voz falhando em esconder o horror ao escutar o nome proibido, aquele que jurei a mim mesma nunca pronunciar.

— Poxa, que decepção, docinho. Não era isso o que eu estava pensando. — Ele continua a implicar, mas parece perceber meu desconforto e avança na conversa sem insistir no tópico. — Viu? Você não é tão esperta assim. Apenas pensa que é.

— Nem o senhor é tão perspicaz em avaliar as pessoas. Apenas pensa que é.

— Gostei dessa. — Seus cílios negros sobem e descem contra a palidez das pálpebras, surpresos e, ao mesmo tempo, bem animados. — Entretanto, com meus anos de prática no assunto, afirmo que não é tão boa assim nesse lance de leitura facial.

— Prática, é? Quantos anos *você* tem? — disparo, subitamente intrigada. Eu diria que o nobre tem a idade próxima a de Andriel, talvez um pouco mais, mas sua pele é muito marcada, vincos talhados pela exaustão, sinais característicos daqueles obrigados a trabalhar arduamente e não da abastada aristocracia. *Estranho...*

— Idade suficiente para ter mais juízo, para mandá-la desaparecer da minha frente, mas não posso negar que a situação é tão esdrúxula que não consigo evitar. — Ele desconversa com o semblante modificado ao encarar minha mão esquerda, a marca da vergonha à mostra para que todos me julguem antes mesmo de me conhecerem. Fecho os punhos. — E você, mais do que qualquer outra, devia levar isso a sério, não?

— Isso é uma ameaça? — Enfrento-o sem perder contato visual.

Ele se levanta, crescendo como uma muralha à minha frente, o porte imponente e os ombros largos. Mantenho o queixo erguido, mas sou surpreendida pelo seu tamanho. O nobre era uma cabeça mais alto do que eu!

— É uma advertência — devolve ele de maneira sombria. — Agora, sente-se e acabe de comer antes de sair de fininho, como tem o hábito de fazer.

— Estou sem fome.

— Sem fome?!? — O aristocrata arqueia uma sobrancelha até quase a linha do cabelo, fazendo evidente gozação com a minha desculpa.

— Não posso ficar sozinha aqui com o senhor.

— Não seja hipócrita, ratinha. Você sabe escolher um esconderijo como ninguém — dispara, provocador, os olhos faiscando malícia enquanto enfia as mãos nos bolsos. Seus movimentos são graciosos e estudados, de um exímio caçador. Os olhos cor de ônix quase incandescentes me deixam inquieta, como se, por debaixo da superfície enganadoramente calma, houvesse um oceano turbulento pronto para dar o bote e me engolir. — Além do mais, ficar sozinha com rapazes em lugares suspeitos é algo que não apenas gosta, mas que também tem prática, não?

— Ora, seu...

— Ah, pode parar com o drama — interrompe ele, irônico. Mordo a língua para não lhe dar uma resposta atravessada e me colocar em situação ainda pior. — Sente-se e coma antes que a comida esfrie e até os porcos a rejeitem.

Faminta, faço conforme ele diz e vou engolindo tudo rapidinho. Dou de ombros ao pegá-lo, ainda de pé em seu requintado traje negro de corte impecável, me observando com atenção exagerada. Deve estar enojado com meus modos, mas estou pouco me lixando para o que o idiota vai achar. Sou uma colona rude e ele, o que há de mais refinado na aristocracia. Nossas diferenças são tão gritantes que não preciso tentar esconder o óbvio.

— Nunca vi um. Você tem porcos na sua propriedade? — pergunto, incapaz de conter a onda de curiosidade. Eu devia ficar de bico calado e acabar de comer para sair o mais rápido possível da estranha situação, mas com minha fuga cada vez mais próxima, a rara oportunidade de entender o mundo atrás desses muros é tentadora e este aristocrata aqui, *tão acessível...* O pouco que sei sobre o lado de fora veio pelos olhos de Nefret, dos desenhos que fazia escondido para mim, assim como eram às escondidas os encontros urgentes e regados a beijos e carinhos com Andriel. Reféns do desejo e da saudade, não desperdiçávamos nosso pouquíssimo tempo juntos com conversas sobre Unyan. — Dizem que a carne de porco é muito suculenta. É verdade?

— Não sei.

— Como não?

— Não tenho coragem de comer algo que teve um coração. — Ele se senta ao meu lado, mas é a sua vez de fugir do meu olhar inquisidor.

Engulo em seco. Sua resposta joga minhas armas ao chão. Por um instante, sinto-me verdadeiramente inferior a uma pessoa.

— Hoje cedo... há... Obrigada. — Minha voz vacila. — Por não ter me denunciado.

— Você gosta do perigo, já deu para perceber. — Uma veia lateja em seu maxilar e todo o divertimento é varrido do seu semblante enquanto me encara de um jeito perturbador. Sua mão grande e, para minha surpresa, cheia de calosidades, ganha vida e vem em direção à ferida no meu rosto, como se quisesse tocá-la, mas paralisa no ar. Curiosamente, não são seus anéis que reluzem em minhas retinas e sim um terceiro brinco que eu não havia percebido, um diminuto diamante entre as argolas de ouro. — Não vi que havia se ferido.

— I-isso aqui? — Estremeço. *Seria ele capaz de saber que a ferida foi causada por um thunder?* — Não é nada demais.

— Será? — Ele respira fundo, mas não para de me analisar. — Tanto descuido beira a inconsequência, garota.

— Quem é você para falar sobre isso se vive encastelado em seu mundo perfeito? — Meu sangue esquenta. Estou ferrada de qualquer forma, então, ainda que sejam minhas últimas palavras, não vou ficar calada ouvindo sermão de um riquinho convencido. *Cansei!* — O senhor não sabe o que é passar fome, abaixar a cabeça o tempo todo, ter que viver nas sombras. Não sabe de nada, caro nobre.

— Não? — Para minha surpresa, ele não parece ultrajado com a minha resposta insolente. O nobre alarga o sorrisinho e mantém a expressão descontraída, mas, por uma mínima fração de segundo, seus olhos escurecem em uma implosão sombria. Escombros e uma nuvem negra encobrem tudo. O comentário o havia incomodado de alguma forma. *Tinha maculado seu orgulho? Seria vergonha ou raiva por eu ter dito na sua cara o que provavelmente ninguém nunca teve coragem? Aquilo que mulher alguma se atreveria a dizer a um homem, principalmente a um aristocrata?* — Explique, então, sabidinha. Sabe, sou um sujeito curioso, ainda mais diante de situações tão... como diria... *inusitadas*. Enfim, o que uma Branca inocente como você teria a ensinar a alguém com... há... bastante *bagagem*... como eu? — com a voz zombeteira, indaga mordiscando o lábio inferior. Seus olhos têm um brilho malicioso agora. — Sou um bom aluno. Talvez você até se surpreenda e goste de me ensinar. Só não sei se conseguirei babar e abanar o rabo com tanta efusão como os colonos bobalhões daqui, ou como o coitado do... como era mesmo o nome do seu irmãozinho...? Ah, sim! Como o Samir! Ou como o sujeito misterioso que, infelizmente, não tive a oportunidade de enxergar e... — Então ele faz uma pausa dramática. — Nossa! Quantos pretendentes! Sabe, estou até meio tonto em enumerá-los e... Oh! — Ele arregala os olhos e, com a expressão diabólica, leva a mão repleta de anéis ao peito. — Isso tudo é tão empolgante! Teria você marcado o encontro com um deles aqui... inocentemente, claro, mas, para seu azar, o outro os pegou no flagra?

— Ah, não enche! — Encurralada e incapaz de inventar uma desculpa decente, dou outra garfada. *Maldito seja esse intrometido!*

Ele arregala os olhos ainda mais (como se isso fosse possível!), joga a cabeça para trás e solta uma sonora gargalhada.

— Eu sei que você está escondida por aí! Apareça, Diaba! — A voz do meu pai reverbera com estrondo no pátio.

Não é possível! Hoje eu morro de indigestão!

O rapaz ao meu lado se recompõe, empertiga-se no banco. Jogo o prato para ele que, no entanto, não se surpreende com a atitude. Pelo contrário.

— "Diaba"? — Ele arqueia as sobrancelhas, o sorrisinho pairando eternamente nos cantos da boca. — Seu pai? — indaga o bisbilhoteiro, olhando-me de esguelha. Assinto e ele libera um assovio. — Ah, vou adorar assistir isso.

E, sem a menor cerimônia, ele espeta o garfo na maior batata, justamente a que eu havia deixado para o final. Fecho a cara, mas o cretino nem se importa. Está mais interessado em degustar a *minha* comida. O sangue esquenta em minhas veias, meus punhos se contraem. Tenho vontade de afundar um soco no sorrisinho intragável e fazê-lo engolir a batata recheada com meia dúzia de dentes fresquinhos. Mas não há tempo para nada. Papai surge à nossa frente com o rosto deformado pela ira.

— Sua desgraçada! O que está fazendo escondida aqui com um homem? Você estava comendo? — A mão dele cresce em minha direção, vai me bater.

Travo os dentes, pronta para suportar o castigo, mas, para minha surpresa, nada acontece e apenas a saudação do aristocrata retumba em meus ouvidos.

— Que Lynian esteja por ti, senhor — diz o sujeito com a cara séria e o tom de voz ainda mais debochado do que antes.

Elevo a cabeça e vejo o braço do meu pai ainda suspenso no ar, o rosto mais vermelho do que antes pelo esforço que empreende. O nobre está de pé e paralisa seu golpe com apenas uma das mãos.

— Quando a luz do mundo apagar — meu pai completa o cumprimento a contragosto. Por se tratar de um aristocrata, no entanto, ele recua e sua voz sai sem a aspereza usual. — Com todo respeito, digníssimo cavalheiro, ela é minha filha e desobedeceu às minhas ordens.

— Sua filha tem um ótimo motivo para estar aqui — afirma o nobre com educação, mas consigo captar o divertimento em seus comentários dúbios. Está jogando com as palavras, plantando a semente da dúvida no cérebro maldoso do sr. Wark e se deliciando ainda mais com a cena do que com a maldita batata.

Respiro fundo e coloco-me de pé também. *Pois bem! Agora é a minha vez.*

— Este cavalheiro pediu para que eu lhe fizesse companhia, pai, depois que o ajudei, dada à sua… há… necessidade. — Abro um sorriso falso e muito meigo enquanto aponto para a bengala negra com uma reluzente ponteira prateada, uma rebuscada escultura metalizada de um thunder alado, largada sob o banco de pedra.

O rapaz enrijece com o comentário, ao saber que eu havia notado o problema em sua perna, e seus olhos ficam negros como carvão. *Ótimo! Agora estávamos quites!*

— O cavalheiro confirma o que minha filha disse? — papai o indaga de imediato, a incerteza estampada nos vincos de sua face. O aristocrata mal respira, observando-me com uma fisionomia estranha, um misto de raiva e incredulidade, mas nada diz enquanto pega a bengala. — O cavalheiro confirma? — insiste meu pai.

O silêncio permanece. Mantenho meu sorriso hipócrita enquanto o sujeito alisa o thunder da bengala por um inquietante momento.

— Não.

Congelo no lugar.

— Não?!? — Papai arregala os olhos.

O nobre pisca algumas vezes e passa os dedos pelos fartos cabelos negros.

— Não — reitera ele, expondo um sorriso mordaz enquanto me encara sem piscar. — Ela fez muito mais.

É a vez do meu pai de perder a cor e a voz. Estou na mesma condição.

— Tenho um problema em uma das pernas que não me permite ficar em pé durante muito tempo, e, como o salão além de lotado estava sufocante, resolvi trazer meu jantar para o frescor aqui de fora, apesar desse odor peculiar. — Faz discreta careta ao elevar a mão repleta de anéis no ar, referindo-se ao cheiro da maresia. — Mas, ao encontrar este banquinho, eu me desequilibrei e por pouco não fui ao chão. Se sua caridosa filha não estivesse por perto, teria sido uma tragédia! — solta de maneira teatral.

— E o que você estava fazendo nesse local, Diaba?

— E-eu... hã... marquei com Nefret aqui no caramanchão.

— Eu a vi mastigando. — Papai não se dá por convencido ao olhar desconfiado de mim para o prato de comida sobre o banco de pedra.

O aristocrata me encara por mais alguns instantes e, com a expressão zombeteira restaurada, morde o lábio, estudando as próprias palavras.

— Orgulhe-se, senhor. Sua filha é um anjo! — O mentiroso leva uma das mãos ao peito de maneira afetada, a caricatura perfeita dos trejeitos dos nobres. — Sou... hum... alérgico a frutos do mar. Mariscos acabam comigo, sabe? Como achei ter sentido o aroma e sei que eles estão presentes em vários pratos típicos das terras baixas, pedi à sua adorável filha que fizesse a gentileza de experimentar a comida para mim e confirmasse minhas suspeitas, o que foi prontamente acatado. — Seu sorriso torto é diabolicamente calculado. — Está de parabéns pela belíssima educação que lhe deu, caro senhor. Os modos dela são... eu diria... hum... *impressionantes*.

Estreito os olhos em sua direção. Agora era certo: *ele estava tripudiando com a minha cara!* Meu pai franze o cenho, sabe que há algo errado no ar, mas a conversa é abruptamente encerrada quando três homens irrompem acelerados no lugar. Num piscar de olhos, estamos cercados.

— Fiquem onde estão! — ordena um deles.

— Pela luz de Lynian! É ela, comandante! A ruiva grandona — exclama outro, levantando o meu véu para que vejam a cor do meu cabelo.

Os uniformes nas cores branco e dourado me atingem como um soco no queixo. O ar é arrancado dos meus pulmões. Meu pai franze o cenho. O aristocrata desata a bater a bengala no chão. Estou perdida!

São oficiais do Gênesis!

Atônita, vejo o sujeito longilíneo e com cavanhaque grisalho, repleto de estrelas douradas bordadas no uniforme, desdobrar uma folha de papel e olhar de mim para ela seguidas vezes, checando-me por inteira.

— O senhor é o pai dela? — indaga ele.

— Sou — rosna o sr. Wark. — O que essa maldita aprontou dessa vez?

— Nossa, nem vi a hora passar! — O aristocrata interrompe a conversa de um jeito afetado. — Errr... Estou atrasado para um compromisso.

— Sr. Blankenhein?!? — O oficial empalidece, desconfortável em dar de cara com o nobre. — Sagrada Mãe! Estou com tanta pressa que nem o tinha visto aí. Sinto muitíssimo pelo incômodo que lhe causamos.

— Não por isso, Miller. Eu já estava mesmo de saída. — O nobre me lança um sorrisinho amarelo. — Espero que tudo... há... corra bem. Com licença — acelera em dizer e, com um floreio de mãos, sai altivamente mancando dali.

Outro covarde.

Fecho a cara ao ver o comandante abaixar a cabeça em sinal de reverência e abrir passagem. Pelo visto, o miserável deve ser filho de alguém importante.

— O Landmeister disse que há uma saída pouco utilizada nos fundos desse jardim, comandante. Dois capatazes nos mostrarão o caminho mais seguro — diz um dos soldados assim que o aristocrata desaparece do nosso campo de visão.

— Perfeito. Derek, fique com o pai dela e não deixe ninguém passar por aqui. Bonel, vá na frente. Ninguém deve nos ver com a Branca. Vem, garota.

— Me solta! — grito quando o oficial me puxa com força pelo braço. —Pai! — Em desespero, solto o pedido de socorro, encarando meu pai uma última vez. Ele não foge do meu olhar, como fizera quando mamãe mais precisou dele, mas parece indiferente, quiçá satisfeito, com o meu terrível destino.

Perdida num tornado de imagens desconexas, sou arrastada dali às pressas, sons e sentimentos ricocheteando desvairadamente dentro da minha alma, tudo sem importância ou definição.

Não haveria fuga. Não haveria como retornar à vida de antes.

Eu sabia que tinha ultrapassado a linha delimitadora, tocado no intocável, naquilo que era sagrado para o meu povo: um thunder.

E para isso não haveria perdão. Nem mesmo para uma Branca.

O badalo sombrio estava certo, afinal.

Será hoje. Será hoje. Será hoje!

O quê?

Em instantes eu saberia.

Mas nem em meus sonhos mais loucos eu teria imaginado o que me aguardava.

Capítulo 10

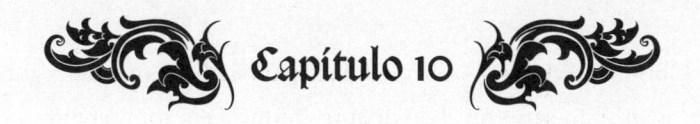

— Encontrei a colona de cabelos vermelhos! — comunica o comandante em alto e bom som assim que alcançamos o pátio particular de uma das câmaras aristocráticas do acampamento prime, os aposentos utilizados pelos nobres quando pernoitam nas colônias. Não faz a saudação de Lynian. Tem pressa. — Chama-se Nailah Wark.

O oficial carrega um lampião, mas a noite está muito escura e é impossível enxergar a mais de dez passos de distância. Vozes se sobrepõem. Há divergência entre elas. Tensão no ar. Frases sussurradas. O vento da expectativa sapateia ao meu redor e, em sua dança sinistra, embrenha-se por minha pele e nervos, ditando o ritmo do meu coração. Estremeço.

Afinal, eram assim os desaparecimentos?

— Traga-a aqui — comanda alguém.

Aproximamo-nos um pouco mais e, finalmente, consigo distinguir três pessoas na penumbra, dentro da câmara. O lugar é pequeno, requintado e repleto de tapeçarias, mas mais parece um mausoléu com o cheiro forte de incenso e velas acesas. Há uma pessoa imóvel, deitada sobre uma cama. O lençol deixa apenas a cabeça exposta, mas de onde estou não consigo ver o rosto, quer por causa da baixa visibilidade, quer porque há uma atadura vedando parte dele. Um Servo da Mãe Sagrada permanece ao lado do moribundo enquanto um homem baixinho e carrancudo anda de um lado para o outro sem parar. Pelo tipo de cartola e casaca que usa, trata-se de um intermediador.

— Obrigado, Miller — diz o religioso para o oficial que me segura pelo braço e, abaixando-se ao nível do doente, anuncia em tom sereno. — Helsten, acharam a garota. Você precisa confirmar se é mesmo ela, meu caro.

Nada. Nenhum movimento ou resposta.

— Não vê? Ele não tem mais condições de atestar nada! Tudo isso não tem cabimento! — rosna o intermediador, contrariadíssimo.

— É o último desejo dele, Sacconi — rebate o religioso sem se abalar.

— Tenho apreço por Helsten, mas não posso compactuar com esse desatino.

— Sacconi, não faç...

— Eu quero vê-la. — A ordem é um sussurro tão baixo, um mero sopro do vento, que fico em dúvida se eu realmente a havia escutado.

O lampião que o oficial carrega pendula repentinamente ao lado do meu rosto. O movimento me faz contrair os olhos, cegando-me por um instante.

— É ela! — vibra a voz idosa e muito fraca. — É ela!

— Graças a Lynian! — solta o Servo da Mãe Sagrada, exultante. — Traga o documento, Sacconi.

— Isso não vai dar em nada! — protesta o intermediador. — Ela fará dezoito em questão de semanas e, ao permanecer no status de Branca, terá que ser levada par...

— Não! — Convicto, o moribundo interrompe a advertência. *Se não era Lacrima Lunii que estava em questão, então...* — O milagre está de volta a Unyan, assim como o sol e os trovões. Os ventos da mudança finalmente chegaram, Sacconi.

— Ela é uma colona! — brada o intermediador.

— Eu sei — murmura o doente, irredutível, e, agarrando-se ao lençol, libera uma tosse horrível, um chiado agudo saindo de sua garganta e narinas ao mesmo tempo. O odor denso, feito metal úmido e quente se espalha pelo ambiente abafado antes mesmo da mancha escura macular o tecido: sangue.

— Ele vai me deixar em situação complicadíssima por nada, não enxerga? — guincha o intermediador para o Servo da Mãe Sagrada.

— A vontade é dele e somente dele. Entregue-lhe logo esse maldito documento e o deixe morrer em paz — comanda o religioso segurando a mão pálida do doente.

O que está havendo aqui, afinal?

— Por favor, Helsten, aceite a verdade — o baixinho implora agora. — O surgimento repentino do sol após a tempestade foi apenas uma estranha mudança climática, como tantas outras que estão acontecendo em Unyan.

— Não, meu caro. Foi por causa da conexão divina — devolve Helsten.

— Você sofreu uma queda violenta, pode estar confuso. Isso que afirma não tem o menor cabimento. Trata-se apenas de uma lenda sem sentido feita para abrandar os ânimos e dar esperanças a um povo sofrido. — O intermediador espreme a cabeça entre as mãos, atordoado, nervosíssimo.

— Eu vi, Sacconi. Eu vi... — arfa o moribundo e, por um momento, não acho que seja por causa do seu péssimo estado de saúde. O coitado parece verdadeiramente emocionado. — O céu trincou, os trovões se calaram e o sol se curvou quando elas se tocaram, exatamente como na lenda. É ela a enviada de Lynian!

Meu raciocínio se liquefaz. *Que absurdo era esse agora?*

— Mas... Ela é uma... mulher! — Exasperado, o baixinho finalmente expõe o medo que o consome. — E mulheres trazem má sorte para os thunders!

— A salvadora de Unyan foi uma mulher! Pelo que sabemos, ela veio montada em um thunder. — Ainda que muito debilitado, o doente não recua. — Sei que vou contra os costumes do nosso povo, mas não estou infringindo a lei, estou?

O intermediador encolhe os ombros.

— Não.

— Então me ajude, por favor.

O religioso escreve algo em uma folha e a entrega ao tal Sacconi que, com um muxoxo de reprovação, faz o mesmo. Em seguida, os dois auxiliam o doente para que ele também possa assiná-la. É um processo lento e delicado, uma despedida.

— Obrigado, meus amigos — Helsten balbucia, num misto de alívio e felicidade. — Faça a Branca se aproximar, Miller.

Com os punhos fechados e os passos hesitantes, sou conduzida para onde eles estão. De dentro das sombras, os rostos vão tomando definição. O religioso permanece em uma postura ereta e indecifrável, o intermediador me encara com o semblante acusatório por cima de seus volumosos bigodes escuros. Mas é o sorriso no rosto deformado que me faz petrificar no lugar e meu coração disparar.

O moribundo era o consorte da caravana! O senhor que foi jogado longe durante o ataque de cólera da thunder branca!

— Pela aurora de Lynian, bendita seja você! — solta ele, exultante.

— P-por quê? — gaguejo, atordoada. Nada fazia o menor sentido. *Ele estava me agradecendo por ter sido, ainda que sem intenção, a causadora da sua morte?*

— Por me permitir morrer em paz, por ter surgido em nossas vidas — diz com a voz embargada. Perco a minha. Um maldito bloco de gelo se deslocou do estômago e agora está alojado na minha garganta. — Almas gêmeas. Milagre. Mistério. Dê o nome que desejar à poderosa conexão entre você e Silver Moon. O fato é que minha thunder de sangue selvagem vivia infeliz e consumida pela fúria, incapaz de ser realmente domada. Eu sempre soube que ela era o animal mais especial de todos, sua força e inteligência acima do normal confirmavam minhas teorias, mas a dor que a flagelava desde seu nascimento nunca teve razão de ser e, por vezes, fez questionar minhas crenças, se um ser sagrado poderia ser tão atormentado assim... Mas hoje tive a confirmação de que eu estava certo. Havia um motivo. Silver estava quebrada, incompleta. Na verdade, ela estava à sua procura. — Ele puxa o ar com visível dificuldade, tosse forte e outro filete de sangue escorre pelos seus lábios enquanto volta a atenção para a folha de papel carimbada pelo Gênesis que tremula entre os dedos. — Sacconi, quero que encaminhe a família dela para a propriedade dos Meckil nesse ínterim. Os Wark deverão fazer parte do quadro dos funcionários, e o pai dela será o curador de Elizabeta até Nailah se tornar adulta, ou melhor, uma Amarela. Até lá caberá a ele definir quem será o hooker da égua.

— Isso vai gerar uma confusão dos infernos! — pragueja Sacconi.

— Pode ser, mas não deixarei meu bem mais precioso nas mãos da pessoa errada. Elizabeta e Nailah foram feitas uma para a outra. Sei disso como sei que meus minutos estão contados.

Quero perguntar um milhão de coisas, mas, em estado de choque, nada vem à mente. Meu sangue congela nas veias. Aturdida demais, apenas encaro o tal do Helsten. Seus olhos miúdos reluzem encanto e realização.

Não pode ser! Eu não posso ter entendido direito...

— Está legitimado, Nailah Wark. Você se tornou a primeira mulher a ser proprietária de um cavalo desde que o Gênesis se formou. Parabéns! Elizabeta, ou melhor, Silver Moon, é toda sua. Que Lynian esteja por ti!

Um relinchar alto se faz ouvir do lado de fora. Helsten solta uma risada e um último suspiro. Meu queixo despenca em queda livre.

Pela Mãe dos Sobreviventes... Sou a dona de um thunder!

Capítulo 11

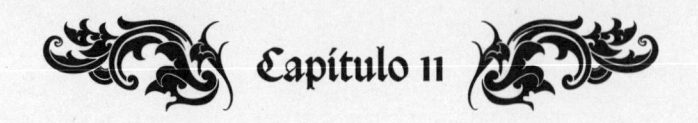

A NOVENTA E NOVE DIAS DO FIM

— Olá, Silver!

Entro sorrateiramente na baia assim que os cuidadores do Gênesis se vão. No instante em que meus dedos tocam seu focinho, ela apoia a cabeça em meu ombro e emite barulhinhos de satisfação. Meu peito se aquece com a emoção inexplicável. Estou sonhando acordada porque poderia jurar que um calor agradável, como uma energia cintilante, desprende-se dos nossos corpos unidos, derramando-se pelo belo lugar e o deixando ainda mais claro do que já é. O céu aqui na parte alta de Unyan também é coberto por nuvens, mas elas não são pesadas como em Khannan. Ao contrário, são branquinhas como algodão e quase posso sentir o sol ali atrás, me espiando e substituindo o cinza gélido e estéril das minhas retinas por um universo de cores vivas. O cheiro de maresia também se foi e os odores que me cercam são florais, suaves. Aqui não há o ruído constante das ondas explodindo nas falésias, como o cronômetro dos deuses a nos mostrar que não somos os donos do nosso tempo, que o fim está logo ali, a apenas uma golfada do oceano. Agora entendo o porquê de as terras altas serem tão valiosas. Aqui não há ameaça, mas silêncio e paz. Aqui a beleza da natureza, tão mesquinha nas colônias, transborda em todas as nuances e sentidos.

— Adivinha o que eu trouxe para voc...? Aiiii!

Tropeço e quase vou ao chão porque minha thunder, imensa, esperta e nada delicada, já enfiou a cabeça no bolso do vestido para confiscar seus torrões de açúcar. Libero uma risada alta e instantaneamente estremeço ao me recordar das palavras de Nefret, de que não estou apenas feliz, mas que me transformei em outra pessoa desde que Silver entrou em nossas vidas. *Na minha vida...*

Ele tem razão.

Depois do nosso conturbado primeiro encontro, nunca mais houve tempestades ou trovões. Tampouco a voz da névoa negra me chamando e episódios de sonambulismo. Não sei se a tal conexão entre nós duas aconteceu de fato, assim como o falecido sr. Helsten afirmou, ou se o sol ter surgido no exato instante em que nos tocamos foi uma providencial obra do acaso. O que importa é que Silver é o meu milagre, o presente finalmente concedido por Lynian para alegrar os últimos instantes de uma existência condenada. Porque foi isso que essa égua fez ao trincar não apenas o céu, mas a armadura ao redor do meu coração, fazendo-me abaixar as armas, arrancando-me de meu contínuo estado de batalha e me permitindo encontrar felicidade nas pequenas coisas do dia a dia.

Fugir? Nunca mais. Com Silver ao meu lado me sinto livre pela primeira vez na vida.

— Ah, Beta! Minha Elizabeta. — Ela adora quando a chamo pelo apelido usado pelo antigo dono. Meus braços a envolvem e aninho o rosto em seu torso musculoso, minha nova morada, minha paz. Mastigando os torrões, Silver solta barulhinhos ritmados e, assim como eu, permanece entregue no aconchego do nosso abraço. De repente, ela esfrega as patas no chão e me encara de um jeito diferente. Poderia jurar que sabe o que acontece dentro de mim, assim como eu também sei o que ela quer me dizer – ou quase sempre. Tão simples como respirar. *Tão inexplicável que me arranca o ar.* — Tá maluca? Estarei perdida se nos pegarem cavalgando por aí. Só podemos fazer isso na calada da madrugada, depois que todos já foram dormir. Você é minha, mas, fora os Meckil, ninguém pode saber. É o trato para ficarmos juntas até...

Negativo. Não vou pensar nisso hoje.

Insistente, ela continua a me encarar com seus olhos vermelhos, parece preocupada com alguma coisa... *Com Nefret? Sim, ele está feliz por mim, por tudo que aconteceu, mas tem andado mais calado que o normal...* Instantaneamente o calor que nos envolve se dissipa, como se a atmosfera reagisse às nossas emoções. Os pelos da minha nunca se eriçam com tal pensamento.

— Vai ficar tudo bem. Nefret tem se mostrado um bom hooker e não acredito que existam trinta e nove animais mais velozes que você. Com certeza ficará entre os quarenta classificados. — Tranquilizo-a, mas algo em meu cerne fica alerta, inquieto. — Sim, eu queria estar lá na semana que vem, mas ninguém pode assistir à prova classificatória. Além do mais, meu irmão disse que são apenas thunders e hookers correndo sozinhos na pista atrás de boas marcas.

Um barulho ao longe nos desperta. Respiro fundo.

— Bom, tenho um batalhão de bocas aristocratas para alimentar — digo ainda encantada com o lugar em que moramos há duas semanas. É ótimo viver longe do cinza desbotado da pobreza, em um local repleto de verde, quente e bem cuidado, mas, apesar de tudo, sinto saudades das rajadas do vento, de seus dedos gélidos a deslizar por minha pele e embaraçar meus cabelos. — Não tenho do que reclamar, menina. O trabalho aqui na propriedade dos Meckil é moleza, não sou vigiada vinte e quatro horas por dia por capatazes idiotas e até meu pai me deu um refresco das surras. — Coço suas orelhas. — Ah! Nefret soube que Samir se saiu tão bem nos testes que mal ficou no vilarejo da academia de hookers. Ele já foi acolhido por uma fazenda importante e é tão bem tratado pelos seus senhores que agora até parece um deles. Incrível, não? — Para minha surpresa, pouco tempo se passou e eu já sentia falta dele, da sra. Alice e das colonas que eu não mais poderia ajudar ou proteger.

Silver solta um relincho baixinho.

— Está tão na cara assim? — Abro um sorriso impregnado de expectativa. — Sim. Andriel vai aparecer hoje na Cerimônia de Apreciação das aristocratas. É obrigatório, você sabe. Preciso arrumar um jeito de falar a sós com ele, explicar o terrível mal-entendido que ocorreu durante o Shivir de Khannan. Você sabe o quanto sou louca por ele. Queria tanto lhe contar que sou a dona de um thunder. — Silver bufa. — Tá! Eu sei que não posso revelar isso a ninguém, que é segredo capital e blablablá, mas... ora, estamos falando do Andriel. — Novos sons chegam até nós. Beijo seu focinho ao deslizar os dedos por sua crina. — Preciso ir. Até mais tarde, meu amor.

— Está atrasada, Nailah — reclama dona Cecelia no instante em que coloco os pés na ampla cozinha do casarão. Sem perder tempo, a gentil governanta dos Meckil aponta para uma bandeja repleta de barquinhas de beterraba. — Me ajude a servir essa gente toda. Cruzes! Nunca vi aristocratas tão esfomeados! — Prontamente coloco o avental de linho sobre o vestido. — O clima anda pesado. Não sei se os lances estão abaixo do esperado, mas as Amarelas aristocratas parecem preocupadas.

— Coitadinhas... — rebato, irônica.

— Elas também têm seus fantasmas, meu bem. Apesar de saírem na frente por causa da linhagem e herança, durante o processo de Apreciação as aristocratas são obrigadas a concorrer quase de igual para igual com as colonas.

— "Quase" não é o mesmo que igual — devolvo.

— Mas é a única chance de mudarmos nossas posições nessa sociedade.

— A mulher tem que nascer bonita e sangrar na "hora certa" para conseguir um bom partido. O homem, por sua vez, deve ter porte avantajado e aptidão com cavalos. É isso que definirá o que temos, quem somos ou que seremos? Que mundo genial!

— Shhh! — Ela verifica a porta, ajeita meu véu. — Esconda esses cachos e mantenha a cabeça baixa. Não chame a atenção para si em hipótese alguma, ouviu?

— Que tal serrar minhas pernas?

— Cuidado com o assédio masculino, Nailah.

— Sei lidar com isso.

— Com os colonos talvez, mas não com os aristocratas — diz de forma dura. — Você está pisando em território desconhecido, em uma terra de interesses acima de tudo. Muito cuidado é pouco. Por detrás dos perfumes caros, das falas educadas e dos modos refinados, encontrará um bando de abutres desalmados. Homens ainda mais determinados a fincar suas garras em carniças tentadoras do que aqueles que você estava acostumada a lidar na sua colônia.

— Mas seria crime. Sou uma Branca. — Estranho o rumo da conversa.

— Você é uma mulher grande e diferente, e aqui ninguém é punido. — Seu olhar me perfura. — Mantenha-se de bico calado e atenta a tudo. Não se deixe empolgar por galanteios masculinos. Homens aristocratas são mestres nisso e, acredite, a pior espécie de Unyan. Se eles não a enxergarem...

— Quem vai me enxergar, dona Cecelia? — ironizo. — Não reparou que estou escondida atrás de um vestido largo como um saco de batatas? Que só tenho parte do rosto e as mãos expostas?

— Pois está dado o aviso: se quiser passar incólume nesse novo mundo, mantenha-se invisível e desconfie de todos — diz em tom agourento ao menear a cabeça, como se estivesse guardando algo importante para si. — Agora vá.

Com o coração num ritmo diferente, saio pela porta e acelero em direção aos jardins repletos daquilo que me encanta cada dia mais e que, fora os antúrios, não existe nas áreas baixas de Unyan: flores. Caminhos delineados na terra vermelha abrem passagem pelos pequenos aclives e criam desenhos interessantes ao serpentearem os vários canteiros harmonicamente separados, como os das orquídeas, violetas e begônias. Banquinhos de carvalho foram salpicados entre eles quer para dar um charme à atmosfera, quer como paradas estratégicas para um descanso.

Mas não é isso o que mais me impressiona no momento. É a *perfeição* de tudo, deles. Preciso conter o assombro ao me deparar com tantas pessoas bonitas e elegantemente vestidas, dezenas de belos exemplares de homens, mulheres e crianças. "Dinheiro compra a beleza", recordo-me de outra pílula de dona Irlanda. Vasculho ao redor, mas não o encontro em lugar algum.

Onde você está, Andriel?

Abaixo a cabeça e, evitando contato visual com os convidados, vou servindo os canapés pelas diversas rodinhas de pessoas espalhadas pelo gramado bem aparado. Começo por um grupo de mulheres, três Azuis aconselham uma Verde grávida e sorridente sobre como proceder na hora do parto, dão dicas de como lidar com as cólicas do bebê. A senhora de negro entre elas, bem idosa e quieta, é a única a notar a minha presença. Alcanço a roda de Amarelas e Corais. O clima é outro, um misto de euforia e ansiedade as envolve e, apesar de eu não querer dar o braço a torcer, as cores lhes caem bem. Elas parecem labaredas doidinhas para serem apagadas.

— Veja quem está te encarando, Barbra — vibra uma aristocrata Coral para a Amarela mais bonita do grupo, uma loura de olhos verdes e traços delicados. — Estranho. Papai disse que Frederic Pfischer não daria lance este ano.

— Humm... do jeito vidrado que ele está olhando para Barbra, acho que mudou de ideia — responde uma garota de seios fartos e nariz adunco.

— Que sorte a sua, Barbra! — comemora outra.

— Não acho — a bela responde sem hesitar.

— Como é que é?!? — as demais praticamente indagam em uníssono.

— Você pirou? Além de bonito e riquíssimo, ele é o melhor partido de Unyan! Os Pfischers são poderosos e respeitados até pelo Gênesis — diz a aristocrata Coral.

Em meio aos olhares trocados com a roda de rapazes do outro lado do gramado, todas desatam a falar ao mesmo tempo. Tento me segurar, mas não consigo conter a onda de curiosidade e, posicionada atrás da bela Barbra, sutilmente elevo a cabeça. Os aristocratas são atraentes, bem diferentes dos homens de Khannan. E não é porque são mais altos e estão trajando roupas de corte perfeito e sapatos tão lustrosos a ponto de refletir a luz dos lampiões ao entardecer. A diferença está em seus semblantes. Eles exalam confiança. O tal Frederic Pfischer tem os maxilares pronunciados, pele sem defeitos e é muito atraente, de fato. Um anel reluz no seu dedo mínimo enquanto o gira de maneira deliberadamente lenta. Tenho a sensação, no entanto, de que é para mim, e não para Barbra, que ele olha sem piscar. Torno a abaixar a cabeça.

— Alguém viu para onde o Ron foi? — A bela Amarela se finge de surda.

— Não sei por que essa fixação, Barbra. Ron é um devasso, caso perdido.

— E também não é lá essas coisas — acrescenta outra com ironia.

— Ele tem seus motivos para ser assim — a loira o defende. — Além de ser elegante e ter um quê misterioso.

— É como se chama quem tem manias e gostos estranhos agora?

— Sally, não seja cruel. Ron é apenas *diferente*. Pode ser que a nossa conversa não o agrade e...

— Ah, tenha dó, Barbra! — interrompe uma morena com impaciência. Seus pesados cabelos negros se destacam sobre o vestido amarelo. — Não enxerga o que está debaixo do seu nariz? Ron não perde seu tempo com garotas como nós. Só lida com aquelas que podem lhe dar aquilo que nós não podemos.

Todas elas voltam seus rostos estupefatos para a morena. Faço o mesmo.

— Julianne, você está querendo dizer que ele...?

— O que mais poderia ser? — ironiza a tal Julianne. — Se for verdade o que sussurram pelos cantos de Unyan, seu número de amantes da cor vinho é incontável. Dizem que ele passa todas as noites em tabernas imundas, jogando, bebendo e também... — Ela repuxa os lábios. — Enfim, aprontando tudo que um homem indecoroso tem o hábito de fazer.

"Cor vinho"?!?

— Mas os criados afirmam que ele tem ótimo coração e os serviçais são o melhor termômetro para conhecer o caráter de um homem — devolve a loura, negando-se a aceitar os conselhos.

— Informação sem serventia, querida, já que ele mal fica em Greenwood. Ron é um mulherengo, um bon vivant. Por que trocaria a vida que tanto lhe agrada?

— Porque poderia ter as duas coisas e ainda um herdeiro — responde outra Amarela de forma direta, expondo em alto e bom som a vergonhosa verdade: desde que os filhos sejam da esposa, a sociedade se faz de cega para as estripulias masculinas.

Mas triste seria o fim de uma mulher que ousasse trair o marido...

— Ou por amor — Barbra acrescenta num murmúrio tímido. Sua resposta é um golpe certeiro nos ânimos.

— Esqueça o Ron, Barbra. Ele nunca dará lance em mulher alguma e, ainda que desse, você não é uma opção. O thunder dele não é lá essas coisas e, linda como você é, na certa será escolhida por um dos primeiros colocados do Twin Slam. — A baixinha de mangas bufantes sentencia após arranhar a garganta. — Além do mais, ouvi dizer que o mulherengo está metido em encrenca séria, que teve que dar explicações ao Gênesis. Conhece a fama dele, os boatos...

— Nada foi provado.

— Como não? Os olhos vermelhos não lhe dizem nada? Não percebe como está cada dia mais abatido? — dispara Julianne.

— Ele pode estar doente.

— Sim, isso é óbvio. Mas como ele adquiriu essa doença?

— Meu pai diz que Ron é um mentiroso, que engana a todos com sua lábia de seda. Além do mais, Tracy foi vista na companhia dele naquela situação para lá de *suspeita* e, em seguida, veja o que lhe aconteceu... pobre coitada! — A baixinha faz uma careta de pavor. — Silêncio pode ser comprado, Barbra.

A loira empalidece com o comentário.

Minha nossa! O que será que houve com essa Tracy?

— Os rapazes estão indo para os fundos do casarão! — Sally comunica de modo tenso, interrompendo a conversa.

— Praga de Zurian! — reclama Julianne. — Será que já vão embora?

— Meninas, o *príncipe* finalmente se alistou! — Trazendo a notícia, uma garota de olhar vibrante e cabelos finos se une ao grupo. Parece animadíssima.

— Milena, você está dizendo que...

— Isso mesmo. Papai me contou. O Braun vai dar o lance nesta temporada! Ele acabou de chegar!

Todas soltam gritinhos eufóricos enquanto meu corpo reage, curvando-se para a frente com força. Acabo de receber um golpe certeiro no estômago, centenas de vezes pior que qualquer surra.

Não pode ser verdade! Elas estão falando sobre o "meu" Andriel?

— Você está bem? — indaga a gentil Barbra ao me ver cambalear no lugar.

Assinto e sorrio, mas meu sorriso não alcança os olhos. *Não! Não estou nada bem!* Aperto a bandeja com tanta força que os nós dos dedos ficam esbranquiçados e meus nervos entram em colapso diante da furiosa onda de decepção a me corroer por dentro. *Andriel não me quer mais? É isso?* Elevo o queixo e rastreio a região com o combustível da ira e do inconformismo a me impulsionar. *Isso não vai ficar assim!*

Tropeçando nos próprios pés, vou servindo rodas e mais rodas de aristocratas famintos, procurando-o por toda parte. Depois de assistir aos minutos estraçalharem meu ânimo, eu finalmente o vejo indo para os fundos do casarão.

— Com licença. — Girando nos calcanhares, finjo me dirigir para a cozinha e, mantendo uma distância segura, sigo-o por uma trilha, aguardando o momento quando não haveria ninguém por perto para falar com ele.

Andriel caminha a passos acelerados, cumprimenta as pessoas com um rápido movimento de cabeça, tem pressa. Amaldiçoo os convidados que vêm se servir dos meus canapés. Perco meu amado de vista. Assim que as pessoas desaparecem do meu campo visual, livro-me do restante dos petiscos jogando-os numa moita e avanço pela vasta propriedade. Depois de alguns minutos rodando para cima e para baixo, eu o avisto próximo a um minúsculo lago, a alguma distância de onde estou. Emergindo de dentro da água há uma lindíssima estátua de mármore de Topak, o deus do dia. Paraliso com o significado da cena em andamento. Urgência. Expectativa. De costas para mim, Andriel passa as mãos nos cachos alourados, anda de um lado para o outro.

Por que estaria assim? Ou melhor, quem ele estaria esperando? Ia se encontrar escondido com alguma garota? Assim como fazia comigo?

Os pelos de minha nuca se eriçam e uma onda de ciúmes lambe meu corpo quando um sorriso cintila em seu rosto perfeito ao ver alguém se aproximar. Escondo-me atrás de uma densa cerca-viva de hortênsias e, por entre as frestas, aguardo com o coração na boca a pessoa que surge por detrás das sombras. Meus olhos arregalam, aliviados e atônitos, ao reconhecer o andar cadenciado.

Blankenhein?!? Por que ele e Andriel se encontravam às escondidas?

— Por que demorou? — Andriel dispara após um breve cumprimento.

— Levo um tempo maior para chegar aos lugares, Braun.

— Ah, sim... claro. — Andriel se retrai. — Trouxe o que me deve?

Blankenhein assente, saca um envelope do sobretudo negro e lhe entrega.

— Obrigado. — Andriel imediatamente o guarda no bolso da calça.

— Cuidado, Braun. Sorte e azar são como as marés. — Blankenhein tem o semblante sombrio, os dedos brancos a alisar a ponteira da bengala.

— Está me ameaçando, por acaso? — Meu amado fecha a cara.

— Eu?!? — Blankenhein devolve com cinismo. — Mas se eu fosse você...

— Só me faltava essa. Um conselho? De você? — Andriel o interrompe com uma risada. — Não quero ser indelicado, mas estou com pressa e, sinto dizer, o colega está longe de ser um exemplo no quesito "sorte", não?

— Nailah!!! Cadê você, sua tonta? — Os berros de dona Cecelia reverberam pelo lugar e quase me fazem enfartar.

Ah, não!

Tapo os ouvidos, abaixada e imóvel atrás da providencial cerca-viva. Arrepio dos pés à cabeça a cada berro dela, mas, graças a Lynian, depois de um interminável momento, os chamados ficam distantes e a taquicardia diminui. Ponho-me de pé com cuidado, e, para meu atordoamento ainda maior, Andriel e Blankenhein haviam abandonado a suspeita conversa e desaparecido do mapa como fumaça rala no ar.

Maldição! Como vou falar com Andriel agora?

Com a cabeça rodando, acelero em direção à mansão antes que dona Cecelia arrume um escândalo por causa do meu sumiço. Percorro o caminho sinuoso situado na parte sul da propriedade dos Meckil, uma área afastada onde são feitas as entregas dos mantimentos que chegam de toda a Unyan e para onde raramente me dirijo. Em meio às trepadeiras e passagens bifurcadas, acabo me perdendo. A macieira com desenhos de corações esculpidos no tronco parece rir da minha cara e confirma o que já descobri: estou dando voltas no mesmo lugar.

Praguejo e, para me deixar ainda mais desorientada, escuto um gemido seguido de gargalhadas masculinas de puro descaso. Pior. Capto maldade exalando delas. Minha pulsação dá um salto.

Vá embora, Nailah!, ordena a voz da razão. Ignoro-a.

As risadas vêm de uma área oculta por densos arbustos. Contorno-a devagar, aproximo-me. Os aristocratas fazem um círculo ao redor da pessoa que se encontra caída no chão. Instantaneamente sinto um terrível mal-estar e a sensação opressora se avoluma, ganhando forma indiscutível.

Porque a cena é idêntica às que já presenciei diversas vezes na vida.

Pelas garras de Zurian! Não pode ser! Aqui também não!

Dou mais um passo, o coração pulsando na boca, mas os três aristocratas estão tão absortos em seu massacre que mal notam a minha descarada aproximação.

— Fala logo! Não temos todo o tempo do mundo — ordena um deles com asco exalando na voz ao lhe acertar um soco em cheio. O gemido familiar me faz estremecer. — Quem é o hooker da égua prateada?

Égua prateada?!? A bandeja trepida nas minhas mãos, o mundo escurece por um instante e, sem ter onde me segurar, sinto meu corpo cair no vazio.

Oh, não, não, não!

Porque sei que é sobre Silver Moon que eles estão falando!

E o sujeito massacrado ali no chão...

É o meu irmão!

Capítulo 12

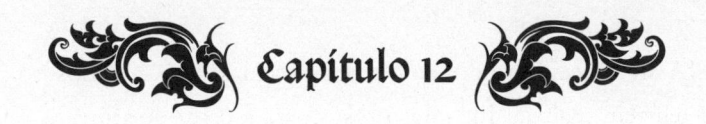

— Desembucha, gago! Por que sua família veio morar na propriedade dos Meckil na mesma época que trouxeram a thunder? — Um segundo aristocrata puxa os cabelos caídos no rosto repleto de sardas. — Você está trabalhando para ele, não é? Estou perdendo a paciência... — ameaça. — Fala logo antes que eu acabe com a sua cara de sonso. Quem é o Prímero de Silver Moon?

Ferido e visivelmente tonto, Nefret libera um riso estranho, mas nada diz. O aristocrata avança, vai acertar outro soco. Sou mais rápida.

— Argh! Porra! — O sujeito urra e, atordoado, leva as mãos à cabeça quando seu corpo é inesperadamente arremessado para a frente com a pancada que lhe acerto com a bandeja. No choque, ela também acaba voando longe.

— Arrebento quem tocar um dedo nele — rosno com os punhos cerrados, colocando-me à frente do corpo caído do meu irmão.

Primeiro os aristocratas perdem a voz e me observam, pasmos, os olhos arregalados ao extremo, e então, risadas explodem no ar.

— Apanhando de mulher, Mathew? — indaga um deles, contorcendo-se de rir.

— Por falar em potranca, Taylor, olha quem veio defendê-lo! — dispara o terceiro, a voz exalando veneno. Ele é maior que o asqueroso do Mathew. Aliás, os três são, para a minha infeliz surpresa, mais altos do que eu. — É a irmã gêmea. A que tem fama de briguenta.

— A sra. Meckil sabe escolher suas criadas. — Os olhos do tal do Taylor reluzem malícia. Ele gira o rosto para a cerca de arbustos à minha esquerda. — Você tem razão. A grandona é ainda mais apetitosa de perto.

Os três gargalham em uníssono. Estreito os olhos, confusa. *Esse Taylor é maluco? Com quem ele estava falando? Havia alguém escondido atrás dos arbustos?* Sinos reverberam no meu cérebro, alertando-me de algo sinistro em andamento. Engulo em seco e tento auxiliar meu irmão a se levantar. Com respiração fora de compasso, ele não aceita a ajuda e permanece de joelhos, curvado e sem me encarar. *Pobre Nefret!*

— Está tudo bem, Nef — digo com decisão inabalável, subindo a muralha ao redor do meu corpo, aquela que cresceu comigo. Não deixo transparecer que estou com o coração destroçado por vê-lo assim novamente.

Novas risadas altas. Cerro os dentes.

— É melhor ir embora, Branca. Isso aqui não é assunto para *mulher* — determina Taylor. — Apesar de ser essa... *vergonha* à espécie dominante — ele aponta com o nariz para Nefret —, o fracote do seu irmão fica.

A afirmação me faz arder por inteira. Sou uma combustão de ira. Meu irmão era forte quando tinha de ser e sua força estava em outro lugar: no coração.

— Pois eu digo que ele vem. E comigo — devolvo com fúria escorrendo pelas palavras e sem perder contato visual.

— O gago sonso fica — Taylor rebate, achando graça da situação.

— Bando de covardes! Babacas! — Vomito minha cólera.

— Vou arrebentar sua cara, infeliz de boca suja, exatamente como fiz com a dele — rosna o sujeito que acertei com a bandeja.

— É homem o suficiente para lutar comigo no mano a mano? Ou vai precisar da ajuda dos seus amiguinhos? — enfrento-o com um sorriso irônico.

E mortal.

— Devo admitir. Ela é topetuda. — Taylor ri, satisfeitíssimo com a confusão em andamento. — E aí, Mathew? Vai amarelar para a Branca?

— Estão malucos? Ela é uma Branca! Vamos arrumar problema para o nosso lado! — o terceiro argumenta, preocupado.

— Você ainda tem muito a aprender, Jet — Taylor responde com prepotência ao mais novo dos três. — Além do mais, essa daí tem cara de tudo, menos de Branca.

Com o orgulho em xeque, Mathew dá um passo à frente, chamando-me para o combate com a expressão de escárnio. Os outros se afastam. Sorrio de volta, a fisionomia tão debochada quanto, e dou um passo em sua direção.

Confronto aceito.

— Não! — Incapaz de se reerguer, Nefret segura minha panturrilha. Sinto seu tremor se espalhar por minha pele. Escuridão rasteja para dentro de mim.

— Faça a donzela caída calar a boca, Jet! — ordena Taylor após acenar para a região dos arbustos.

— Não ouse se aproximar dele — ameaço entredentes e sem tempo para checar o que existe ali atrás, toda fúria a pulsar em meus punhos.

Jet hesita.

— Eu que vou calar sua boca, sua... — Mathew perde a paciência e, empurrando Jet para o lado, avança.

Não tenho medo. Ao contrário. Tenho certeza de que posso, de que *vou* acabar com a raça desse infeliz num piscar de olhos. Finco os pés no chão e me preparo para acertar um soco potente em seu queixo cheio de acne.

— Se tocar um dedo nela, é um homem morto. — A voz cortante e perigosamente fria como uma lâmina de aço nem de longe se assemelha ao tom debochado de costume, mas de alguma forma é bem-vinda aos meus ouvidos e meu corpo reage, aliviado, muito antes que meu cérebro a identifique.

Mathew tropeça nos próprios pés e interrompe o ataque. Assim como os colegas, ele tem a expressão aturdida enquanto observa o homem de linhas duras e porte altivo que surge em nosso campo de visão.

— Ron Blankenhein! — A risada de Jet mais parece um rosnado.

Ah, que maravilha. O mulherengo que as garotas comentavam, o que passava todas as noites jogando, bebendo e fazendo sabe-se lá o quê era justamente esse aristocrata?

Um silêncio desconfortável paira no ar. Em uma mínima fração de segundo, o nobre que tem o hábito de surgir nos momentos mais inesperados rastreia meu corpo de cima a baixo. Duas vezes. Seus olhos estão ainda mais negros, turbulentos e impenetráveis do que me recordava. Mas, enquanto num instante eu poderia jurar que vejo uma tempestade acontecendo dentro deles, noutro o idiota joga a bengala para a frente e a cabeça para trás, e nos brinda com uma gargalhada estrondosa, dessas que faz tudo trepidar ao redor.

— Brincadeirinha!!! — solta ele com as bochechas vermelhas reluzindo na pele alva e se contorcendo de rir.

Os sujeitos que me cercam têm a respiração entrecortada, mas, aos poucos, os vincos em suas testas desaparecem. Suas expressões confusas ficam descrentes e, em seguida, furiosas.

— Vou acabar com a sua cara de palhaço, Blankenhein.

— Ôoo! Calminha aí. — O nobre fanfarrão libera uma risadinha insolente ao ver Mathew mudar sua trajetória e, espumando, avançar para cima dele. Blankenhein até consegue se desviar do soco, mas a perna defeituosa o faz se desequilibrar e ele acaba indo ao chão. Reviro os olhos. *Que ótimo. Mais um para eu defender...* — Opa! Tropecei. — De joelhos, o falastrão não se deixar abalar.

— Blankenhein, você tem um senso de humor peculiar. — Taylor meneia a cabeça, incrédulo, enquanto sinaliza para Mathew não atacar de novo.

— Obrigado, mas devo confessar que não contei nenhuma piada, não na primeira vez — rebate ele em tom jocoso, colocando-se de pé com a ajuda da bengala e gesticulando exageradamente com a mão cheia de anéis, como se fosse um rei concedendo bênçãos aos súditos. Estreito os olhos em sua direção, assim como os demais. O aristocrata é tão debochado que não dá para saber se está ou não gozando com a cara de todos. — Se não desaparecerem rapidinho, ficarão seriamente encrencados.

— Conversa fiada. Por que não vai contar suas mentiras em outro lugar?

— Ah, Mathew Guss, assim você me magoa. — Blankenhein faz biquinho, implicando com o sujeito que tinha acabado de jogá-lo ao chão. — Por que não espera aqui e descobre se digo a verdade?

— Posso participar da confraternização? — indaga o nobre que surge no lugar.

Era só o que me faltava: uma reunião.

— Frederic Pfischer. Que surpresa — Blankenhein o saúda com a animação de quem cumprimenta um surto de peste.

Pfischer ergue uma das sobrancelhas e se aproxima lentamente, desconfiado. De estrutura mais larga, ele tem o pescoço grosso como um pilão e é quase da altura de Blankenhein. *Fala sério! Estou no encontro dos maiores homens de Unyan? Pela primeira vez na vida me sinto uma nanica num lugar.* Com culpa estampada em suas faces, os rapazes apenas observam o intruso se aproximar sem nada dizer.

— Esse colono está ferido? Você precisa de ajuda, Branca? — Frederic vem em nossa direção, solícito, mas estanca o passo na metade do caminho para analisar cada um dos presentes. — O que está havendo aqui, afinal?

— O desastrado escorregou — mente Mathew na maior cara de pau antes que eu consiga abrir a boca.

— Ah, sim. Esse terreno é um horror. Acabei de levar um tombo. — Blankenhein libera sua risadinha afetada, mas, em seguida, desata a bater a bengala no chão.

Pfischer o encara com o semblante nebuloso. Os aristocratas trocam olhares suspeitos entre si. Tensão e desconfiança pairam no ar.

— Hum... Pelo visto esse colono precisa de cuidados — Pfischer afirma após observar Nefret com atenção. Meu irmão eleva o rosto pela primeira vez e o encara de volta, o semblante modificado, envolto em vergonha e algo ainda mais sombrio que não consigo decifrar. — Acho melhor levá-lo até o casarão.

— Obrigada, senhor, mas ele só sai daqui comigo — respondo com o maxilar trincado ao colocar o corpo à frente de Nefret.

— Eu não quis... Desculpe-me. Só quis ajudar. — Frederic Pfischer levanta as mãos espalmadas, olha de mim para meu irmão com interesse genuíno. — Tenho a impressão de que a minha presença não é bem-vinda.

— Sabe que tive a mesma sensação — Blankenhein ironiza, impertinente.

— Sério? — Pfischer devolve no mesmo tom. — O nobre colega é sempre tão querido por onde passa.

— Eu? — indaga com exagerada – e forçada – surpresa.

— Sim, você.

— Fico lisonjeado. — Blankenhein mostra os dentes num sorriso mega-artificial.

Pfischer fecha a cara e lhe dá as costas. *Pelo visto os dois não se bicam.*

— Tem certeza de que está bem? — Pfischer se dirige a mim, gentil. Preocupação reflete em suas feições. — Não quer mesmo minha ajuda? Posso...

— Ora, quanta insistência! O colono e a Branca estão ótimos — Blankenhein o interrompe com descaso, mantendo a fala arrastada, mas capto a nota de impaciência nas entrelinhas. — Além do mais, vou precisar dos serviços desse jovem assim que os senhores do Gênesis chegarem.

— Gênesis?!? — Jet arregala os olhos e os demais empalidecem.

— Ora, amigos, não apareci por acaso — Blankenhein esclarece limpando uma poeira invisível da própria roupa. — Como a festa estava muito barulhenta, eu e dois senhores da cúpula do Gênesis marcamos de nos encontrar aqui. Achamos que esse local reservado seria ideal para discutirmos alguns assuntos prementes, mas, pelo visto, o lugar é... hum... concorrido.

— Não vi ninguém do Gênesis vindo para cá — Pfischer diz, desconfiado.

— Que caminho tomou? — rebate Blankenhein, petulante, acariciando o belo thunder de prata da bengala.

— Muito seguro de si, não?

— De mim e de mais nada. — Blankenhein não perde a pose despretensiosa, mas sua voz sai baixa e ameaçadora.

— Curioso... Você nunca enfrenta ninguém, foge de confusões como um rato, mas, se não me engano, essa é a segunda em que se mete num curto intervalo de tempo. E em ambas as situações essa Branca estava presente, não? — Frederic Pfischer não parece se abalar. Blankenhein, por sua vez, estreita os olhos e recua. *Sobre que confusão Pfischer se referia?* — Apesar da maré de azar em que está atolado até o pescoço, de ser um... não posso negar que o colega é um excelente jogador e tem faro afiado para... — Ele estala a língua, mas não diz o que lhe vai à mente. — O que me faz pensar... O que está em xeque aqui, afinal?

Blankenhein não perde contato visual e, com exceção do seu pomo de adão, ele permanece paralisado como uma estátua por um longo e perturbador momento, os olhos cor da meia-noite ainda mais escuros do que antes.

— Pelo manto sagrado de Lynian! Que mente criativa, homem! — Pegando a todos de surpresa, Blankenhein libera outra risada. — Fique para a conversa e verá se existe algo em jogo ou não. — Ele confere as horas no impressionante relógio de ouro após escutar vozes ao longe. — Ou melhor, fiquem. Não quero estragar a diversão. Poderiam avisar aos senhores do Gênesis que fui para a varanda lateral?

Ah, claro. O rato ia fugir novamente.

— Não force tanto a perna, meu caro — Pfischer ironiza. — Já que não há com o que me preocupar e a Branca não precisa da minha ajuda, então... com licença — despede-se de forma educada e, com uma mesura, vai embora.

— Pode ficar. Eu também estava de saída — Taylor acelera em dizer.

— Ah, obrigado — Blankenhein cantarola.

— Taylor! — Mathew brada, nervoso. — Será a palavra desse... — Ele encara com desprezo a perna aleijada do aristocrata. — Dele contra a nossa!

— Ela é uma *Branca* — Blankenhein alerta com um sorrisinho torto, mas capto a ameaça no tom de voz. O nobre ficara incomodado com o fato de sua deficiência física ter entrado em xeque. Novos sons ao longe. — E, se eu fosse você, também desapareceria daqui. Branca é sempre assunto complicado...

— Merda! — Jet leva as mãos à cabeça e some rapidinho.

— Deram sorte, muita sorte. — O covarde do Mathew nos encara com ódio e também se vai, mas não sem antes trombar de propósito na bengala de Blankenhein e fazê-lo ir novamente com um dos joelhos ao chão. — Nossa, como sou desastrado! Preciso parar de esbarrar em trastes por onde ando.

— Tão previsível... — Blankenhein ri ao se colocar de pé assim que ficamos apenas ele, eu e Nefret no lugar. — Vocês estão bem?

— Melhor impossível — respondo enquanto ajudo meu irmão a se levantar. Ele solta outra sonora gargalhada. Seu bom humor infinito, quiçá artificial, parece tripudiar sobre mim e consegue piorar a condição dos meus nervos. — Pelos dentes podres de Zurian! O que tem de tão engraçado aqui, hein?

— Nailah! — Nefret me repreende. — Desculpe, s-senhor. Minha irmã não quis ser i-indelicada.

— Ela quis, sim. — O nobre não para de rir. — Isso não é incrível? Nefret engole em seco, pasmo, mirando com os olhos arregalados do meu rosto enfurecido para o semblante animado do aristocrata.

— Tá. Tá. Tá! Obrigada, senhor. — Repuxo os lábios e levanto as mãos para me livrar o mais rápido possível do escrutínio do meu irmão.

— Sempre às ordens. — Blankenhein faz uma discreta mesura da maneira zombeteira e insuportável que lhe é peculiar.

— Acho m-melhor a gente sair logo d-daqui — Nefret tem a voz estranha ao passar a mão no supercílio aberto.

— É sensato, sim — responde o intrometido no meu lugar.

— Vá para casa, limpe a ferida e descanse, Nef. — Seguro sua mão e olho dentro de seus olhos. Respiro aliviada. *Graças aos céus não aconteceu nada grave!* Ele concorda, mas seus olhos ficam ainda mais vermelhos. Sei que está furioso consigo mesmo por ter sido eu, uma mulher, a defendê-lo novamente. — Vai ficar tudo bem.

— E você?

— Vou voltar ao trabalho. Dona Cecelia deve estar maluca atrás de mim.

— Vá pela frente da propriedade. Tem bastante gente por lá e covardes não agem quando há público por perto — orienta o aristocrata, observando Nefret com atenção agora. Meu irmão o encara de volta por um longo momento, tão atento quanto desconfiado de algo, mas assente e, depois de soltar o ar aprisionado, vai embora de cabeça baixa, no seu jeito peculiar de ser. — Você devia fazer o mesmo, docinho. Não acho uma boa ideia ficar perambulando com esse bando de abutres soltos por aí.

— Sei me defender — digo satisfeita ao ver a mancha na bandeja largada na grama. *Eu havia feito Mathew sangrar!* — Os brutamontes não vão tentar mais nada por hoje.

— Eu não teria tanta certeza. Principalmente depois que descobrirem que os agentes do Gênesis já se foram.

— Como é que é? — Estreito os olhos em sua direção. — Você está dizendo que eles não virão te encontrar? Que foi tudo um... — engasgo — um blefe?

— As cartas deles eram piores que as minhas — cantarola ele, convencido. — Sei onde me meto, bobinha. Como Pfischer afirmou, sou um bom jogador.

— É mesmo? — indago, sarcástica, ao me recordar do envelope para sanar a dívida de jogo que ele entregou a Andriel.

O nobre abre um sorriso malicioso e, com as passadas lentas e cadenciadas, aproxima-se, fincando a bengala no chão ao meu lado enquanto deixa o corpo largo fazer sombra sobre o meu. Mantenho o queixo erguido e, sem recuar, aguardo o que tem a dizer. Imagino o que se passa em sua mente. Ele vai exigir algo em troca por sua ajuda e silêncio. *É o que todos fazem.*

— Vermelhos como o fogo... tão... — Ele segura delicadamente uma mecha dos meus cabelos que havia se desprendido. — *Impressionantes.* — O sussurro rouco grudado ao meu ouvido mais parece uma carícia.

Seus dedos são ágeis e, para minha surpresa, gentis, enquanto esconde a mecha atrás do véu. Meu corpo sempre alerta, para minha total consternação, não reage. Ao contrário, paralisa e, carente de algo que não sei o que é, recebe seus toques de bom grado quando uma energia inédita flui pela minha pele. Obrigo-me a manter os olhos abertos e a cabeça erguida, mas, para meu atordoamento ainda maior, minhas pálpebras ficam pesadas e meu pescoço inclina para trás, como se ambos me obrigassem a aceitar os carinhos, a mergulhar em um sono profundo e esquecer os problemas e os traumas que me corroem, como se me ordenassem a deixar as tensões do mundo do lado de fora, ainda que por apenas um instante. O calor agradável se espalha quando as suaves carícias avançam pelos meus braços e fazem novo caminho, subindo. O hálito quente surge em meu pescoço, aproxima-se dos meus lábios. Arrepio-me por inteira.

— Arrr... Isso é insano! — pragueja ele, jogando o corpo para trás de repente.

Pisco forte. Volto a mim.

Eu havia caído em seu joguinho de sedução? Sou tomada por nova onda de fúria.

Dele. De mim.

— Sempre fugindo... — atiço porque não tenho outra arma e porque sei que homens medíocres são orgulhosos e odeiam ser postos na berlinda. *Um rato, foi como Pfischer o chamou.* — O medo é a maldição dos covardes, sabia?

— Docinho, é você quem deveria estar com medo.

— De você? — desdenho.

O sorriso do nobre se alarga. Perigosamente. Seus olhos ardem dentro de uma fogueira negra, desconfortáveis.

Mas vai embora sem nada dizer.

A resposta viria algum tempo depois.

Capítulo 13

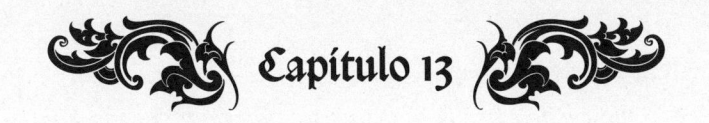

O ATORMENTADO

Sinto a energia crescer dentro de mim, escura e implacável, no instante em que me deparo com o vermelho incandescente dos seus olhos.

Tão lindos, tão perturbadoramente diferentes de todos os outros...

Por um mínimo instante, duvidei das minhas certezas, do que venho fazendo, do que me tornei, de tudo.

Por um mínimo instante...

Mas minhas verdades e o que faço são o que sou e o que eu não mais conseguiria que fosse de outro modo: alguém que faz justiça com as próprias mãos. *Literalmente...*

Então por que fico assim na sua presença?

A resposta queima em meu espírito:

Porque você é o que jamais conseguirei ser. Porque carrego o pior dentro de mim, porque sou escuro como a morte, enquanto você é clara como a vida, é tão...

Branca!

A cor sagrada. Imaculada.

E eu não toco em Brancas. Não do *meu* jeito...

O oxigênio me sufoca. Não há saída.

Observo-a um pouco mais, fascinado por sua força e coragem fenomenal, o sangue selvagem jorrando em suas ações, o prateado dos inocentes, dos guerreiros de coração puro...

Assim como eu fui um dia, antes de ter sido contaminado pelo vírus da desesperança e da vingança, antes de me tornar o que sou.

Aperto os olhos com força, afundo a cabeça nas mãos. Eu sabia das consequências desde o início. O caminho tinha sido tomado havia muito tempo. Não haveria como voltar atrás. *Nunca mais.*

Nem mesmo pelo sentimento pungente que me arranca o fôlego e me transforma em alguém diferente, melhor, quando estou em sua presença.

Nem mesmo por você.

Sinto muito. Muito mesmo...

ERA UMA VEZ UMA
GUERREIRA MENINA,

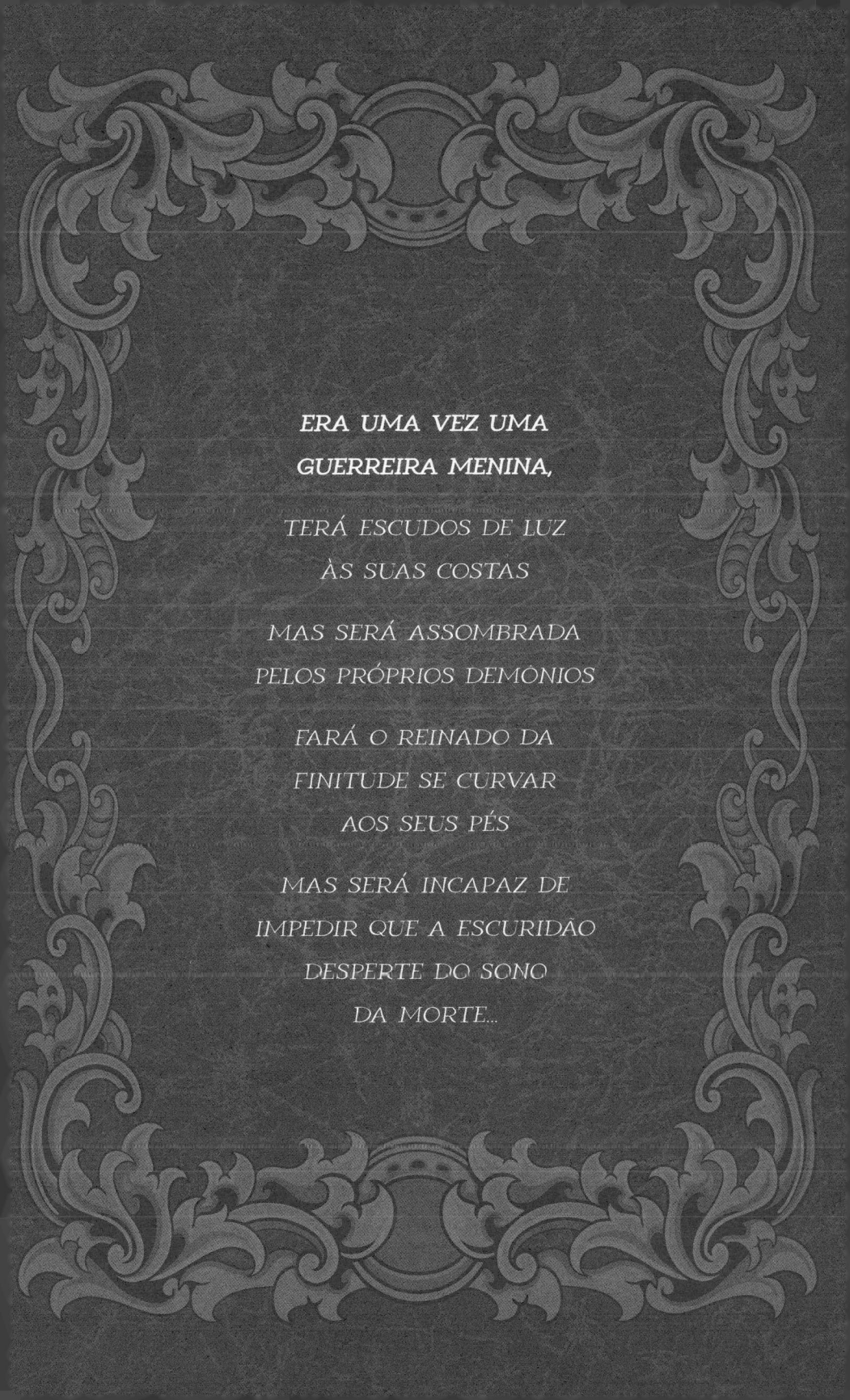

TERÁ ESCUDOS DE LUZ
ÀS SUAS COSTAS

MAS SERÁ ASSOMBRADA
PELOS PRÓPRIOS DEMÔNIOS

FARÁ O REINADO DA
FINITUDE SE CURVAR
AOS SEUS PÉS

MAS SERÁ INCAPAZ DE
IMPEDIR QUE A ESCURIDÃO
DESPERTE DO SONO
DA MORTE...

Capítulo 14

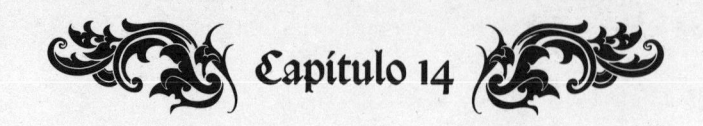

É véspera da corrida classificatória e estou agitada demais. Os cuidadores de Silver não vieram. Disseram que ela deveria descansar, que seria bom para seus nervos. Isso se aplica a mim também. Depois de quebrar dois copos e derrubar uma travessa de porcelana, dona Cecelia percebeu que seria um perigo me manter próxima aos caríssimos cristais da sra. Meckil e me dispensou do serviço mais cedo. Tento me convencer de que não há motivo para tamanha ansiedade, que Nefret não está cada dia mais calado e que já superou o trauma da agressão. Entretanto, a sensação opressiva – *onipresente* – continua a se expandir pelo meu espírito. Minha vontade é de correr e correr até cair exausta, como sempre faço quando me sinto assim, mas respiro fundo e resolvo ir para casa. Preciso dar apoio ao meu querido irmão.

Uma discussão em meio à caminhada. A princípio, uma sopa de sons apenas, sem consoantes. Minhas pernas se petrificam e meu pulso dá um salto ao compreender que o diálogo acalorado vem da entrada da nossa nova moradia, a humilde, porém agradável casinha construída com rocha local, clara e brilhante, com o telhado inclinado e janelas pequeninas, situada nos fundos da propriedade.

Escondida atrás dos troncos dos eucaliptos e aproveitando-me das oportunas sombras do fim de tarde, aproximo-me. Preciso escutar, entender o motivo da discussão que deixa meu pai com os olhos esbugalhados e o rosto abatido enquanto o sr. Sacconi só faz balançar a cabeça de um lado para o outro.

— Por favor! Tem que haver outra saída! — meu pai implora.

— Se Silver não se classificar, vocês terão que devolvê-la e abandonar este lugar. Sinto muito, sr. Wark — responde o intermediador.

O quê?!?

— Isso não pode ser definitivo. Esta casa me pertence!

— Esta casa pertence ao proprietário do thunder, que, por acaso, é a sua filha. A égua está sob sua custódia provisória, somente enquanto Nailah for uma Branca. — O homem de preto o corrige com um sorriso frio.

Papai recua, mas a ira cresce em seu semblante.

— Você não pode fazer isso conosco!

— Eu apenas cumpro as leis, senhor — dispara o sr. Sacconi. *Que leis?* — Preciso ir. Desejo-lhes sorte amanhã.

— Não! — clama meu pai em desespero, segurando-o pelo braço. — Nefret está se esforçando. Ele só precisa de mais tempo.

— Não existe "mais tempo". O senhor devia ter pensado nisso quando determinou que ele seria o único hooker de Silver Moon.

— Vida ingrata! Veja onde a maldita da Nailah nos meteu! — papai gane.

— Como é que é?!? Sua filha não tem culpa de nada, muito menos dos demônios que carrega consigo! — o sr. Sacconi vocifera. Arregalo os olhos ao presenciar o pequenino sujeito avançar sobre o adversário com os punhos fechados. Meu pai tem o dobro do seu tamanho, mas recua. O covarde só tem coragem diante de fracos e impotentes. — Foi *você* que meteu sua família nisso! E, se for homem o suficiente, pode tentar tirá-la dessa triste situação.

— O-o que quer dizer com isso? — meu pai indaga com pavor.

— O senhor sabe. As regras do torneio são claras, sr. Wark. Passar bem.

Como assim? O que ele sabe?

Sem perder tempo, o intermediador sai a passos bem rápidos para um sujeito de estatura tão pequena. Papai fica imóvel como uma estátua da derrota, os ombros caídos, a cabeça tombada sobre o peito. Uma capa de suor gelado se adere ao meu corpo e, com a adrenalina a mil, saio correndo como um relâmpago. Para não ser vista, contorno o restante do terreno por trás.

Esfolando braços e pernas em minha corrida insana, passo por uma trilha dentro do pequeno bosque de eucaliptos que dá para os fundos do nosso chalé, um atalho que descobri por acaso, em uma das cavalgadas às escondidas com Silver durante a madrugada. Cruzo o descampado, pulo a cerca e apareço de rompante na estrada de terra vermelha que margeia a propriedade dos Meckil, por onde a Sterwingen do sr. Sacconi deverá passar. Pouco tempo depois, o sofisticado veículo – a categoria acima das wingens – surge no horizonte. Para o usufruto de poucos ocupantes, ele é feito de madeira maciça, preta e ultrapolida.

— Sr. Sacconi! — Agito os braços e berro seu nome enquanto, correndo como uma louca, me aproximo por uma das laterais. Não consigo deixar de me perguntar como esses veículos se movimentam sem nada para puxá-los.

— Pelo fogo de Zurian! — A cabeça do intermediador surge na janela da Sterwingen e seus olhos se arregalam. — O que você está fazendo sozinha do lado de fora da fazenda, garota?

— Não permita que tirem Silver de mim! — peço aos gritos e com a respiração entrecortada, mas sem interromper minhas passadas. — Por favor!

Ele dá umas batidas na divisória à sua frente, uma espécie de código para o condutor, a pessoa que não consigo ver, mas que fica em uma cabine fechada e é a responsável por guiar o requintado veículo de uso exclusivo do Gênesis e dos grandes aristocratas. Escuto um ruído estridente de metais. Em seguida, as rodas de ferro patinam na estrada de terra e, para meu alívio, desaceleram e param.

— Você ouviu a conversa... — ele murmura. — Se pudesse, eu o faria.

— Mas... E o testamento? — Aproximo-me, ficando logo abaixo da janela. O brasão dourado do Gênesis, uma lindíssima escultura em alto relevo de dois cavalos alados envolvendo o sol, destaca-se na sua lateral. — O senhor disse que um testamento é um documento definitivo, de grande valor para a justiça.

— E é. — Ele aperta os lábios. — Acontece que a justiça está perdida. Seu caso é único e está gerando complicações que nunca existiram. Isso sem contar que o genro do sr. Helsten afirmou que ele já estava mentalmente doente há algum tempo e que tal quadro foi agravado pelo acidente. O aristocrata tem influência na cúpula e começou a mexer seus pauzinhos após o falecimento do sogro. Não se esqueça de que possuir um thunder é gozar de grande prestígio nesta sociedade. Especialmente se este thunder for um da estirpe de Silver, um potencial finalista.

— Silver não é uma finalista.

— Mas tem tudo para ser, se domada. Pelo menos é o que afirmam os especialistas. — Suspira. — Pelas regras do torneio, se um thunder participa da segunda fase de um Twin Slam, ele atingiu o chamado *status quo* — ele acelera em explicar ao ver a confusão no meu rosto. — O que eu quero dizer é que, se Silver Moon ficasse entre os semifinalistas, ela cairia nas graças do público e o Gênesis não a tiraria de seu dono legítimo, mesmo com alguma intervenção inescrupulosa da cúpula.

— Se Silver ficar entre os vinte primeiros colocados eles não poderão tirá-la de mim? — Uma centelha de esperança pulsa em meu peito. — Nunca mais?

— Exato, desde que ela entre na pista e corra. Mas está longe de ser a sua saída — solta com pesar. — Os tempos nos treinos preliminares foram péssimos.

— Péssimos?!? — Duas mãos geladas, imensas, envolvem meu pescoço. *Não pode ser! Não. Não. Não!* — Mas ninguém tem acesso aos números e...

— Tenho os meus contatos, menina. — O sr. Sacconi me brinda com um sorriso desalentador. — E fofocas correm soltas quando diante de absurdos. Pensei que estaria a par do assunto, afinal, você e Nefret são gêmeos...

O chão amolece e começa a me engolir.

— O-o que Nefret não me contou?

— Última posição — confessa ele com a voz rouca e de bate-pronto.

Um punhal afiado acaba de me acertar pelas costas. A verdade me dilacera por dentro. *Fui uma cega! Silver Moon tentou me alertar!* O motivo da sensação opressiva estava bem debaixo do meu nariz durante todo esse tempo.

Nefret mentiu para mim!

— Meu pai sabia? — indago, afônica.

— Baseando-me no estado que ficou há pouco, duvido muito. Pelo visto seu irmão o enganou também. — O intermediador arqueia as grossas sobrancelhas e balança a cabeça, taciturno, ao me ver afundar no lugar. — Thunder e hooker não são apenas cavalo e cavaleiro escolhidos à sorte, mas uma unidade. É o que sempre pregou o Twin Slam e o que aconteceu com Black Demon — explica. — Não sei se sabe, mas esse thunder nunca havia chegado a uma final até ser guiado pelo hooker atual. Não importa o que dizem, se esse cavaleiro tem mesmo um pacto com o demônio ou não, mas o fato é que os dois têm uma conexão tão forte que se tornaram campeões invictos de todas as provas das quais participaram nos últimos campeonatos, absolutos nas pistas. Mas agora os organizadores estão preocupados... De que adianta ir a uma corrida onde já se conhece o resultado? O público quer emoção acima de tudo, vibrar com disputas cabeça a cabeça. É isso que mantém a magia dessa competição, mas, pelo que fiquei sabendo, não haverá animal páreo para Black Demon este ano também. Ou talvez haja, mas ainda não tenha encontrado sua outra metade... — Suspira. — Entende aonde eu quero chegar? Os técnicos da Academia passam anos preparando hookers espetaculares que mal têm a chance de mostrar suas habilidades e, por outro lado, seu irmão desperdiçando uma obra-prima da natureza como Silver Moon. Compreenda a delicada questão. Essa égua precisa de um hooker à altura.

— Eu preciso dela, sr. Sacconi! — imploro num jorro de desespero, surda para suas explicações. — Eu já perdi tudo. Sei que me resta pouco tempo... — engasgo. — Mas não posso perdê-la também. Não desse jeito. Silver é o que restou da minha vida.

Meus olhos se embaçam. Seguro as lágrimas a todo custo.

— Não repita o que te direi porque não hesitarei em desmenti-la. Será a minha palavra contra a sua, então... — Com a testa lotada de vincos, ele faz sinal com o indicador para que eu me aproxime mais. — Estou trabalhando nos pontos fracos da lei. Agradeça à Sagrada Lynian por você ainda ser uma menor. O Gênesis se deixa levar pelos desejos da população e, para o povo, as Brancas são criaturas indefesas e imaculadas, quase tão sagradas quanto os thunders.

— Mesmo que essa menor, quero dizer, essa Branca, tenha quase dezoito anos e esse tamanho? — indago com a boca seca e o coração socando as costelas.

— Não importa. Branca é Branca — ele rebate sem hesitar e confessa o que jamais imaginei: — Sua história surpreendente é mantida em segredo pela cúpula do Gênesis. Os líderes não sabem como lidar com o seu caso. Não enxerga, Nailah? Apesar de ninguém acreditar naquela maluquice que o Helsten disse sobre a conexão entre vocês duas com o sol e os trovões, tudo isso parece um daqueles contos dos nossos ancestrais. Uma Branca de uma colônia ser a dona do maior tesouro deste mundo. Não de um thunder qualquer, mas uma égua de estirpe e com grandes chances. Não sei se sabe, mas éguas são raras e valem mais que garanhões. Éguas devem ser protegidas e não entram em competição. Mas, contrariando a lógica, Helsten fez a loucura de inscrevê-la no campeonato. É tudo tão... — arfa. — É o impossível se tornando realidade! Imagine se isso chegar aos ouvidos da população? Se souberem sobre sua história incrível e, em seguida, tomarem conhecimento de que querem arrancar a thunder da dona legitimada por um testamento, uma humilde Branca, isso poderia gerar uma comoção sem precedentes na nossa sociedade.

— Então o senhor vai levar o assunto a público?

— Não posso. Não ainda. São apenas suposições. Preciso conhecer o terreno em que vou pisar ou posso ser duramente penalizado. — Uma emoção estranha nubla seus olhos. — Se ao menos Silver passasse pela prova classificatória de amanhã... Eu teria algum tempo para estudar os pormenores da lei antes de dar o próximo passo.

— Mas Nefret não vai se classificar! Amanhã tudo estará acabado! — devolvo exasperada, o pavor exalando furiosamente por minhas palavras.

— De fato. Seu irmão é tão estabanado que parece até mentira. Ele não leva o menor jeito para a coisa, ainda que treine pelo resto da vida — responde com pesar. — Se ao menos seu pai tivesse escolhido outro hooker como Prímero...

— "Prímero"? O que é isso? — indago, afundando ainda mais.

— Também não sabe... — Ele meneia a cabeça, compadecido, ao perceber a confusão em meu semblante. — Como medida de segurança, todos os proprietários podem cadastrar três cavaleiros a cada temporada. O hooker principal chama-se Prímero e os outros dois são os Auxíleros, hookers reservas acionados caso alguma eventualidade impeça o Prímero de montar. — O sr. Sacconi franze a testa. — Mas, apesar das advertências que recebeu, do Landmeister de Khannan indicar um tal de Samir, seu pai cometeu a loucura de cadastrar somente seu irmão.

— Mas por que ele faria uma idiotice dessas? — Espremo a cabeça entre as mãos, incapaz de aceitar a enxurrada de notícias nefastas.

— Vaidade, suponho. Ou medo da concorrência, que algum dos Auxíleros fosse melhor que o seu irmão. Acredito que a vontade de esfregar a competência de Nefret na cara de todos deixou seu pai cego. — Ele dá de ombros. — Mas a lei é clara. Somente um dos hookers cadastrados ou o proprietário podem montar o animal sagrado no torneio — sentencia sem se dar conta de que suas últimas palavras são como um tornado na minha mente, jogando tudo pelos ares. Ele dá o comando para a Sterwingen partir. — O tempo urge. Agora preciso ir. Que Lynian esteja por ti, Nailah Wark.

Quando a luz do mundo apagar, é o que eu devia responder ao vê-lo se afastar.

Mas não consigo.

Porque ao contrário do que a saudação dizia, meu mundo em ruínas não estava se apagando, mas começando a se acender... Porque, de repente, tudo gira, gira, gira.

E, em meio ao rodopiar atordoante, algo se expande em minha mente, reluzente, absurdo, mortal... *Uma ideia!* Aquela que me conduziria para um caminho sem volta. Estremeço por inteira. Para colocá-la em ação, coragem apenas não seria suficiente. Eu precisaria me tornar aquilo que sempre me gerou pavor...

Eu teria de ser completamente louca!

Capítulo 15

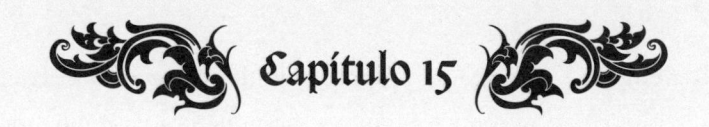

Contrariando a vontade assassina de ir para casa e acabar com a raça do mentiroso do Nefret, mudo a direção. Se o fizer, sei que vou passar dos limites. Preciso abrandar minha ira, correr, berrar, fazer qualquer coisa que me liberte do furacão ácido que perversamente corrói meus ossos e meu espírito atormentado.

Não perderei a única dádiva que recebi na vida! Não vou abrir mão de Silver sem lutar!

— Eu vou dar um jeito, Beta — prometo, desvairada, ao entrar na baia.

O punhal que Nefret cravou no meu peito se retorce. Amanhã, neste exato horário, Silver não estará mais aqui, comigo. Não consigo encontrar uma saída para o inferno em que fora arremessada ou amansar minha fúria. Ela é tão selvagem quanto a égua que me encara de volta. Escancaro a baia e saímos a toda velocidade pelo descampado, o sangue bombeando alucinadamente em meu sistema, nossa conexão mais pungente do que nunca, minha montaria mais fluida e precisa a cada dia.

Vozes me acertam a face como um soco. Fecho os olhos em resposta. Uma névoa repentina, branca e cintilante, embaça minha mente. Dentro dela vejo uma wingen tombada ao lado do maior dos três carvalhos e dois homens conversando enquanto consertam a roda quebrada: eram cuidadores do Gênesis!

— Ah, merda!

Silver empina, e, por conta própria, modifica o percurso e acelera em outra direção, como se soubesse o que se passa dentro da minha mente e o perigo adiante. Corremos por vários minutos e, quando alcançamos um aclive, finalmente olho para trás, à procura do grande carvalho, agora pequenino ao longe.

Mas não havia nada.

Sem homens. Sem wingen tombada. Sem neblina branca.

Mordo as bochechas, arrasada, negando-me a aceitar os fatos. O vento uiva forte, folhas rodopiam ao nosso redor num balé mal coordenado, nuvens escuras invadem o céu da aristocracia. Um calafrio dolorido se espalha por minha pele e os pensamentos atropelados me desorientam.

Eu não sou louca. Eu não sou louca. Eu não sou louca!

Mas em alguns momentos tenho a sensação de que, unidas, eu e Silver estamos em outra dimensão, em uma bolha particular de luz, poder e cumplicidade, protegidas dos flagelos deste mundo. Como se a atmosfera ao redor fosse a extensão do meu corpo, parte do que sinto e do que sou, tão obscuro quanto o meu destino. Chacoalho a cabeça e avanço, determinada a não me deixar levar pela loucura. O vendaval piora, prenúncio das temidas tempestades. Aceito-o como um convite.

— Vamos tentar, Beta? — sussurro a proposta em sua orelha e, com uma batidinha no seu dorso, libero as rédeas.

Agora é Silver quem está no comando.

Minha égua balança a cabeça e, com o sangue desbravador a guiá-la, gasta apenas dois segundos para decidir. Ela bufa e dá uma trotada antes de voltar a acelerar.

Meu sorriso se expande. *Isso!*

Há um lago de águas cristalinas atrás dos densos arbustos e da alta cerca de arame farpado que nos separa da propriedade vizinha. O lugar agradável e deserto, rodeado por flores silvestres e uma grama muito verde, virou nosso refúgio particular. Eu e Silver o descobrimos por acaso, em uma das cavalgadas secretas pela madrugada. A cerca divisória está partida, revelando uma passagem em um determinado ponto e, curiosas que somos, entramos para explorar. Mas o acesso estratégico é distante. Torno a olhar para o céu. Não temos esse tempo antes que um dilúvio desabe sobre nós.

— Mais rápido! — comando quando o desafio surge no campo de visão.

Minha thunder não hesita e pisa ainda mais forte, ganhando aceleração impressionante e ansiando, assim como eu, que as chicotadas do vento amansem a angústia dos nossos corações. Somos o reflexo uma da outra, almas em comunhão. A cerca cresce, as passadas de Silver e as batidas do meu coração avolumam-se, sincronizadas. Sorrio intimamente com tamanha insensatez. Estamos desafiando o sistema. Somos o inconcebível. Suas patas ficam ainda mais velozes, tão rápidas que mal tocam o chão, e, no instante seguinte, a muralha desaparece.

Porque estamos no ar, literalmente voando...

— Pelas barbas da égua sagrada! — escuto um assovio alto quando os cascos de Silver tocam o chão do outro lado da cerca e explodem a água da beira do lago.

Oh, não! Agora era real! Fomos descobertas!

Aturdida, mal tenho tempo de reagir porque, subitamente, uma trovoada reverbera com estrondo. Silver solta um relincho e se contorce de um jeito enlouquecido, como se quisesse se livrar de mim a todo custo.

— Silver, não! — grito apavorada em meio ao som atordoante, tentando recuperar as rédeas, agora embaralhadas, que sacodem de um lado para o outro.

Em vão. Ela bufa, joga a cabeça para cima e para baixo num cacoete interminável e, sem mais nem menos, desata a lançar pinotes no ar. Sem ter onde me segurar, sou jogada longe. Uma torrente de água entra pelo meu nariz quando afundo abruptamente no lago. Engasgo forte, a garganta queima, mas consigo me colocar de pé aos tropeços. Uma teia horripilante de relâmpagos surge no céu e levo as mãos aos ouvidos quando outra trovoada faz a água do lago tremer.

— Elizabeta!

Estendo a mão em sua direção ao ver o horror refletido em seu semblante. *Não. Não. Não!* Minha égua selvagem arregala os olhos e sai galopando em disparada. Para me desviar de sua saída intempestiva, puxo o corpo para trás, tropeço e acabo caindo de quatro no lago. *De novo.* Afundo o rosto nas mãos e seguro a sensação angustiante, de derrota, que me toma. Foi ela que me derrubou e não Silver.

Outro assovio me traz de volta à terrível situação.

— Mas que merd... — praguejo. Havia esquecido que tinha companhia.

— Você tem a boca bem imunda para uma Branca, sabia? — comenta a voz presunçosa que instantaneamente reconheço.

Que ótimo. O péssimo sempre podia piorar.

— Tinha que ser você.

— Ah, gracinha, não tem ideia do quanto o comentário me envaidece. Não sabia que havia me tornado um sujeito inesquecível aos seus olhos.

— O caro nobre ocupa de fato um lugar de destaque na minha mente. Ela nunca se esquece de pessoas que têm o hábito de... — Arranco o véu encharcado e grudado sobre meus olhos, preparada para lhe desferir um desaforo quando dou de cara com o aristocrata de pé a uns cinco metros de onde estou.

Sem a habitual túnica negra de corte impecável, ele usa apenas uma calça preta e uma camisa branca cujos botões estão abertos e deixam o peitoral exposto. Jamais poderia imaginar que um homem com a sua deficiência pudesse ter um tórax tão atlético. Pego-me hipnotizada pelos desenhos que suas veias, azuis e salientes, fazem na pele alvíssima como o mármore e sem uma pinta sequer, totalmente distinta das centenas de sardas que cobrem a minha. Ele não é como Samir, um colono cuja musculatura se desenvolveu pelo extenuante trabalho na lavoura, mas um riquinho que recebe tudo de mãos beijadas.

Então por que um peitoral tão definido?

— Ah! — O aristocrata alarga o sorriso safado ao olhar para o próprio corpo. — Desculpe meus trajes, docinho. O tempo mudou de forma abrupta e eu não estava esperando companhia. Não em uma hora tão avançada, principalmente de uma... *Branca* — ele diz a palavra com ar formal, mas me encara de um jeito malicioso quando percebe que mantenho os olhos em seu abdome por mais tempo que o sensato para uma garota. Enrubesço sob seu olhar fulminante, mas não abaixo a cabeça como seria de esperar. Posso jurar que ele abafa uma risadinha enquanto abotoa a camisa. — Ficou tão encantada que se desequilibrou? Ops!... Perdeu a voz? — alfineta com um sorriso debochado. Retribuo com outro do mesmo naipe. — O que ia dizendo, afinal?

— Que não me esqueço de pessoas que fogem do perigo.

— Pessoas inteligentes. — Ele arqueia uma sobrancelha, ainda se divertindo à minha custa.

— Que eu saiba o nome é outro.

— Ai, ai, ai. Você não aprende mesmo, não é? — Ele morde o lábio e balança a cabeça. — Eu acho isso muito divertido, devo confessar, mas quando você vai aprender a não dizer tudo que lhe vem à mente? Se eu não fosse um sujeito pacato e com ideias... há... diferentes... poderia me sentir ultrajado e você estaria, no mínimo, em uma situação, digamos, *perigosa*.

— Então... Você não vai me denunciar?

— Por que eu faria isso? — A resposta surge, para minha surpresa, sem qualquer tom de divertimento.

— Porque sou uma mulher? — Não consigo camuflar a nota de ironia na pergunta que, na verdade, é a resposta.

Encaramo-nos em um silêncio perturbador. Seu olhar cintila, ele nega com um discreto movimento de cabeça. Inexplicavelmente, acredito nele. Apesar do senso de humor detestável, suas falas não são machistas e prepotentes.

— Se está preocupada com a égua, bem, as cercas externas são ainda mais altas, ela não tem como fugir. A não ser, é claro, se resolver bater todos os recordes... — Há algo a mais, hesitação talvez, no seu tom brincalhão. — Belo salto, por sinal. Nunca vi nada parecido na vida. Você é realmente surpreendente.

Mal escuto o que diz. A onda de amargura pesa toneladas e começo a afundar na areia movediça do desespero e da impotência. Não há saída. Não tenho como lutar. Silver seria arrancada de mim e eu não teria como impedir.

— Não fique assim. Ela voltará e...

— A essa altura, Silver já retornou para a baia, como sempre faz quando fica nervosa — interrompo-o com o rosto afundado nas mãos. Não quero conversar com ninguém. A tempestade acontece dentro de mim.

— Hum... Tem algo a mais preocupando você. Vamos. Diga.

— Você nunca entenderia — murmuro, tentando esconder a dor que cresce em meu peito — *a minha fraqueza.*

Ao reerguer o olhar, vejo a rebuscada bengala dançar no ar. O aristocrata cogita vir em minha direção, mas desiste assim que me pega observando seus modos e, em especial, a perna problemática. Seus olhos escurecem.

— Tenho certeza de que vai arrumar uma solução para o problema que a aflige. — Ele inclina a cabeça e, vagarosamente, abre um sorriso irônico. A voz, entretanto, sai ácida e desprovida de humor. — A água do lago é amena, mas já não ficou tempo demais aí dentro, sapinha? Está escurecendo e esfriando...

Escuto uma bufada ao longe.

— Ah! Aquele bonitão ali é o Dark. — Blankenhein aponta com orgulho para o belo corcel negro com patas brancas adiante. Boquiaberta, reconheço-o instantaneamente. *Era o último thunder na parada! Então... Quem diria! Ron era o consorte de Dark! Isso explicava as roupas chamativas que ele usava quando nos trombamos pela primeira vez em Khannan!*

Roupas...?!?

— Pelas trevas de Zurian! — Encolho-me ao me atentar para o detalhe constrangedor: estou encharcada da cabeça aos pés, esparramada como uma sapa de fato na beirada do lago, a água cobrindo o corpo até a linha da cintura. O vestido branco de algodão deve estar megatransparente. — Se meu pai me vir chegando em casa neste estado deplorável... O que eu faço agora?

— Não tenho a menor ideia.

— Se você não estivesse aqui, eu não... — Arqueio uma sobrancelha. — Peraí! Você anda me seguindo?

— Eu?!? — Ele arregala os olhos e leva a mão cheia de anéis ao peito. — Essa propriedade é minha e, se não me falha a memória, é você, fantasminha, que tem o hábito de fazer aparições inesperadas nos lugares onde estou.

Por incrível que pareça, o enxerido tem razão. Tento pensar em uma saída.

— O que tem ali? — Aponto para um galpão imenso e sem janelas situado na outra margem do lago.

— Coisas velhas pra caramba, eu acho.

— Será que lá dentro não tem alguma roupa seca?

— Se tiver deve estar mais podre que o corpo do meu tataravô. — Ele faz uma careta de nojo nada convincente. — Além do mais, não sei onde guardam as chaves.

Reparo no local com atenção. Apesar da aparência abandonada, o galpão tem tantas trancas que chega a assustar. *Até quebrar todas já estaria amanhecendo...* Afundo ainda mais na água. O aristocrata fica observando meus modos com interesse, incapaz de conter o sorrisinho cafajeste. *Como não pensei nisso antes? O negócio é apelar para sua fama de mulherengo... flertar!*

— E-eu... estou com tanto frio... — Dou uma tremidinha e finjo encabular. — Poderia me emprestar alguma roupa, senhor? — Peço com estudada inocência ao apontar para o que julgo ser um casaco largado sobre a sela do seu animal enquanto jogo meus cabelos molhados para trás. O movimento deixa meu corpo empinado e sei que ele é capaz de ver, ainda que sob a penumbra, o volume dos meus seios debaixo do vestido branco grudado ao corpo. Blankenhein estreita os olhos, mas som algum sai de sua boca. — Por favor? — insisto num tom sedutor, meio incomodada com sua postura inabalada e com o silêncio que paira no ar.

— Se eu fosse um sujeito estúpido, diria que você está flertando comigo. — Seus olhos reluzem, febris, claramente entretidos e atentos aos meus movimentos. — Entretanto, como você é uma... como era mesmo? Ah, sim! Uma "Branca honrada", sei que se trata de ledo engano da minha parte.

— Idiota! — explodo.

— Oh! Então era isso mesmo o que estava tramando? — Ele faz falsa cara de surpreso e em seguida mordisca os lábios de um jeito indecoroso. — Bom, nesse caso, o que me oferece é tentador, mas você é uma Branca e dou valor à minha vida.

— Claro que dá! Afinal, é um rato, um covarde! — trovejo ao perceber que minha abordagem falhara e com a triste certeza que me invade: *sou um fracasso com os aristocratas!* — E muito longe de ser um cavalheiro!

— Cavalheiro? Eu?!? Que os deuses me livrem dessa sina! — desdenha.

— Não se envergonha por dizer isso? — Cruzo as mãos à frente do corpo.

— Me envergonhar diante de uma observação tão pertinente? Não, nem um pouco — ele responde com displicência. — Queira desculpar, mas você também está longe de ser uma dama, docinho.

— Ora, seu...

— Shhh! Cuidado com o que vai falar — ele ameaça em tom de provocação, a expressão debochada sempre presente. — Além do mais, quem disse que ser dama é interessante? Elas raramente me fascinam, tão previsíveis! Damas não possuem a coragem para dizer o que pensam e muito menos a audácia para colocar em prática o que planejam em segredo. Um tédio! Agora, uma garota como você... — Ele alarga o sorriso e propositalmente deixa as palavras soltas no ar.

Como assim? O que ele queria dizer? Que tipo de mulher o canalha acha que sou?

Não sei como consigo me conter. Começo a tremer. *De raiva!*

— Tenho uma solução! — ele cantarola ao notar a fúria crescente em minha face. Uma malícia calorosa dança em seus olhos negros enquanto me examina com interesse. — Ofereço ajuda em troca de informações.

— Como assim? Uma espiã? — Franzo o cenho, confusa.

— Não delire. — Ele ri com vontade. — Quero saber os números, os tempos, coisas do tipo, sabe? Da sua thunder.

— C-como é que...?!? — Meus olhos saltam das órbitas e, se já não estivesse sentada, teria caído de quatro novamente.

— Como eu sei que a égua é sua? — indaga ele com tom irônico. — Os Helsten são amigos antigos da minha família e, bem, tenho contatos influentes... — Ele torna a balançar a cabeça. — Não precisa me olhar com essa cara de quem acabou de saber que vai ser enforcada com as próprias tripas. Sim, eu sempre soube e não tenho o menor interesse em bater com a língua nos dentes ou de levar vantagem, se é isso o que está matutando aí dentro da sua cabecinha impossível. Tenho mais o que fazer da vida, mas... — Ele estala a língua. — Sou um sujeito curioso, acho que já disse isso, e ficaria muitíssimo satisfeito se me dissesse quem é o Prímero de Silver Moon. Por acaso seria seu "quase irmão"? Como é mesmo o nome dele... hum... o Samir?

— Ah! — Pisco forte, finalmente um lampejo de esperança a faiscar no horizonte. — Se eu te passar essas informações você me empresta seu casaco?

— Ora, mas é claro. Não precisava ter se dado ao trabalho de me seduzir — alfineta. — Epa! Não precisa fazer essa cara assassina. É uma proposta irrecusável. E ainda lhe darei uma carona na garupa de Dark porque sua valente thunder, aquela que, veja só, se borra de medo de trovões, a deixou na mão. — Ele faz piada ao olhar de maneira casual para os relâmpagos que rasgam o céu.

Mas eu poderia jurar que, por um mínimo instante, seu sorriso vacila.

— Combinado.

A situação de Nefret não tem como piorar, enquanto a minha... No fim das contas, a ajuda do nobre seria providencial.

Ele me lança uma piscadinha e, dando meia-volta, sai da margem do lago. Seu equilíbrio é baixo dentro da água e suas passadas, antes elegantes e cadenciadas, saem incertas mesmo com o auxílio da bengala. Blankenhein vai até o thunder negro, pega o casaco e volta mancando em minha direção. Aproveito o momento em que ele está mais preocupado em escolher o melhor local para fincar a bengala do que implicar comigo para observar o problema em sua perna direita. Com a calça comprida molhada e grudada ao corpo é fácil detectar o osso deformado logo abaixo do joelho.

— Vou jogar — avisa ele ao virar o rosto de repente e me pegar olhando a perna defeituosa. Disfarço.

— No três, ok? — aviso. Não quero lhe dar tempo para ficar olhando meu corpo indecentemente molhado e grudado ao vestido.

Ele assente e faz a contagem:

— Um. Dois. Três!

Ao som do número três, dou um salto e me planto de pé.

Mas o casaco não vem.

Quando entendo o que acabara de acontecer, sinto uma vontade incontrolável de quebrar a outra perna do miserável.

— Desculpa! Eu não... resisti — ele diz com a cara mais safada do mundo e, com o olhar vidrado, esquadrinha meu corpo de cima a baixo, centímetro por centímetro. Trinco os dentes. — Calminha! Vou jogar agora. Prometo. No três.

No três uma ova! Quando dou por mim, estou marchando como um bicho enfurecido até a margem do lago, pouco me importando se ele verá algo a mais do meu corpo. Aliás, quero mesmo que ele veja bastante o que jamais poderá ter.

— O que está fazendo?

— Sai da minha frente! E engula esse casaco! — Empurro-o com força ao passar. Ele se desequilibra, joga a bengala para o lado e por pouco não cai.

E, para minha surpresa e ódio mortal, o maldito lança a cabeça para trás e ri. Ri tão forte e tão alto a ponto de a risada ecoar pelo lugar e me deixar espumando de cólera. Respiro fundo e controlo a vontade de voltar e terminar o serviço, dando-lhe uma rasteira e fazendo-o ir de boca ao chão.

— O apelido que seu pai lhe deu é perfeito. Nunca vi mulher alguma tão perigosa ou... vermelha! — Ele respira com dificuldade em meio à risada incessante. — Peraí! Aonde você pensa que vai, Diaba?

— Para casa!

— É longe e está escuro. Você não pode ir... *nesse estado.*

— Não? Então observe. — Saio pisando firme.

Escuto outra gargalhada ainda mais alta que as anteriores.

Eu. Vou. Matar. Esse. Cretino.

Acelero os passos, mas xingo alto ao perceber que não tenho mais sombra, que virei refém dos braços da noite. *Como vou encontrar o caminho de volta em meio a esse oceano de escuridão? Ah, Elizabeta! Vou te estrangular, sua égua estúpida!*

Começo uma corrida tateando os arbustos que ladeiam a alta cerca de arame farpado, determinada a encontrar o ponto em que está partida para me mandar para o outro lado. O terreno é desnivelado, mas não tenho dificuldades. Estou acostumada a correr por locais assim e, dentro do possível, imponho um bom ritmo. Praticamente às cegas, avanço pela propriedade vizinha e, após vários minutos correndo, começo a sentir os efeitos da ventania sobre meu ânimo. A escuridão atrapalha, fazendo-me perder o ritmo e desequilibrar ao pisar em pequenas rochas ou desníveis que surgem pelo caminho. A roupa encharcada triplica a sensação do frio causada pelo vento. Em meio à penosa corrida, vejo minha sombra surgir de repente e crescer no chão. Claridade se faz presente ao escutar o trotar de um cavalo logo atrás de mim.

— Minha nossa! Você é rápida!

— Suma da minha frente.

— Mas eu estou atrás de você. — Ele insiste na brincadeirinha.

— Pare de me seguir!

— Não seja convencida, ratinha. Este é o meu caminho para casa — diz, mas juro que escuto outra risadinha abafada.

Aperto o ritmo da corrida e o aristocrata continua sua cavalgada, sempre mantendo uma mínima distância de mim. *Tormento de Lynian! Se a intenção desse sujeito é me deixar furiosa, ele não tem ideia do quanto está sendo bem-sucedido...*

Novo estrondo. Fecho os olhos e levo as mãos aos ouvidos.

— Pelo visto não é só a égua que tem medo de trovões — ele pondera em alto tom. — Venha. Deixe de bancar a durona e coloque logo este casaco. Vai ficar doente com o corpo molhado desse jeito.

— Eu mandei você engolir...

— Tá, tá, tá. Eu já entendi — ele interrompe meu insulto com descaso. Então, pegando-me de surpresa, sua voz fica muito grave e decidida. — Pois bem. Você pediu. Eu ordeno que coloque este sobretudo, Branca.

Minhas pernas travam no lugar.

— O que foi que você disse? — Minha voz sai engasgada quando viro o rosto em chamas em sua direção.

— Você ouviu — devolve, montado sobre o animal com a postura altiva enquanto segura uma lamparina com uma das mãos. A luz incide diretamente sobre seu rosto, deixando os traços faciais mais marcantes. Ele me encara de um jeito intenso e perturbador. Sinto um tremor dentro de mim, algo que não consigo identificar. *Ira? Medo? Fascínio?* Recuo. — Vista-o. É uma ordem.

— Uma... *ordem*? — balbucio a palavra e o mundo entra nos eixos, volta a ser o de sempre. Por alguns minutos, eu havia me esquecido das nossas diferenças abismais. — Sou mulher, mas não sou sua criada — digo com os dentes cerrados.

— Óbvio que não, criatura tola, fascinante e birrenta! Acha que eu travaria esse diálogo com uma criada? — rebate ele com a voz dura. Perco o chão e o raciocínio. Não sei aonde quer chegar. — Você é uma Branca e é determinado por lei que toda pessoa maior de idade deve zelar pelos inocentes quando esses estão cometendo atos imaturos que podem lhes custar a vida.

Há?

— Faça o que eu mando. Agora! — determina austero ao me estender o casaco. Apesar da afronta, não hesito em aceitar. Estou congelando. — Vamos logo. Vou levá-la para casa. Seus lábios estão roxos.

— Não pode tocar em mim — atiço.

— Trata-se de uma situação emergencial e todos entenderão. Até mesmo seu adorado paizinho. — Pisca com ironia e, em seguida, estreita os lábios em uma linha fina. Está segurando o sorrisinho.

De novo.

Mas, dessa vez, acho graça da terrível situação. No fundo sua ajuda veio a calhar. *Assim como das outras vezes.* Abro um meio sorriso e lhe estendo a mão. Ele não perde tempo e a segura de imediato, puxando-me para sua garupa. Sou surpreendida pela intensidade do contato. Meus dedos ficam pequenos em meio aos dele e sua pegada é bem mais forte do que eu poderia imaginar.

— Vamos. Não podemos arriscar que outros a vejam... *assim*. — Ele franze a testa e aponta com o nariz para o meu vestido encharcado. Mesmo segurando a lamparina e comigo atrelada a sua cintura, o jovem aristocrata monta com classe, devo admitir. — Segure-se — comanda baixinho ao saltar sobre o ponto onde a cerca está quebrada. — Agora é com você. Nunca entrei nesta área da propriedade. — Ele gira minimamente a cabeça e me olha pelo canto do olho.

— Vá nessa direção e vire à direita ao passar pelos três carvalhos. Depois é só seguir pelo descampado. Meu chalé fica na base da pequena colina.

— Maldição! — Ele puxa as rédeas do animal instantes depois.

— O que foi?

— Mantenha seu corpo escondido atrás do meu — comanda tenso. — Tem alguma confusão perto do maior dos carvalhos. Uma wingen tombou.

— "Uma wingen tombou"? — engasgo.

Eu não tinha delirado, então? Eu tinha previsto aquilo?

— Shhh! — adianta-se. — Quieta.

— Eu... há... Obrigada — balbucio com um fiapo de voz, aliviada e agradecida, quando o assisto mudar a trajetória, guiando seu animal com destreza e discrição impressionantes. — Desculpe se pareci uma horrorosa tola ingrata lá no lago.

— Está desculpada por ter parecido uma tola ingrata. Horrorosa, nunca — o nobre responde num tom gentil.

Procuro por sua ironia habitual, mas, para minha surpresa, não a encontro. Arregalo os olhos, satisfeita com a inesperada constatação: *ele não era imune aos meus encantos, afinal!* Sou tomada por uma ideia ao vê-lo desarmado. *Talvez o nobre possa me ajudar...* Encosto a testa em suas costas e, de um jeito sedutor, confesso minha angústia:

— Meu pai cometeu a loucura de cadastrar apenas Nefret no campeonato, mas meu irmão não leva jeito para a montaria, não vai conseguir se classificar.

— Como é que é?!? O Prímero de Silver é o seu irmão?!? E ele não conseguiu? — Sinto seu corpo enrijecer sob minhas mãos.

— Não. — Apesar da cena, a dor na resposta é verdadeira.

— Mas que merda! — O nobre balança a cabeça de um lado para o outro. — Desculpe, eu pensei alto demais, não quis ser indelicado, e-eu...

— Tudo bem. — Avanço. — Você tem menos de vinte e cinco anos?

Ele acha graça da pergunta, mas, em seguida, suas sobrancelhas se contraem:

— Por que quer saber?

— Aquelas roupas esquisitas que você usava no Shivir... — Jogo as cartas na mesa. — Você é um consorte, né? Já foi hooker?

— Tenho cara de hooker? — indaga ele, o tom de voz desprovido de humor e, com a expressão nebulosa, olha de relance para a própria perna.

— Dá para ver que você leva jeito com cavalos. Será que não poderia... há... montar a Silver?

— Você está sugerindo que eu...? — Ele torna a virar em minha direção, os olhos imensos a reluzir algo entre o atordoamento e o pavor.

— Por favor, monte a Silver. Seria apenas para se classificar para a semifinal. Arrumarei uma solução para o próximo ano.

O aristocrata fica mudo por um momento e, do nada, uma gargalhada feroz reverbera pelo descampado.

— Não quer rir um pouquinho mais alto? Acho que conseguiria acordar toda Unyan — rosno, brava, mas não desisto. — Não é só porque tem esse... hum... problema na perna que... A não ser que tenha mais de vinte e cinco e...

— É uma piada, claro. Você está de gozação com a minha cara, não é? — Sua voz está ácida e seu semblante deformado.

— Óbvio que não! Você me ajuda a não perder a Silver e eu... — engasgo. — Bem, eu arrumarei um jeito de lhe pagar.

— Um jeito... "de me pagar"? — Ele estreita os olhos. — Posso saber qual?

— Vou arrumar um. Não será um mau negócio, prometo, e, afinal, não tem nada demais e...

— Nada demais?!? Você bate bem da cabeça? — explode. — Eu posso morrer lá dentro!

— Quanto exagero! Tem medo de uma mera competição?

— Não é uma "mera competição", garota estúpida. É uma luta montada! Não entendo o que diz, mas não perco tempo e tampouco me intimido.

— Por favor, eu lhe imploro. Eu não posso perder a Silver!

— E eu não quero perder a minha vida!

— Mas...

— Cale-se! — ordena com descontrole, acelerando pelo descampado. Instantes depois, estamos diante da minha casa. — Sã e salva. Agora desça.

— Não vai me ajudar? — Desesperada, jogo meu orgulho para longe e insisto no assunto. Ele meneia a cabeça em negativa. — É mesmo um covarde! — vocifero e salto do animal sem pensar duas vezes.

— Se já sabia, por que perguntou? — A voz sai rascante, mas ele não me encara.

— Eu vou perder minha égua, vou perder tudo!

— Não posso ajudá-la nem poderia se quisesse. Somente o proprietário ou o Prímero podem montar o thunder na corrida classificatória. — Dá de ombros.

Perco o chão com a nefasta notícia. *Nada estava dando certo. Nada!*

— Imprestável! Faça-me o favor de nunca mais se dirigir a mim, fui clara?

— Muito. — Um brilho insondável reluz em seus ônix negros.

— Toma! Não quero nada seu! — Arranco o casaco e o lanço em sua direção.

— V-você está ferida?!? — sua voz vacila.

— Por sua causa? — retruco com sarcasmo ferino. — Sinto destruir sua autoestima, caro nobre, mas ou é um idiota ou um cego.

— Nailah, eu estou falando sério. Você está machuc... — ele diz meu nome pela primeira vez, olha para as minhas pernas, e, após arregalar os olhos, fica paralisado.

Algo se contorce em meu estômago ao escutar meu nome sair de sua boca com tamanha intimidade. Não dou atenção.

— Não se cansa das piadinhas? — esbravejo e, incomodada com a sua expressão catatônica, giro o rosto para onde seus olhos encaram.

Observo o rastro de sangue vivo escorrendo por minhas panturrilhas. Subo o olhar. O vestido branco está manchado de vermelho na região da minha virilha.

Mas não estou ferida.

Um sopro de espanto me escapa. *Meu sangramento!*

Pálido ao extremo, o nobre parece estar diante de uma assombração ou prestes a desmaiar. *Fraco! Deve ter tonturas ao ver sangue. Igual a Nefret!*

— E-eu... — Sua respiração sai descompassada. — Adeus — diz simplesmente e vai embora, galopando acelerado.

Pode ir, covarde.

Encaro a mancha vermelha se alastrando pelo vestido e meu futuro. Um sorriso imenso rasga meu rosto.

Agora eu tinha a solução!

Capítulo 16

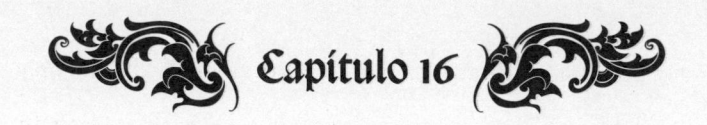

"Sua morada é onde estiver seu coração."

Meu peito é um terremoto. O que seria o momento de exultação para qualquer garota de Unyan se transforma em um intrincado novelo de dúvidas e tormenta. Para meu atordoamento, o sangramento não foi suficiente para me fazer sorrir, não era o que eu desejava da vida. Preciso mais do que o lance de um homem para me sentir uma mulher ou abrandar meu espírito selvagem.

Talvez eu não seja uma garota normal, afinal.

Talvez eu não seja normal...

Porque, pelos motivos certos ou não, estou prestes a cometer uma loucura. Porque as palavras de mamãe nunca fizeram tanto sentido.

Palavras de uma mulher tachada como louca.

Agora tenho certeza de que minha felicidade está bem distante das normas impostas por este mundo. Ela repousa na égua de crina prateada e olhos vermelhos como o fogo, no que somos e vivenciamos quando estamos juntas. As palavras do sr. Sacconi também ricocheteiam, perturbadoras, na minha mente acelerada: "Enquanto você for uma Branca, ainda haverá uma chance".

Mas não existe mais chance alguma. Tampouco ainda sou uma Branca!

Só uma coisa é certa: se não agir hoje, agora, perderei Silver para sempre!

E Silver Moon foi a melhor coisa que aconteceu na minha vida, meu milagre, meu amor. Não vou abrir mão dela por homem algum no mundo.

Qual deles seria capaz de me aceitar do jeito que sou, de me amar como Silver me ama?

Nenhum!

A ideia proibida se expande. Respiro fundo, refazendo de olhos fechados o plano insano e arriscadíssimo!

Fingirei que sou uma Branca até classificar Silver para a semifinal do Twin Slam, colocando-a entre os vinte primeiros colocados. Nesse meio-tempo, terei que dar um jeito de encontrar Andriel e lhe contar a estratégia que tenho em mente para ficarmos juntos. Somente então, anunciarei meu sangramento.

Um sorriso desafiador me escapa.

Não serei condenada ao lugar amaldiçoado! Não perderei Silver nem Andriel!

O calafrio agourento, entretanto, está de volta, abre passagem à força e corre como um relâmpago por minha coluna.

E se eu não conseguir? E se descobrirem a farsa?

A imagem que ganha vida na minha cabeça quase me faz vomitar.

Mas a decisão já estava tomada.

— Precisa assinar um documento, senhor. — Com as mãos trêmulas e a cabeça baixa, modulo a voz ao bater de leve na porta do vestuário destinado ao hooker de Silver Moon. Se o que o sr. Sacconi disse é verdade, Nefret deve ser o último a entrar na pista por causa dos resultados horrorosos dos treinos, o que, graças aos deuses, me deu condições de chegar a tempo. — Abra, por favor.

A porta se abre e, sem que Nefret se dê conta, precipito-me como um raio para dentro, atropelando-o e nos trancando no vestuário em seguida.

— Nailah?!? — Ele tem os olhos imensos e a face exangue. — O que...?

A resposta é um soco em cheio no seu rosto, por sorte, a única parte descoberta do Kabut. Nefret vai com tudo ao chão e lá permanece, encolhido, nem tenta revidar. De qualquer forma, não conseguiria. A culpa vai além das suas parcas forças e lhe veste com mais perfeição que os trajes que lhe cobrem o corpo.

— Isso é para aprender a não me enganar! Mentiroso! Traidor!

Nefret mantém a cabeça baixa, encarando o piso – ou o nada –, como sempre faz quando sente vergonha.

— Faltou d-dizer q-que sou um merda — murmura e se vira para mim, o rosto deformado por um emaranhado de emoções. — C-como chegou aqui?

— Escondida na wingen dos grãos. Esqueceu que eu era a responsável por abastecê-la? Conheço a mulher encarregada pelo controle das entregas nas fazendas.

— A q-que apanhava do marido? A-aquela que você ajudou em Khannan?

— Ela ficou feliz em retribuir — confirmo com uma piscadela. — Me disse onde descer e que caminho tomar assim que chegamos aqui.

— Sua l-louca! Mulher alguma p-pode andar sozinha por Unyan! Muito m-menos uma Branca! — Seus olhos endurecem.

— Vim disfarçada de homem, se não reparou. — Aponto triunfantemente para o meu disfarce de consorte: cabeleira escondida na boina, seios espremidos a ponto de quase não conseguir respirar, calça comprida preta e camisa branca larga que furtei do armário dele, uma penugem sobre os lábios feita com a maquiagem da nossa mãe. Ficou bom, já que Nefret quase não tem pelos no rosto. A parte complicada foram os sapatos porque seus pés são maiores e mais largos que os meus.

— S-sinto muito. — Aos tropeços, ele se levanta. — Não q-queria que fosse assim. Me destrói s-saber que deixarei que arranquem Silver de v-você.

— Não se culpe. — Para minha surpresa, minha voz sai fria, mas sem um pingo de condenação. — Silver não seria tarefa fácil para ninguém, nem mesmo para um hooker experiente. Eu espiava os cuidadores, e o que eu consigo com facilidade, para eles era um tormento. Ela não colabora. Por isso estou aqui.

— O quê...?!? E-enlouqueceu? Você é uma m-mulher!   Nefret se afasta, a testa crispada sobre os olhos perturbados ao compreender minha intenção.

— Sou a dona de Silver Moon!

— Você é uma B-Branca! Até virar Amarela, o d-dono dela é o nosso pai.

Negativo. Já sou uma Amarela!

Mordo a língua. Ninguém pode saber. Meu plano depende disso.

— Ninguém saberá sobre a nossa farsa — rebato sem hesitar. — Vou montar Silver no seu lugar. Remova o Kabut.

— NUNCA! — Nefret esbraveja, transtornado, o tom de voz grave e decidido.

— Você me deve isso — rosno ao tapar seus lábios às pressas, o rosto também em brasas, perigoso, a uma mínima distância do dele. Nossos olhares se prendem um no do outro, a conexão de gêmeos falando alto demais, um vulcão de cumplicidade no lugar de palavras e argumentos. — Você podia ter se aberto comigo, podíamos ter traçado planos, eu teria dado um jeito de adestrar Silver aos seus comandos. Mas não! Foi um covarde egoísta. Preferiu arrancar meu coração com essa traição!

— Eu não te t-traí! — ele brada ao se soltar da minha pegada.

— Não confiou em mim! Dá no mesmo!

— N-não adianta. Não permitirei que faça essa l-loucura. Sabe o q-que lhe acontecerá se d-descobrirem? — indaga em tom ameaçador. — Será enforcada! Montar um thunder s-sem autorização é c-crime até mesmo para um homem!

Não recuo.

— Prefiro isso a... — Ele sabe o destino a que me refiro. — Prefiro isso a definhar o resto dos meus dias por não ter tentado. A partir do momento que arrancarem Silver de mim, vou sangrar até morrer. E você será o culpado.

— Nai, não me peça isso, p-por favor. Não posso p-perder você também. Não assim... — ele geme e espreme a cabeça entre as mãos.

— Eu sou a única que pode conseguir. Me ajuda, por favor. — Peço ao colocar a mão sobre seu ombro. Nefret puxa o ar com força, a expressão entre a aérea e a taciturna, aprisionado em seu mundo particular, cogitando. Meu pulso dá um salto em expectativa. Não perco tempo. — Temos a mesma altura e biotipo, podemos enganar a todos. Já fizemos isso várias vezes.

— Isso foi há muito t-tempo. — Ele se esquiva. — O júri f-fará a conferência.

— Como acha que consegui passar pelos guardas? — Sorrio vitoriosa e giro o corpo para que ele se atente ao meu disfarce. — Além do mais, você disse que os jurados ficam longe da pista. Impossível saber que sou eu debaixo da sua vestimenta. Ninguém jamais imaginaria que uma mulher cometeria uma loucura desse nível.

— Loucura! Finalmente a p-palavra correta! — Ele solta uma risada sarcástica.

— Nefret, me passa esse maldito Kabut.

— Eu s-serei cúmplice da sua m-morte!

— Somos cúmplices desde a barriga da mamãe! — devolvo e ele se enrijece no lugar, a expressão ilegível, oscilando entre o horror e a admiração, ao me observar profunda e atentamente. — Você sabe que tenho chances, que posso conseguir. Por favor, deixe-me tentar. Não tenho mais nada a perder.

Ele recua ao ouvir a última frase, visivelmente atordoado.

— Está a-acontecendo...

— O quê?

— Nossa mãe — balbucia. — Ela... me fez j-jurar que eu lhe daria cobertura quando você p-precisasse. Dois dias antes da d-desgraça cair sobre a nossa f-família — confessa, e eu cambaleio. — Não disse p-para manter segredo, mas a f-forma como falava... — Um véu de lágrimas cobre seus olhos. — Que assim s-seja.

Ele suspira e, pegando-me de surpresa, começa a remover o Kabut.

— O que preciso saber? — indago, eufórica, ao vê-lo baixar as armas.

— Que o Kabut c-complica os movimentos e que você p-poderá dar apenas três voltas na p-pista. — Sua voz sai rouca e falha, mas sua fisionomia se acende, mais aliviado em contar a verdade do que se ver livre das vestimentas. — Então, se não for bem em uma, não d-desanime. A volta mais rápida é a que entrará na disputa, d-desde que esteja abaixo de d-dois minutos, mas as f-faltas valem para a contagem geral e fazem cair p-posições, ainda que consiga um ótimo tempo. Você perderá cinco pontos se as p-patas de Silver tocarem nas traves, dez se afundarem nas p-poças de água, vinte se derrubarem as t-traves. Prepare-se para alguns s-sustos. O Gênesis adora pregar peças, d-diz que é para apurar nossos reflexos, mas n-não sei se é verdade. Nunca cheguei a essa etapa. — Abre um sorriso irônico. — Tente controlar Silver nestes momentos e, em hipótese alguma, d-deixe seu corpo ir ao chão. Se c-cair, acabou.

Estou tremendo por dentro, cada célula ricocheteando alucinadamente, mas a resposta que sai da minha boca é bem diferente:

— Deixa comigo.

— Lembre-se: v-vestida como um hooker, como *eu* — frisa —, você não poderá c-conversar com ninguém, deverá ir direto para o c-corredor do grande estábulo assim que acabar. Vou mostrar o caminho — diz com urgência. — O lugar estará v-vazio neste momento p-porque os hookers serão convocados para o anfiteatro. Estaremos ansiosos em saber nossos t-tempos e colocações. — Ele faz piada da situação. — Há uma p-porta pouco usada perto da b-baia número nove. É por lá q-que deve sair.

— Arrume um jeito de não deixar nosso pai ir para casa hoje. Terei que retornar a pé porque não haverá outra wingen de grãos para me levar de volta.

— Você vai se p-perder no caminho!

— Não tem erro. É só margear a estrada principal.

— Não sei o q-que é pior: v-ver você se arriscar a ser condenada à forca ou voltar s-sozinha pelas estradas desertas de Unyan, sem um homem p-para lhe dar proteção.

— Assombrações não existem — afirmo com convicção.

— Mas assassinos s-sim — ele devolve de estalo, preocupado.

— Sou rápida. Para alguém me fazer mal vai ter que me alcançar primeiro.

— Não f-falará com ninguém no caminho. P-prometa-me.

— Prometo. Estarei em casa aguardando você e papai com o sorriso mais inocente do mundo — digo, vestindo o Kabut às pressas. — Ah, merda! Não entra.

Ele me surpreende ao soltar uma risada.

— Porque v-você está c-colocando pelo lado errado.

Ah!

— Não sei o que é pior: a cegueira ou a claustrofobia — reclamo, fazendo analogia às palavras dele. Assim que todas as partes são montadas,

Nefret levanta a parte móvel do elmo, uma espécie de máscara articulada, e deixa o meu rosto exposto. O ar fresco entra pelas narinas, facilita meu raciocínio e me acalma. — Onde ficará escondido depois que eu sair?

— Tenho meus t-truques. — Pisca, confiante, ao conferir as horas. — Silver tem q-que entrar na arena em cinco minutos. Estarei de v-volta em quinze.

— Só isso?!? — Meus batimentos cardíacos aceleram.

— Basta um s-segundo para tudo ir p-pelos ares. — Uma veia treme em sua testa. — O negócio lá f-fora é rápido e m-mortal, Nailah.

E, ainda que toda atrapalhada dentro do Kabut, jogo-me em seus braços. Ele me ampara com carinho, retribui o abraço desengonçado.

— O que f-foi? — indaga num sussurro. — No que está p-pensando?

— Na nossa infância. Quando olhávamos o céu tentando adivinhar o futuro nas nuvens — balbucio em seu ouvido, a nota de tristeza se sobressaindo entre as demais. — Por que nada saiu conforme a gente imaginava, irmão?

— Nem sempre as c-coisas são do jeito que a g-gente gostaria. Aprender a equilibrar o b-bom e o ruim é a arte q-que se chama viver — diz com a voz rouca de quem segura a onda de emoção com dificuldade.

— Eu queria ser mais sensata, queria ser como… *você*.

Ele solta outra risada, amarga agora, os dedos trêmulos acariciam minha face.

— Acho q-que trocamos de p-posição, então. No útero. — Ele me encara de um jeito profundo ao pronunciar a última palavra.

Não consigo distinguir se é pavor colossal ou orgulho desmedido o que cintila em seus olhos idênticos aos meus.

Melhor assim.

✶

— Relembrando as normas, hooker — comunica o centurião, líder deles, assim que me apresento ao júri da grande arena. Trata-se de um senhor de cabelos grisalhos e ar desanimado.

A posição dos cinco juízes é estratégica, projetando-se à frente na arquibancada, mas distante o suficiente para que não consigam enxergar detalhes de cada candidato e, portanto, incapazes de perceber que estou no lugar do meu irmão. Faço a saudação tradicional, conforme Nefret orientou, curvando-me em sinal de respeito, mas levanto e abaixo a parte móvel do elmo o mais rápido possível, claro.

Os demais jurados com os cabelos desalinhados e recostados despretensiosamente em suas cadeiras são a síntese da exaustão. A tarefa em questão não é das melhores. Desde cedo, eles estão analisando os tempos dos setenta e nove cavalos que passaram antes de mim e, se a isso acrescentarmos as vergonhosas apresentações anteriores de Nefret, sei que eles apenas aguardam meu iminente tropeço para finalizarem a penosa etapa classificatória.

Com os movimentos restritos e a visão limitada, sou obrigada a girar o corpo, e não apenas o rosto, para conseguir analisar a arena oval com os acabamentos em uma madeira escura e a pista de terra batida. Todas as baias estão fechadas no momento, com exceção da ocupada por Silver.

— Sr. Wark, está prestando atenção? — repreende o centurião. — Como já sabe, terá que se retirar se a corneta tocar ou caso caia do thunder. — Há uma nota de piedade na expressão carrancuda. — Esgotado o tempo, leve seu animal para a baia e dirija-se ao anfiteatro. O resultado sairá em seguida. Lembre-se: assim que o terceiro sinalizador abaixar — aponta para três esculturas de bronze de cavalos alados presas por cordas —, seu tempo estará finalizado. Você tem seis minutos a sua disposição, num máximo de três tentativas. Quando estiver preparado, levante a mão direita para que possamos dar o sinal de largada.

Meneio a cabeça mais uma vez e me dirijo para a baia. Desengonçada com o Kabut atrelado ao meu corpo, demoro uma eternidade. Ao me ver surgir no lugar de Nefret, Silver balança a cabeça e solta um relinchar de pura satisfação.

— Você precisa me ajudar, Beta. — Vou direto ao ponto quando ela esfrega a cabeça em meu ombro. — Não conheço a pista e mal consigo me mexer dentro desse traje dos infernos. Teremos que ser rápidas, não me deixe cair e, por favor, não se assuste com as tais surpresas que Nefret comentou, ok?

— Em posição! — o megafone berra em meus ouvidos.

Assovio. Silver se inclina no mesmo instante, mas, com os movimentos presos, preciso tentar várias vezes até conseguir montá-la.

— Ok, menina. Agora é com você.

Libero o nó que a prende, respiro fundo e elevo o braço direito, dando permissão para a largada. Instantaneamente um som alto reverbera pelo lugar.

— Vamos! — ordeno e Silver sai em disparada.

Seguro as rédeas de maneira desajeitada, os braços fora do ângulo correto, abertos demais por causa do Kabut. Minha thunder diminui a velocidade, reclama da minha condução atabalhoada, mas parece entender que precisamos continuar e não para. Nosso ritmo é irritantemente constante e... *vergonhoso!* Poderia jurar que estamos galopando em um passeio ao entardecer.

Que ótimo. Acabamos de perder a primeira tentativa, minha mente reclama, mas não me deixo abalar. A falta de visão lateral é péssima, mas nada é pior do que não poder abraçar Silver e deixar que nossos corpos se conectem. Preciso captar a pulsação de seu pescoço. Olho para baixo. Minha thunder sente o mesmo. Respiro fundo. *Essa tentativa não será perdida, afinal. Servirá para reconhecer o terreno.*

E assim eu o faço.

Obrigo meu cérebro a gravar todos os detalhes da arena. Marco mentalmente cada poça que surge no caminho, cada conjunto de traves, intervalo entre elas, distâncias menores, onde todo cuidado é pouco, assim como as maiores, em que posso acelerar sem perigo. Até mesmo a tal surpresa que Nefret comentou, uma trave móvel que surge de repente, não é capaz de me fazer cair. Abaixo-me e a vejo passar por cima da minha cabeça. Silver solta um som esquisito e seu movimento de pescoço não deixa dúvidas: ela está preocupada com outra coisa.

— O que foi, menina?

Zonza, começo a vasculhar o local e detecto os juízes rindo e conversando ao longe. Não posso culpá-los. De fato, chega a ser cômica a situação que são obrigados a presenciar. Meu pulso dá um salto ao ver que a primeira das três estatuetas dos thunders alados acaba de ser abaixada. *Oh, não!*

Inclino-me sobre Silver. Preciso que ela capte a tensão em minha voz.

— Você tem que entender meus comandos! Precisa correr de verdade!

Silver Moon joga a crina prateada para cima e para baixo e sai em disparada. Aos meus comandos, pulamos as poças de água no tempo certo e passamos com tranquilidade pelas traves. Sinto que temos chances, que podemos conseguir. Por um momento, tenho a impressão de que os juízes estão empertigados em seus assentos e não mais em suas posturas descontraídas de antes.

— Fecha a curva! Isso! — comando antecipadamente porque há um atraso entre o que eu ordeno e o que Silver faz. Sem o contato direto entre os nossos corpos, Silver se guia somente pela minha voz. — Acelera e pega impulso! Agora é o trio de traves — aviso ao detectar o complexo obstáculo que seria simples de ultrapassar caso tivéssemos treinado juntas ou se eu a guiasse sem esse Kabut.

Mas, para meu desespero, a inteligência acima da média de Silver resolve atrapalhar. Pela postura que assumiu, sei que ela pretende fazer um caminho mais fácil. A danada quer evitar pular uma das traves.

— Não! — brado em meio à corrida acelerada, mas meu comando sai fraco e Silver faz exatamente como imaginei, passando ao lado da primeira trave.

Em meio às minhas broncas, ela ainda esbarra na segunda trave, fazendo-a ir ao chão. Escuto um ruído alto de engrenagens e, de repente, garras de borracha brotam do chão como cobras elásticas. Nervosa, Silver empina nas patas traseiras.

— Calma, garota! Está tudo b...

Argh!

A traiçoeira trave móvel me atinge. Por sorte, apenas de raspão, o suficiente para o mundo perder seu centro de gravidade. Mas as rédeas se foram e estou escorregando...

"Se cair, acabou."

A frase de Nefret reverbera em minha mente. Agarro-me com unhas e dentes. Começo a pegar fogo por dentro.

— Diminui! — comando, ainda retorcida sobre a sela. Silver obedece.

Aproveito o momento em que tudo para de rodar para arrancar a maldita proteção do braço direito, levantar a parte frontal articulável do elmo e dar forte impulso para a frente. Consigo capturar as rédeas e, em questão de segundos, estou aprumada sobre a sela. Com o sangue trovejando nas têmporas, vejo a segunda estatueta de bronze ser abaixada. *Quanto tempo ainda tínhamos?* Estremeço da cabeça aos pés. *Eu teria de pagar para ver!*

— Eu não vou perder você, Beta! Não vou! — Arranco também a proteção do braço esquerdo e a lanço longe, inclino-me sobre Silver, toda a fúria exalando não pela minha voz, mas de dentro da minha alma. Minha égua relincha alto. Nuvens carregadas surgem no céu, mas, curiosamente, não há escuridão porque uma escolta de relâmpagos abre caminho para a nossa passagem. — Agora!

Então a arena se transforma em um borrão de imagens. *Estou delirando ou estamos mesmo voando?* Não há como saber dentro de nossa batalha particular. Tudo que importa é vencer o invencível, meu adversário de sempre: *o tempo*.

E tudo fica para trás: poças, traves, medo.

Em nossa fúria avançamos, deixando nossas marcas tatuadas na terra vermelha.

— Deixa essa comigo — ordeno ao avistar o trio de barras na reta final. Logo depois estarão as cobras de borracha e a traiçoeira trave móvel. — Fecha a curva! Pula! — Diante da minha determinação, Silver não hesita e faz o caminho correto, saltando as três traves com incrível facilidade.

É agora!

Antes que minha égua entre em pânico, no instante em que suas patas tocam o chão, jogo-me para a frente e cubro seus olhos com as mãos enquanto sussurro palavras gentis em sua orelha. Silver bufa e contrai a musculatura, mas não retrocede, confia cegamente em mim. Passamos como uma flecha pelo obstáculo, deixando um rastro de cobras de borracha pisoteadas para trás.

— Não diminui!

Agarrada ao seu pescoço, desloco meu corpo para o lado, ficando por alguns instantes perigosamente fora da sela, segura apenas pelas rédeas e o estribo direito, quase tombando, enquanto puxo sua cabeça para baixo com toda força que consigo. Silver Moon não se abala e continua em sua disparada veloz. No instante seguinte, a trave móvel passa zunindo sobre nossos crânios, mas não nos acerta. Rapidamente retorno à sela, assumo minha posição. Não sei que velocidade atingimos, mas não deve ser muito diferente que a de um relâmpago. Algo em mim afirma que agora também somos uma força da natureza: Elizabeta e eu.

— Isso!

Quando cruzamos a linha de chegada, a terceira estatueta de bronze ainda está de pé. Sorrio e a abraço com vontade.

— Acho que conseguimos! — vibro, afagando seu pescoço ao diminuirmos o ritmo. Satisfeita, Silver joga a cabeça para trás em busca de mais carinhos.

— Sr. Wark! — Estremeço ao escutar o chamado. Retorno à realidade e me dou conta de que estou com a parte frontal do elmo levantada. Abaixo-a de imediato e respiro aliviada ao checar minhas condições. De onde estou é impossível que eles tenham me identificado. Apesar de estar sem a proteção nos braços, a larga camisa de manga comprida de Nefret veio a calhar. — Sr. Wark, i-isso foi... *impressionante* — diz o centurião, a fisionomia deformada pelo assombro. Os demais juízes estão paralisados como estátuas, os olhos arregalados a me encarar. — Pode se retirar. Está dispensado.

Controlando a vontade de sair dali dando cambalhotas de felicidade, conduzo calmamente minha amada para a baia.

— Amanhã poderá comer quantos torrões de açúcar quiser, menina. Você merece! — digo baixinho, acariciando-a um pouco mais. Em seguida, apeio. — Agora preciso voltar correndo para casa e... O que foi? — indago assustada quando, subitamente, ela morde meu braço, mantendo-me no lugar.

Novos relâmpagos explodem no céu. Estou tão feliz que imaginei que a ventania diminuiria e um calor agradável se espalharia por minhas células, no entanto, monstruosas nuvens negras cobrem tudo como um mau presságio. Puxo o corpo para trás, mas, arrastando os cascos no chão, Silver não me solta e seus olhos estão mais vermelhos e ameaçadores do que nunca. Não se trata de uma de suas brincadeiras. A mensagem é claríssima: *ela não quer que eu vá!* Os pelos da minha nuca eriçam, mas não posso voltar atrás.

— Serei rápida e ninguém me fará mal, afinal, para todos os efeitos, ainda sou uma Branca. Não há motivo para preocupação, ao contrário. Nós conseguimos. Você vai ficar bem e eu também. Eu te amo — afirmo, encarando-a com determinação, mas algo se retorce em meu peito, inquieto e escuro como a atmosfera que nos envolve.

Com relutância, Silver finalmente libera meu braço. A pulseira branca trepida em meu pulso. Meu coração se contrai ainda mais. Porque, por um instante apenas, poderia jurar que não é sangue o que vejo refletir em seus olhos vermelhos.

São lágrimas.

A tempestade desaba.

ERA UMA VEZ UMA
GUERREIRA MENINA,

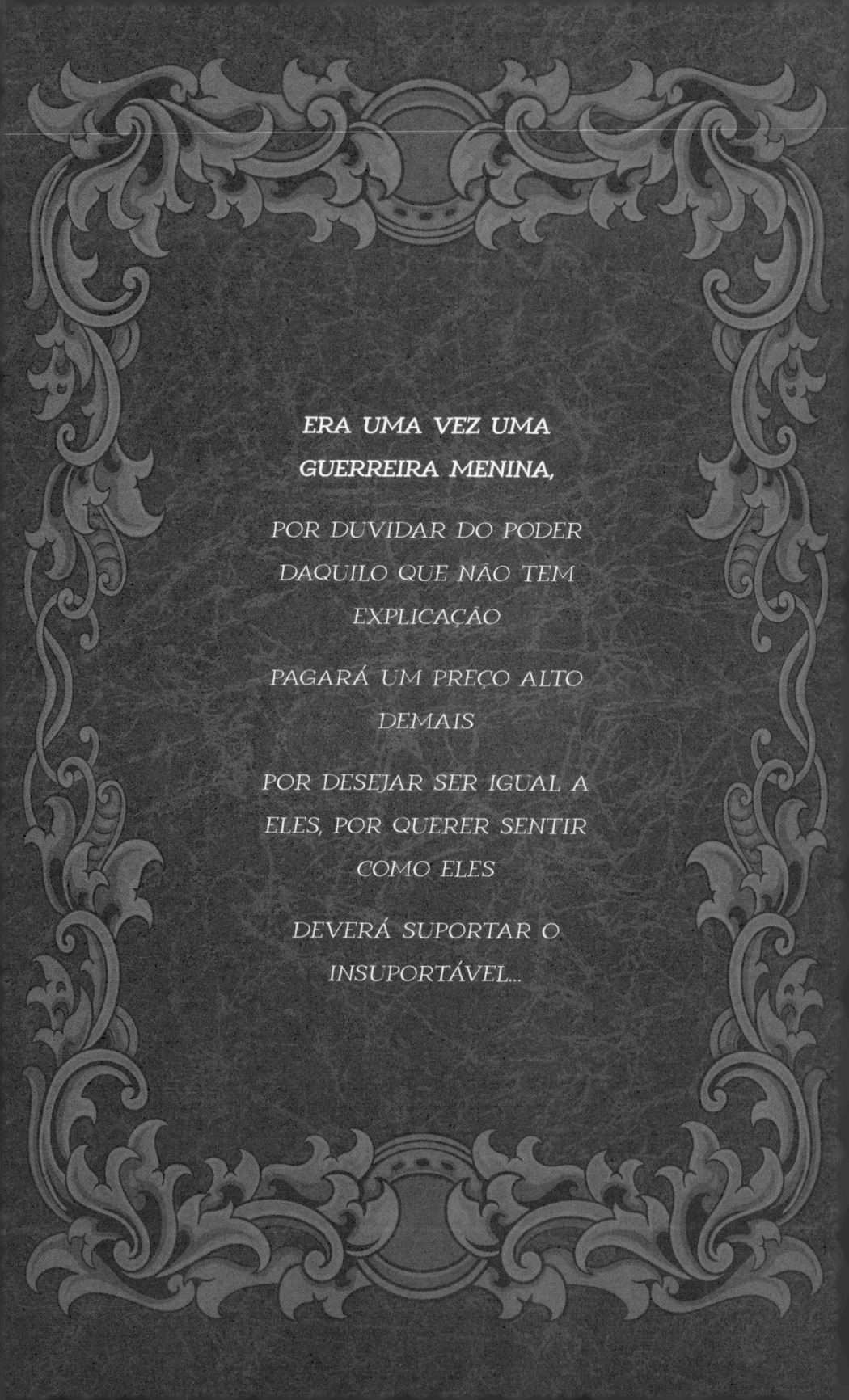

POR DUVIDAR DO PODER
DAQUILO QUE NÃO TEM
EXPLICAÇÃO

PAGARÁ UM PREÇO ALTO
DEMAIS

POR DESEJAR SER IGUAL A
ELES, POR QUERER SENTIR
COMO ELES

DEVERÁ SUPORTAR O
INSUPORTÁVEL...

Capítulo 17

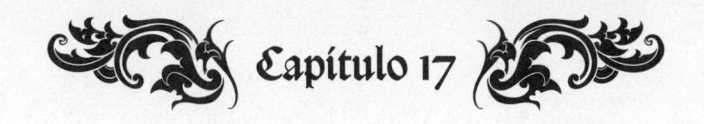

Trevas de Zurian! Tinha que ser logo hoje?!?

Sem oxigênio devido à corrida extenuante, curvo-me sobre os joelhos. A pouca claridade está indo embora cedo demais e a noite acena para mim. Ainda consigo enxergar minhas panturrilhas afundadas na lama, o que, entretanto, é o menor dos meus problemas.

Estou em estado deplorável, encharcada da cabeça aos pés. O aguaceiro fora do normal que despenca do céu inunda tudo ao redor, fundindo lagoas e riachos, transformando-os num mar de águas agitadas e intolerantes, expandindo as grades que aprisionam nosso mundo, armando com vontade o exército implacável de ondas colossais que já engoliram os continentes de outrora e que, sempre famintas, almejam devorar o que restou da única porção de terra ainda não submersa.

Uma nova certeza se agiganta à minha frente e vejo, com pavor, meu plano ir por água abaixo. *Literalmente.* Não tenho mais como imprimir uma corrida em meio a essa chuvarada e não conseguirei chegar em casa ainda hoje. Não a pé. Sem contar que não posso arriscar ser vista vagando sozinha pela estrada principal. Apesar de ser a bússola a me guiar, a grande via não está em condições muito melhores do que o lugar onde eu me encontro, camuflada em meio às folhagens dentro do lamaceiro que a margeia, na precária faixa de terra entre a estrada e o rio de águas volumosas.

— Mas que inferno! Não saia daí! — Embora abafado pelo som das águas, um comando nervoso vindo do matagal à minha esquerda quase me mata de susto. Prendo a respiração. *Céus! Um homem! E está perto!* — Merda! Merda! Merda! Não me desobedeça! — prageja a voz. A chuva incessante mescla os sons, mas sou capaz de captar a nota de desespero em meio aos impropérios.

Havia outra pessoa? Dou meia-volta, pronta para me mandar dali o mais rápido possível quando escuto um relinchar nervoso.

Estanco o passo.

— Fique aí, seu quadrúpede acéfalo! — *Ah! Era com um cavalo que o homem falava!* — Não faça isso, pelo amor à Sagrada Mãe! — A voz masculina está mais que aflita, acaba de entrar em pânico.

O animal está em perigo?

Vá embora! Você não pode dar as caras nesse lugar, sua estúpida!, ordena a voz da razão. Ela está certa. *No que eu poderia ajudar se nem mesmo o dono do animal era capaz?*

Escuto bufadas e um relinchar apavorado. Nova dor avança pelo meu peito, pancadas ininterruptas massacram minha consciência.

Mas e se fosse Silver nas mesmas condições? Eu não ficaria imensamente agradecida se alguém a socorresse?

A certeza me invade: *Não sou uma covarde. Eu vou ajudar!*

Sem dar atenção aos clamores da sensatez e guiada apenas pelo relinchar aflito, avanço pelo atoleiro. A chuva é tão forte que o lugar se transformou em um pântano e, pé ante pé, vou afastando o mato alto enquanto minhas pernas afundam mais e mais à medida que me aproximo das bufadas e dos berros. Alcanço o epicentro da confusão e paraliso ao me deparar com um cavalo negro sendo tragado correnteza abaixo. O processo é lento, mas o animal está perdendo a guerra para os nervos. A água está quase na altura do seu pescoço e o nível do rio sobe rapidamente.

Mas não são os olhos arregalados que giram de um lado para o outro que me fazem arrepiar por inteira, mas o sinal branco entre eles.

Dark?!?

A confirmação vem ao me deparar com o sujeito que se agarra desajeitadamente a um tronco decrépito dentro da correnteza. *Ah, que ótimo. Tinha de ser ele!*

Blankenhein está caído e como o nível do rio aumenta a cada instante, sua condição não é das melhores. O coitado parece tão desesperado quanto seu cavalo e, em meio ao pânico instalado, ele custa a notar a minha chegada.

— O-o que... você está fazendo aqui? — indaga ele com os olhos arregalados. — Volte! É perigoso!

— Sei nadar — retruco com determinação.

Mal dou atenção à enxurrada de palavrões escabrosos que o sujeito é capaz de proferir em tão pouco tempo e, enfiando os pés com força no chão, vou avançando pela margem do rio e me aproximo do animal.

— Ôoo! Vai ficar tudo bem — digo de forma tranquilizadora, mas o musculoso garanhão continua a se contorcer.

— Dark é muito pesado para você puxar! Maldição! Perna maldita! — Capto todas as notas de sua tensão e de sua frustração. Sorrio intimamente. *Quem disse que eu ia puxá-lo?* — Cuidado! Ele vai acertar sua...

Blankenhein começa a bradar, dar suas estúpidas ordens aristocráticas, mas emudece, catatônico, ao se deparar com uma atitude inconcebível – e nada decorosa – para uma garota: arranco minha anágua e mergulho na água. Antes que o animal se dê conta, surjo à sua frente e jogo o tecido sobre seus olhos enquanto subo em sua sela. O bicho empina e relincha, mas é fácil amansá-lo. Depois de Silver, acho que consigo domar qualquer cavalo. Converso com ele, acalmo-o. O tecido cobrindo a visão lhe dá confiança, e, pouco tempo depois, estamos saindo da correnteza enquanto eu o guio para uma área mais alta.

Prendo Dark a um tronco e volto para ajudar o aristocrata. Petrificado, ele me encara como alguém que vê uma miragem, a expressão que transita entre a assustada e a fascinada, passando pela embasbacada até chegar à aturdida.

— Uau!

— De nada — devolvo com um repuxar de lábios. — Agora é a sua vez.

— Ah, não, muito obrigado — diz no seu jeitão presunçoso de sempre. — Hoje não estou a fim de dar um mergulho e depois um salto acrobático. Sou um sujeito mais discreto, sabe? Não quero impressioná-la a tal ponto...

— Vou te ajudar a sair daí — comunico ao ver a tempestade piorar.

— Exibidinha, sou profunda e eternamente grato pelo que fez pelo meu cavalo. Quanto a mim, fique tranquila. Está tudo sob controle. — Ele exagera o florear dos gestos, como sempre faz quando quer demonstrar que "está tudo sob controle", mas sua testa se contrai de tempos em tempos.

E o trai.

— Estou vendo.

— É sério, peixinha. Estou em perfeitas condições — rebate, debochado.

Não sei como ainda faz piada da situação: o pequeno tronco em que se apoia não está mais visível. De pé agora, ele se esforça para se segurar como pode, mas o nível da água já atingiu seu quadril e arruinou seu precário equilíbrio.

— Claro que sim. Em perfeitas condições para morrer afogado — devolvo, sarcástica. — Por que não usa a bengala?

— Digamos que... ela não me teria muita serventia no momento.

Ele até tenta levantar o braço esquerdo para me mostrar a eterna companheira, mas sua testa se enche de vincos e seu corpo se contorce.

— Pressinto que vou me arrepender amargamente disso. — Sem perder tempo, já estou avançando pelo rio.

— Não! Fique onde está! — Para a minha surpresa, a voz dele irrompe dura e decidida, desprovida de qualquer humor.

— Então venha me impedir — desafio-o e continuo com passadas calculadas. Preciso ter cuidado onde fincar os pés porque a correnteza está forte.

— Não me desobedeça, garota. Volte! — o aristocrata ordena, feroz, mas não lhe dou ouvidos e avanço ainda mais. Sinto a água me envolver e me empurrar com força redobrada. — Nailah, espere! — Ele pede com a voz rouca, sério, gira o rosto para o lado. — Estou com câimbras fortíssimas. Na perna sã — explica sem me encarar à medida que me aproximo.

— Vou aguardar a chuva parar e o nível abaixar. Não tenho condições de sair daqui assim, entende?

Olho de relance para o dilúvio que desaba sobre nós.

— Nós dois sabemos que não vai parar de chover. Não tão cedo — respondo. Minha intuição afirma que existe alguma coisa errada com ele, algo além das câimbras, mas não posso me dar ao luxo de ficar matutando. Não há tempo a perder. — Além disso, sou mais forte do que imagina, senhor.

— Não! Sua diaba desmiolada, eu... — Ele ruge e xinga ao me ver dar novos passos, mas não tem como me impedir. Pouco depois, estou ao seu lado. — Arrr... — prague ja, desviando-se do meu olhar, curva-se sob nova contração. A dor parece tão forte que, mesmo sendo um homem alto e atlético, seu corpo se retorce e quase submerge completamente no rio. — Você é insuportavelmente...

— Teimosa? — concluo a frase. — Pois é. Descobriu outro segredo meu.

— Inferno de Zurian! Não vê que vou acabar te matando também? — Seu rosto se retorce, leva uma das mãos ao abdome. — Não tenho como me apoiar na... nessa...

— Tudo bem. — Acalmo-o, tentando colocar confiança nas minhas palavras porque, bem no fundo, acho que minha fisionomia está começando a me trair ao ver o nível da água subir rápido demais. — Eu serei o apoio para a perna problemática e você usará a bengala para a perna que está com câimbra.

— Você não vai aguentar. É muito peso e eu... eu estou... — Ele meneia a cabeça em desespero e, em meio ao temporal, seu olhar finalmente se fixa ao meu.

E o denuncia.

Suas pupilas estão dilatadas e os olhos, muito vermelhos, desfocados, *diferentes...* Estremeço ao compreender o possível significado, mas não recuo. Drogado ou não, ele precisava de mim e eu o ajudaria.

— Estou acostumada a carregar pesos desde a infância — confesso, sem me deixar abalar. — Agora agarre o meu vestido.

— Nossa, benzinho, essa foi a melhor coisa que você já me disse...

— Confie em mim — digo sem dar atenção às suas piadinhas, o tom de voz surpreendentemente gentil ao compreender o real motivo que o paralisava.

Tomado por algum tipo de emoção poderosa, o semblante de Ron se modifica. Ele puxa o ar com força e concorda, jogando a bengala para o braço esquerdo e a fincando com força no leito do ribeirão.

— Vamos, lindinha. Antes que o que restou do meu bom senso me faça mudar de ideia.

Sem perder tempo, entro por debaixo do braço direito e me transformo no apoio para a perna defeituosa. O nobre é muito grande e, sob seu peso, meu corpo afunda na água. Apesar dos reflexos reduzidos, o aristocrata não se ampara em mim como imaginei, mas aperta o corpo contra o meu, como se quisesse ter certeza, mesmo em suas péssimas condições, de que eu estou segura enquanto o ajudo. Uma sensação estranha, diferente de tudo que eu já havia sentido, abala meu equilíbrio por um momento, e não a correnteza.

— Você é forte mesmo, Diaba! — vibra ele, orgulhoso, ao deixarmos nossos corpos tombarem, encharcados e exaustos, em uma rocha na margem do rio.

— Não me chame assim — digo enquanto procuro por oxigênio e removo uma mecha de cabelos do rosto. *Ah, que maravilha. Tinha perdido meu véu!*

— E-eu não quis... Desculpa. — Ron puxa o ar com dificuldade, tosse muito. De repente ele arregala os olhos, checa ao redor. — Seu pai e o seu irmão...? O-onde eles estão? — Para o meu azar, o enxerido torna a ficar alerta. — O que está fazendo sozinha neste lugar? Não tem noção do perigo?

— Já estaria em casa se não fosse por essa chuva horrorosa ou se eu não tivesse parado para te ajudar, seu ingrato.

— Claro, claro. Muito nobre. — Ron franze a testa. — Sei que é louca por cavalos e... bem, gracinha, você é corajosa e tudo mais, mas não acho que seja altruísta a tal ponto. — Ele arqueia as sobrancelhas grossas e acusatórias. — Da última vez que me viu, no caso, *ontem* — frisa —, você estava um tanto enfurecida e, se não me falha a memória, ordenou que eu sumisse da sua vida etc. Como sei que não dá ponto sem nó, diga-me, o que quer em troca por sua ajuda?

— Seu silêncio — respondo de bate-pronto.

— Ora, mas já não deixei isso claro? Da minha parte, ninguém saberá que você é a proprietária de Silver Moon.

— Não é sobre isso.

— Não? — ele indaga, confuso.

— É... segredo.

— Sou bom em guardar segredos, dependendo, é claro, do tipo de segredinho. — Um sorriso malicioso perpassa seus lábios enquanto me estuda. — O que é, hein?

— Não pode contar a ninguém sobre... — minha voz falha. Fico furiosa comigo mesma por deixar minha vergonha à mostra — o meu sangramento.

Ele arregala os olhos ainda mais e, após um instante interminável me analisando, joga a cabeça para trás e solta uma gargalhada estrondosa.

— Adorei a piada, Diaba!

— Não estou de brincadeira — rosno com os dentes trincados. — E nunca mais me chame assim.

— Ok. Ok. Desculpe! Força do hábito. — Ele tenta segurar o sorrisinho intragável, mas é tremendamente malsucedido. Tenho vontade de estrangulá-lo. Ou melhor: de amarrar uma pedra ultrapesada em sua perna caquética e empurrá-lo para as profundezas do rio para sempre. — Por que não? — cantarola. — Afinal, não é o sonho encantado de todas as Brancas de Unyan? Se transformarem em Amarelas?

— Shhh! — disparo. Apesar de achar improvável diante das circunstâncias, não posso correr o risco que alguém nos escute. — Não de todas.

— Não?!? — Ele nem pisca. Parece verdadeiramente assombrado. — Preciso admitir. Você consegue se superar.

— Você me deve isso — ameaço-o com ódio incontrolável enquanto o agarro pelo colarinho encharcado.

— Peraí! — O idiota mantém a expressão irônica. — Hum... Não sei, não... — matuta alto, batendo artificialmente os dedos na boca. Puxo sua camisa com mais força. — Ai! Não precisa me estrangular! — Ele ergue as mãos. — Tá bom! Serei um túmulo se me contar o porquê de uma decisão tão... há... *surpreendente*.

— Não lhe interessa.

Ele morde o lábio de um jeito indecoroso e balança a cabeça. Está adorando tripudiar sobre o meu desespero.

— Como não interessa? Minha curiosidade está enlouquecida e se consumindo em cólicas! Posso imaginar um milhão de possibilidades para essa decisão impensável e nenhuma delas faz o menor sentido. — Para me provocar, o sujeitinho faz uma careta afetada ao levar a mão repleta de anéis ao peito. — Diaba, não me diga que pretende virar uma Serva da Mãe Sagrada? Queira desculpar a franqueza, mas não vejo aptidões em você que a conduzam para causas tão nobres assim e...

— Como sou idiota! Devia ter deixado você virar sabão e ficado com a belezura para mim. — Aponto para Dark.

Para minha ira desmedida, ele bate com a mão na coxa e solta outra gargalhada ainda mais alta que a primeira. *Vou arrancar sua língua com as unhas, seu cafajeste de uma figa!* Meus punhos se contraem.

— Ôoo! Calminha. — O sorriso negligente se modifica de estalo. — Farei o que me pede *se* — destaca — me disser a verdade. E não me venha com suas desculpas estapafúrdias, está bem?

— Que "verdade"? — enfrento-o, mas estremeço diante da certeza cristalina: por trás da feição descontraída, seus olhos estão cautelosos e... atentos.

— Por que está sozinha por essas bandas? — indaga sem rodeios. — Como seu irmão conseguiu o tempo incrível na corrida classificatória?

— Shhh! Ninguém mais sabe que Nefret é o hooker de Silv... — Engasgo com a notícia inesperada. — I-incrível?!? Nefret conseguiu?

— Não se faça de tonta porque é a última coisa que você é.

— E-eu não sei sobre o que você está falando.

— Seu irmão deixou todos boquiabertos com o tempo extraordinário. Pegou o penúltimo lugar, mas, se não fosse pelas inúmeras faltas que cometeu, ele teria batido o recorde da pista de todos os tempos.

— Sério?

— Seríssimo — diz, analisando meticulosamente cada uma das minhas reações. — Todos estão se perguntando quem é o hooker fenomenal que domou a fera. Os apostadores se indagam se os tempos anteriores eram uma farsa.

— Meu irmão é mesmo cheio de surpresas... — balbucio, mas não consigo camuflar a vaidade correndo alucinada por minhas veias.

— Chega, Nailah — ele me interrompe, impaciente. Há um brilho perigoso em seu olhar. — Quem montou Silver? Afinal, quem é o Prímero dela?

— Ora, é Nefret, óbvio!

— Ontem à noite, quando você implorou para que eu montasse Silver Moon, vi o pânico faiscando em sua face, não adianta mentir.

— Eu não sabia! Nefret também me enganou!

— Certo. Digamos que seja verdade o que me diz. — Ele muda o tom, acaricia preguiçosamente o thunder prateado da bengala. — Então, o que uma Branca como você estaria fazendo sozinha por essas bandas a essa hora? O que você tem a ver com isso? Como o ajudou a conseguir o tempo fenomenal? Que tramoia armaram?

Para o meu azar, o bisbilhoteiro era esperto.

— Não sei sobre o que está falando — respondo e, acuada, levanto-me num sobressalto. — Agora que o donzelo está a salvo, já posso ir.

— Aonde pensa que vai?

Para minha surpresa, ele é rápido com a bengala e, no instante seguinte, está de pé ao meu lado. Apesar de molhado da cabeça aos pés, seu corpo grande exala calor ao se aproximar do meu. Com a testa lotada de vincos e uma veia a tremer no maxilar anguloso, Ron segura meu braço. Um arrepio frio se aloja na minha nuca. Vários sinos de alerta ecoam em minha mente.

— Me solta. Vou para casa! — enfrento-o.

Não devo, não posso, não vou ficar sozinha aqui com ele!

— Não sem um acompanhante e muito menos nessas condições. — Ele aponta para meu estado deplorável: sem o véu e com o vestido encharcado. Engulo em seco quando uma discreta cólica me faz despertar para outro problema. Checo minha roupa e, por obra de um milagre, não há qualquer vestígio do meu sangramento. *Ainda.* — Vou levá-la para um lugar seguro até que a chuva passe. Retornará para casa amanhã.

— Não. Nunca. — Jogo a cabeça de um lado para o outro. — Não!

— Um "não" é suficiente, meu bem. — Ele abre um sorriso debochado.

— Preciso ir para casa agora! Você não entende! — Esperneio e me debato, enquanto, sem sucesso, não consigo me livrar da sua pegada.

Pelo manto de Lynian! Ele era forte!

— Opa! Estamos chegando ao xis da questão — Ron solta de maneira despretensiosa, mas seus olhos vermelhos e estranhos parecem ainda mais sagazes do que de costume. — Pois diga, benzinho, por que deve correr tamanho risco para chegar em casa o mais rápido possível? O que aprontou que ninguém pode saber?

— Não aprontei nada — desato a dar pinotes, tentando me desvencilhar.

— Fique quieta, pequeno demônio!

— Me solta! Não vou falar novamente, senão...

— Vai o quê? Berrar? — Sua expressão fica sombria, quiçá perigosa, e me assusta. — Use seus potentes pulmões e berre o mais alto que puder. Faça isso.

— Seu estúpido! — Enfurecida, lanço uma joelhada nas suas partes de baixo, mas o aristocrata não apenas antecipa meu movimento, desviando-se do golpe, como também consegue me imobilizar, colocando-se atrás de mim.

— Jura que quis me acertar? — Ele solta um assovio e outra risada. — Criatura encantadoramente impossível! Como não quer que a chame de Diaba?

— Vai se dar muito mal se tentar alguma coisa. — Expurgo meu medo através da ira quando não consigo me libertar de maneira alguma.

— Shhh! — ele ordena, mas nem precisaria.

Ruídos inesperados cortam a discussão como uma guilhotina. Dark bufa. O aristocrata faz um barulhinho e o animal se cala. Imóveis dentro da bruma da expectativa, aguardamos. Os sons ficam mais claros. São vozes masculinas.

— Maldição! — ele rosna baixinho e me libera.

O temporal piora. Jogo-me no chão e me arrasto por entre as plantas.

— O que você está fazendo, sua doida? — questiona ele às minhas costas.

— São apenas dois — comunico otimista. — Eu pego o sujeito da esquerda e você o da dir... — Olho-o de esguelha ao me dar conta de sua perna problemática. — Você consegue dar conta de um?

— Pela Mãe Sagrada. Que mulher! — O aristocrata morde o lábio após liberar o espanto sussurrado. — Não pode estar falando sério. Brigar com um homem? — indaga, boquiaberto. Afundo no lugar. Havia me esquecido de seu traço característico: a covardia. — Hum... Pelo visto tem prática no assunto. Lá com os aristocratas que batiam no seu irmão, acho que atrapalhei sua diversão, né? Na certa, você daria conta dos três — alfineta, mas assim que as vozes se vão, ele estende a mão e pede de maneira gentil: — Está ficando perigoso demais. Para sua própria segurança, venha comigo.

Perco o chão.

Eu estava preparada para lutar, mas não para... *isso.*

Encaro a mão grande e pálida estendida em minha direção. Os anéis de ouro reluzem sob os raios da lua de Kapak, mas a estranha bruma negra está de volta, posso vê-la surgindo sorrateiramente, fazendo o cerco. O alerta da minha mãe em seus instantes finais lateja em minha mente acelerada: *não me deixar levar pela escuridão, jamais me afastar da luz.*

Venha para mim...

Um arrepio fino se espalha por minha pele e se aloja na minha nuca, quase posso escutar seu chamado ao longe, um sussurro apenas, mas que me faz estremecer por inteira, visceral, como se viesse de um lugar longínquo e familiar.

Era pegar ou largar.

Que a Sagrada Mãe me proteja!

E então... eu pego.

Capítulo 18

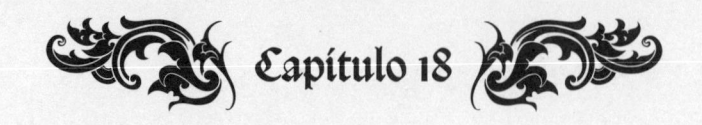

— Está louco? Não posso entrar ali! — Mal consigo camuflar o horror que me toma quando o vejo me conduzir para a construção de pedras amarronzadas como borra de chá com as paredes tomadas por heras no meio do nada, do outro lado da estrada principal, que, por sinal, também está alagada. Se não fosse o som de música e de risadas altas, diria se tratar de um lugar assombrado.

— Por que não? — Ron indaga com a expressão marota restaurada. — Além do mais, anjinha, existe uma diferença imensa entre não dever e não poder. De fato, você não deveria colocar os pés nessa espelunca, mas, sim, você pode e vai entrar. Comigo. — Ele destaca a última palavra com o tom de voz modificado, possessivo talvez.

— Isso é loucura. Você é um aristocrata e, há... eu sou uma garota, uma Branca, e isso... bem, isso não está certo e...

— *Isso* — ele frisa — pouca diferença faz por essas bandas. É terra de ninguém.

— "Terra de ninguém"? — Recuo com o comentário. — O que quer dizer?

— Digamos que seria uma área neutra, um local onde não existem regras, tanto para as mulheres quanto para os homens — responde com cautela.

— Homens e mulheres tratados da mesma forma? — Minha boca despenca.

— Teoricamente. — Ele arqueia as sobrancelhas de maneira suspeita.

— Mas as patrulhas do Gênesis rondam as estradas.

— Apenas para manter a ordem com mão de ferro, mas fazem vista grossa para o que se passa nessas regiões. Na verdade, até se divertem, e lucram, óbvio, em cima dessas áreas tecnicamente improdutivas, entende?

— Não. Como assim?

O cavalo dele bufa novamente, alertando sobre algo.

— Tem mais gente se aproximando. Com a tempestade não dando trégua, essa estalagem virou o ponto de apoio para os que passam pela região. — Ele respira fundo. — Não sei se estou agindo certo, mas... Não temos opção — afirma ao girar a bengala em todas as direções. — O rio, as câimbras e também... — ele se interrompe de maneira suspeita. — Enfim, estou exausto, física e mentalmente.

— Então vá descansar.

— É o que pretendo fazer. Mas antes tenho que cuidar de você.

— Não preciso que ninguém cuide de mim.

Ele alarga o sorriso incrédulo, sensual, exibindo dentes brancos e alinhados. Sem perceber, pego-me mais tempo do que deveria na cena, observando com interesse o trajeto sinuoso das gotas sobre seus lábios grossos. Pisco, atordoada com a minha reação, e dou de cara com uma expressão diferente em seu rosto costumeiramente debochado. A chuva piora, mas não nos movemos, os olhos atados uns aos outros. Muito lentamente o aristocrata elimina a distância e se inclina sobre mim. Sua respiração me faz arrepiar por inteira. Ela é tão pungente que não pede permissão e vai se embrenhando à minha.

— Precisa sim. Muito — diz, rouco, os lábios a milímetros dos meus.

— Já não viu o suficiente da vez anterior? — Jogo-me para trás, cruzando os braços à frente do corpo.

— Não. — Seu pomo de adão sobe e desce repetidas vezes enquanto me analisa de cima a baixo e seus olhos vorazes percorrem o vestido encharcado grudado ao corpo. — Não mesmo.

— Um "não" é o suficiente, *meu bem* — devolvo a piadinha com descaso.

— Gracinha atrevida... — Ron dá outro passo em minha direção. — É muita energia canalizada. Você precisa liberá-la, sabe? Está precisando ser beijada, e por alguém que entende do assunto.

— E você seria a pessoa indicada?

— Sem dúvida, se eu estivesse disposto.

— Pois poupe suas forças, caro nobre — disparo com sarcasmo, dando mais um passo para trás. — Não estou interessada em seus serviços.

— Claro que está, dissimuladinha. Todas as garotas se fazem de difíceis, mas no íntimo ficam desapontadas quando nós, homens, não tentamos beijá-las. Vocês sabem que não deviam querer, que devem agir como ofendidas quando isso acontece, mas no fundo é o que mais desejam — afirma o implicante, que consegue me enlouquecer com suas provocações. — Não nego que estou realmente gostando destes seus trajes... há... *úmidos* — destaca a palavra com malícia, o olhar predador esquadrinhando cada centímetro do meu corpo —, mas você está tremendo feito vara verde e não acho prudente expô-la desta forma em lugar algum, muito menos num recinto abarrotado de homens bêbados.

— O que planeja, então?

— Arrumar roupas secas e algo quente para você beber antes que adoeça. O mesmo serve para mim.

— Nesta terra de ninguém?

— A terra é de ninguém, mas quem cuida dela ama o dinheiro que eu tenho a oferecer. — Pisca, convencido. — Coloque-o. Está encharcado, mas ao menos não é transparente. E esconda-se ali. — Ele me entrega o próprio casaco (novamente!) e aponta para um amontoado de rochas. Fora a estalagem com suas luzes acesas, todo o entorno é escuro e desolado. — Sei que está cogitando desaparecer enquanto eu estiver lá dentro, ratinha. Não acredito que cometeria uma idiotice desse nível. Logo você... — Ele balança a cabeça. Meus punhos se fecham, furiosa por ter permitido que ele lesse meus pensamentos. — Ah. E só apareça após eu sinalizar. Assim...

— Não sou seu cavalo! — retruco com o maxilar trincado ao perceber que o som que faz é idêntico ao que ele usa para chamar Dark.

— Mas é tão impossível quanto. — Ele ri e, sem olhar para trás, conduz o belo corcel em direção a uma área coberta na lateral da construção.

Perco-os de vista e torno a checar o entorno. De fato, não há para onde ir e, infelizmente, o aristocrata cheio de dentes é minha única opção. O temporal e a ventania tomaram proporções assustadoras e já alagaram tudo ao redor. Estou tremendo de frio dentro de um oceano de penumbra, a cabeça afundada nos joelhos quando, vários minutos depois, ele reaparece escoltado por um homem de pele morena. O acompanhante carrega um lampião em uma das mãos enquanto com a outra segura um sombreiro enorme, protegendo Blankenhein da chuva torrencial.

— Por que demorou tanto? — Marcho em sua direção.

— Mas eu ainda não assoviei.

— Idiota! Vou fazê-lo engolir...

— Eu não disse que ela era encantadora, Oliver? — Ele interrompe minha ameaça de maneira afetada, uma das mãos pousadas sobre o peito.

— Não conseguiu exprimir o quanto, senhor — responde o lacaio de estalo.

O sujeito não é alto como o patrão, mas tem a aparência exótica. De estrutura larga, ele está na casa dos quarenta anos de idade e, assim como Blankenhein, também exibe transgressoras argolas de ouro penduradas na orelha esquerda, além de vários anéis e pulseiras do mesmo material.

— Olhe, Oliver. Você conseguiu arrancar um meio sorriso dela!

— Um feito notório?

— Sem sombra de dúvida.

— Isso o agradou?

— Muitíssimo.

— Então fico satisfeito, meu senhor.

— Ei, ei, ei! Se não perceberam, tem alguém congelando em meio a essa conversa fiada — chamo a atenção num guinchado. Ron se vira para mim. Suas pupilas não estão dilatadas como antes, mas sua expressão está diferente. Observo-o com atenção. O rosto corado demais e o sorriso bobo confirmam o que acabo de descobrir. — Peraí! Você demorou porque estava...

— Ora, gracinha. Tive de aguardar a liberação do aposento e estava com as juntas congelando nessa roupa encharcada. Não podia fazer nada a não ser...

— Ficar bêbado? — indago, irônica.

— O sr. Blankenhein não está bêbado, senhorita. — O serviçal entra em sua defesa e o aristocrata assente de um jeito cúmplice.

— Ah, que ótimo. Onde eu fui me meter — resmungo.

— Vou lhe mostrar seu quarto, Diaba. Ops! Desculpe, eu não quis... — Ele levanta as mãos espalmadas.

— Não vou entrar aí? — Enrijeço, desconfiada.

— Consegui algo muito melhor. — Ele sussurra no meu ouvido ao apontar para a outra lateral da taberna. — Oliver, me dê isso, por favor.

— Sr. Blankenhein, deixe que eu cuido dela. O senhor não está em condições...

— Oliver — Blankenhein o interrompe de forma brusca, a voz austera e intolerante, como se pertencesse a outra pessoa.

Estreito os olhos, confusa com sua estranha reação. *Aliás, ele está estranho...*

— Claro, senhor. Desculpe. — O lacaio se retrai e lhe passa o sombreiro instantaneamente. — O que devo dizer ao sr. Braun? Peço para aguardar?

O ar se vai junto com o raciocínio, e meu coração pula para a boca.

— A-Andriel? — o murmúrio de surpresa me escapa. Estico o pescoço, tentando vasculhar o interior através das duas janelas em fenda do lugar. Vejo apenas vultos de pessoas através dos vidros embaçados pela chuva.

— O próprio — o aristocrata responde. *Ah, claro. Ele tinha que escutar.* Por um mísero instante, uma sombra paira sobre seu semblante. — Por favor, acerte as contas do jogo e se despeça dele por mim, Oliver.

— Perfeitamente, senhor. Retornarei em seguida.

Blankenhein aponta a direção, guiando-me a passos muito lentos por um caminho enlameado que contorna a velha construção. Sigo-o de perto, o coração aceleradíssimo por saber que Andriel estava ali, tão próximo de mim e de tomar conhecimento sobre a novidade que mudaria tudo e uniria nossas vidas para sempre.

— Foi difícil conseguir um aposento com o lugar abarrotado de gente como hoje. Ainda mais um com entrada privativa e discreto como esse. Tive que usar todo o meu charme... e, claro, o meu sobrenome. — Ele fecha o sombreiro quando alcançamos a área coberta. — Mas precisará economizar lenha. Oliver disse que a demanda está alta e as madeiras andam péssimas, muito úmidas.

— Por que está fazendo isso por mim? — Seguro seu braço.

— Você salvou a minha vida e a de Dark. Nada mais justo eu retribuir.

— Só pedi uma coisa em retribuição.

— Gracinha, é tudo muito suspeito. Há de convir que as peças não se encaixam. Seu desespero em manter silêncio sobre o assunto mais desejado pelas mulheres é, no mínimo, altamente incriminador. Afinal, você sabe muito bem que, ao continuar com essa decisão, em breve será mandada para... *Você sabe.* — Ele me estuda, mas não diz o nome maldito. — A não ser que...

— A não ser o quê? O que vai querer em troca, afinal? — imprenso-o, mas me arrepio por inteira. Algo lateja em minha mente, alertando-me com estrondo que o preço a pagar por esse silêncio seria maior do que eu poderia imaginar.

— Nada. — Seus olhos ardem nos meus, repentinamente nus e perturbadores. — Não vou querer nada que não me seja dado de bom grado.

— Sério? — Mordo o lábio, mas não a isca. — Pois então será isso que receberá, com ou sem chantagem: nada! Não espere nada de mim.

— Não espero. E é exatamente isso que me assusta — ele devolve, fuzilando-me por outro inquietante momento. *Como não?* Recuo, zonza, sem compreender o que está em questão. Blankenhein esfrega as mãos no rosto pálido e, deixando os ombros tombarem, suspira: — Ok. Jamais comentarei sobre o seu sangramento. Tem a minha palavra, mas... Apenas responda uma perguntinha estratégica e ficaremos quites.

— Eu já disse — sustento a mentira. — Meu irmão é o hooker de Silver e não sei nada além disso. Ele me enganou assim como fez com todos.

— Shhh. Sobre isso discutiremos depois. — Ele balança a cabeça, a expressão predadora no olhar. — Não que faça diferença, mas sou assolado por uma curiosidade insistente. O que se passa em seu coração?

— Ora, não te interessa, seu... seu... *enxerido!*

— Ah, interessa bastante — responde de bate-pronto, a voz rouca demais. — Você e o Braun? Agora tudo faz sentido. Quem diria... — As palavras saem devagar, como se lhe queimassem a garganta. — Com seu sangue selvagem você precisaria de outro tipo de homem, belezinha. Não de um Andriel Braun.

— Como é que é?!? — Dou um passo para trás, cambaleio.

— Exatamente o que ouviu. — Ele torna a diminuir a distância entre nós.

— N-não sei sobre o que está falando. — Minha voz vacila e me trai.

— Nananinanão. — O aristocrata faz uma careta. — Já passamos da fase do jogo da bobinha. — Abro e fecho a boca, mas não sai som algum. Não sei o que dizer ou como reagir. Ron é esperto, pode se valer de qualquer coisa que saia da minha boca e, que Lynian me ajude, tenho noção do quanto sou péssima com as palavras. — Diga-me, essa paixão sem sentido que nutre seria pelo belo rosto ou pelo discurso encantador do nobre colega? Não acho que seja por interesse, você não é esse tipo de mulher. Ainda assim, não entendo... Para uma garota tão... tão... — Ele tem a respiração irregular. — Por que fica correndo atrás de um sujeito que obviamente não a quer? Acha que pode mudar o que se passa dentro do coração de um homem? É tão ingênua assim? — Ele encara meus lábios de um jeito quase indecoroso. Perco o ar, incomodada com o comentário e com o calor incomum que sobe pelo meu pescoço. — Sinto desapontá-la, mas não é desse jeito que as coisas funcionam quando há hormônios masculinos em jogo. Podemos ser galanteadores por fora, mas, no íntimo, não passamos de criaturas primitivas, delimitadoras. Homens gostam de colocar cercas, não admitem dividir o que lhes é importante com outros. Homem algum arrisca quando se trata da pessoa por quem está apaixonado. Nunca.

— Era só o que me faltava. Ouvir sermão de um mulherengo pervertido — rebato com desdém.

— Isso foi um elogio? Vou acreditar que sim. — Ele estala a língua, a nota da ironia sempre presente, mas capto fúria velada em seu tom de voz.

— Ótimo. Então boa noite. — Giro o corpo, decidida a entrar no quarto e colocar um ponto-final na estranha conversa. Ela já tinha ido longe demais.

— Quanta pressa! Não está esquecendo algo? — Seus dedos brincam com as chaves do aposento. A expressão zombeteira, entretanto, falha em camuflar a tempestade negra que acontece em seus olhos ao colocá-las na palma da minha mão. — Caso tenha realmente mantido sua honra, agora que é uma *Amarela* — ele destaca a palavra com a voz grave demais —, você poderia entrar na disputa e, Sagrada Mãe, fico tonto em imaginar a quantidade de lances que receberia. Por isso não há lógica em querer esse sigilo. A menos que...

— Que...? — Tento pegar as chaves, mas ele não as solta.

— Que esteja mentindo ou tenha algo muito bem planejado aí dentro dessa cabecinha diabólica. — Sua voz sai lenta e perigosa, a ameaça camuflada no ar.

Meu pulso dispara. Ron se aproxima, fecha meu campo de visão.

— Será possível que esteja enganando a todos? — indaga com a voz rascante. — Conheço as mulheres, meu bem, todos os tipos delas — diz, olhando-me de um jeito intenso demais. — Mas para mim você é um enigma. Enquanto meu instinto me diz uma coisa, minha razão afirma outra completamente diferente.

— Não sei aonde você quer chegar.

— Honrada ou dissimulada? Ingênua ou astuta demais? O que é você, Nailah Wark? Pois ou é louca ou tem cartas fenomenais escondidas na manga para se arriscar nessa jogada suicida. — Uma veia treme em seu maxilar. Perco a voz e o chão. Nenhum dos dois solta a chave. — Você sabe melhor do que eu que só existe uma única explicação para uma mulher não divulgar seu sangramento. Apenas uma.

— Talvez o nobre esteja certo. Talvez eu esteja mentindo. Talvez eu não seja uma "Branca honrada", afinal. — Enfrento-o com o queixo erguido.

— Seria a única explicação, a não ser... — Ele arregala os olhos. — Sua tola! Se for o que estou imaginando...

— Pouco me interessa o que o nobre imagina — desdenho, mas algo em mim fica em alerta. *O que estaria passando por sua mente?*

— Além dos Meckil e da sua família, quem mais sabe que você é a proprietária de um thunder? — indaga com a voz fria como o gelo.

— Não é da sua conta. — Engulo em seco. *A conversa estava tomando um rumo preocupante.* — Estou cansada. Quero entrar. Vai deixar ou não?

— Cuidado, Nailah. Muito cuidado. — Um sorriso perigoso pulsa em seus lábios, mas seus dedos finalmente soltam as chaves.

— Isso é uma ameaça?

— Você já me fez essa pergunta e, como da vez anterior, a resposta é a mesma. Trata-se de um alerta. Minha intuição afirma que você está fazendo papel de idiota. Qualquer que seja a jogada que tenha em mente, vai se dar muito mal no final.

— É mesmo? — devolvo, irônica, a cabeça latejando de repente. — Sua intuição vai agir para isso ou apenas assistir o meu fim de camarote?

— Para o seu bem, não acredite em nada do que *ele* tenha lhe prometido — afirma, cara a cara, finalmente chegando ao xis da questão.

— "Ele"? Então é isso? — Libero uma risada, estranhamente aliviada e, ao mesmo tempo, satisfeita com a constatação. — Você está com ciúmes do Andriel!

— Ciúmes? Que a Mãe dos Sobreviventes me livre dessa praga! — Ron enverga exageradamente os lábios e dá um passo para trás.

— Ótimo. Já que não é essa a questão, deixe-me em paz. Haverei de pagar por essa estada assim que conseguir juntar algum dinheiro. Não lhe deverei nada nesta vida.

Aproveito o momento em que ele se afasta para, finalmente, me livrar da situação constrangedora. Mas, ao girar para entrar no quarto, mais rápido que uma pulsação, minhas costas vão de encontro à parede da taberna e o corpo dele avança sobre o meu, as mãos enormes segurando meu rosto e os olhos vermelhos fulgurando os meus com um fogo arrasador. Escuto o som da bengala se chocando contra o chão.

— Ah, Diaba...

No instante seguinte, ele segura minha nuca e sua boca está se afogando na minha, faminta, sôfrega, ávida demais. Ron libera sons profundos da garganta, incoerentes, ao aumentar a pressão e afastar meus lábios com a língua em chamas, decidida, uma invasão tão desesperada quanto provocante.

A poderosa energia está de volta, suga minhas forças e, de repente, estou caindo em um vazio infinito, despencando no nada. O fôlego me abandona também, deixando uma sensação entorpecente em seu lugar, um tipo de ânsia que não sei como saciar, mas que parece se abrandar com os toques perfeitos de Ron e de seu corpo rígido grudado e se moldando ao meu. O beijo que começara selvagem muda de rumo, fica suave, gentil, inacreditavelmente íntimo, sua língua sugando, explorando e acariciando cada canto da minha boca e mais algum lugar ainda intocado dentro de mim. Paralisada como uma idiota, arrepio dos pés à cabeça com o calor que sobe pelo pescoço enquanto uma sensação diferente, de bem-estar e acolhimento, se espalha até as pontas dos dedos, gerando faíscas por toda minha pele.

— Sei que está acostumada a brigar, mas... por que também luta contra seus sentimentos? Deixe que a natureza siga seu curso, acolha as graças da vida de bom grado, compreenda que algumas derrotas valem mais que vitórias, aceite a paz — Ron murmura com a respiração entrecortada, os lábios ainda roçando os meus. Ele me encara de um jeito profundo, perturbadoramente viril e carente ao mesmo tempo. E então, de repente, como se nada tivesse acontecido, o nobre se afasta. — Quanto a pagamentos, fique tranquila. Se eu realmente quisesse algum... — diz com o semblante malandro restaurado.

O chão para de rodar. Recupero o oxigênio. Volto a mim.

— Pois esse beijo é todo pagamento que receberá. E nada mais! — rebato sem entender sua frase enigmática, furiosa pela onda traiçoeira de calor e sensações inesperadas, e por ver que Ron Blankenhein passara para outro nível de abordagem, que eu caíra em sua armadilha como uma mosca imbecil, exatamente como as aristocratas haviam comentado. Agora que sabe que sou uma Amarela, o mulherengo inveterado aproveitara-se para ir mais a fundo em suas investidas e joguinhos de sedução.

— Veremos. — O nobre tem o semblante presunçoso, mas seus ônix negros estão sólidos e impenetráveis. — Ninguém saberá da sua passagem por aqui. Já providenciei comida e roupas secas, infelizmente não são bran-

cas, não existe essa cor por essas bandas. — Abre um sorriso sarcástico.
— Enfim, será só para passar a noite. Deixe seus trajes molhados aqui fora e tranque o quarto em seguida. Oliver virá buscá-los e dará um jeito de secá-los até amanhã. Não abra a porta para ninguém, nem saia daí em hipótese alguma. — Sua voz sai áspera; a mensagem, inflexível. — Vou para o meu aposento. Estou... exausto. Amanhã eu a levarei para casa. As estradas estarão intransitáveis para quem estiver a pé. Beba algo quente e descanse. — Ele se abaixa para pegar a bengala e, mancando mais que o normal, se vai pelo caminho enlameado.

— Espere! — chamo quando minha consciência me pega de surpresa.

Ron finca a bengala no chão e gira parcialmente o rosto, as emoções escondidas não atrás dos fartos cabelos negros molhados, mas de uma máscara sombria, tão diferente da sua costumeira postura alegre e descontraída.

— Obrigada — balbucio.

— Esse quarto foi o mínimo que eu poderia fazer para retribuir. Dark não tem preço para mim.

— Você sabe o que eu quis dizer. — Engasgo. Agradecer nunca foi o forte de uma pessoa acostumada a receber castigos de presente. — Por se preocupar com a minha segurança.

— Talvez seja de mim que você mais devesse se proteger, benzinho — devolve com a voz rouca, incompreensivelmente envolta num misto de fúria e dor.

Ao vê-lo ir embora, meu coração dispara num ritmo sem cadência, tão incerto quanto as passadas de Ron. A névoa negra torna a crescer pelas laterais dos olhos. A tempestade piora. Os respingos da chuva parecem faíscas de fogo se alastrando pelo meu corpo. Minha pele arde de uma maneira estranha.

Ignoro o alerta em forma de angústia que cresce em meu peito.

Que tola eu fui!

Capítulo 19

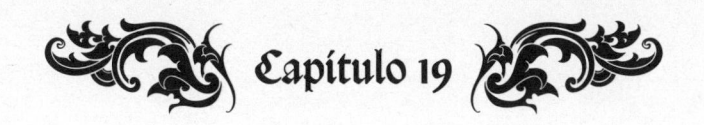

Andriel. Andriel. Andriel!

Música alta e conversas acaloradas chegam através da porta do quarto que dá para o interior da taberna. A julgar pela quantidade de vozes, o lugar está abarrotado de gente. Trajando as roupas que Ron arrumou, fico andando em círculos no rústico aposento sem janelas. O fogo na lareira crepita, aumentando a dor de cabeça e a sensação de sufocamento que me envolve o pescoço e a alma. Mais algum tempo assim, vou acabar subindo pelas paredes.

É a oportunidade para falar com Andriel, provavelmente a única! Preciso lhe contar a novidade que mudará tudo, que agora sou uma Amarela e que ele poderá dar o lance em mim. Sinto meu espírito vibrar em antecipação. *É isso! Sou eu que terei que agir porque, afinal, meu amado não sabe que estou aqui!*

Fecho os botões do vestido vinho ao máximo, mas o decote no colo quase deixa meus fartos seios à mostra. Como perdi o véu em meio à correnteza, o jeito é esconder essa área com o pano encardido que se encontra sobre o gaveteiro. Disfarço minha juba ruiva com um coque bem justo. Puxo o ar e, sem olhar para trás, desobedeço a ordem dada por Ron. *É por uma boa causa,* digo a mim mesma enquanto cruzo o corredor em direção ao lugar de onde vem a melodia e as gargalhadas estridentes.

O ambiente não parece perigoso como o aristocrata deixou a entender, mas me surpreende mesmo assim. Um homem calvo e com volumosos bigodes brancos toca o piano como quem doma um cavalo. Ele vibra, joga as pernas no ar, urra frases obscenas, mas a forma divertida como o faz não me causa ultraje. O local está lotadíssimo e, para meu alívio, as pessoas mal reparam em mim, quer por causa da confusão de corpos espremidos, quer porque estou adequada ao cenário. Há mulheres aqui também e todas elas usam vestidos com decotes avantajados e da mesma cor que o meu, aquela que nunca tinha visto antes: a vinho. *Onde elas viviam, afinal? Por que ninguém comentara sobre essa cor em Khannan?* Não tenho tempo para pensar nisso agora.

Os homens bebem, conversam animadamente, gargalham alto. Alguns jogam cartas em rodas fechadas, outros dançam abraçados a duas Vinhos ao mesmo tempo. Algo vibra em minha alma. Jamais imaginei que haveria um lugar onde ambos os sexos pudessem se divertir de igual para igual, onde as mulheres não assumiriam sua eterna posição subalterna, sombras das vidas que nunca tiveram permissão de usufruir. Meu pulso dá um salto, minhas mãos ficam quentes e um sorriso me escapa ao identificar a pessoa sentada em uma mesa no fundo do recinto, o corpo largado e a cabeleira alourada recostada na parede.

Andriel!

Observo, vidrada, seu rosto irretocável embalado pelo sono. Preso entre os dedos longos destaca-se um lenço de linho branco com o monograma *A B* — *Andriel Braun* — rebuscadamente bordado em tom marfim.

— Andriel — chamo baixinho, ao pé do ouvido.

— Nailah?!? O-o que...? — Ele joga o corpo para trás. — Luz de Lynian!

— Shhh. Está tudo bem — acalmo-o.

— O que você está fazendo aqui? — Ele se empertiga ao checar ao redor.

— Eu preciso falar com você. É urgente.

— Esconda o rosto e venha comigo. Agora! — Andriel retira o belo casaco marrom com botões dourados e o joga sobre mim. Em meio à confusão de corpos, um grupo de rapazes interrompe suas gargalhadas ao nos ver sair às pressas. Alguém chama por Andriel, mas ele faz apenas um gesto com a mão, não diminui as passadas e, apressado, vai me empurrando para fora do lugar. É tudo muito rápido, mas acho que reconheço uma silhueta de costas para nós, jogando cartas. — Que roupas são essas, Nailah? — ele indaga com o cenho franzido assim que ficamos a sós na marquise da entrada, na área externa da estalagem.

— São emprestadas. As minhas ficaram encharcadas por causa da chuva.

— Você está sozinha por essas bandas? — indaga, horrorizado.

— Claro que não! Meu pai precisou atender a um chamado, ia voltar em seguida para me buscar, mas aí veio o temporal... — A mentira se materializa rapidinho na minha boca. Não posso contar a verdade. Nem mesmo Andriel compreenderia.

— Pelos deuses! E agora? Os aposentos estão todos ocupados. Posso passar a noite largado aí dentro, mas onde vou acomodá-la?

— Consegui um quarto. — Aponto a direção e mostro as chaves.

— Você está em um aposento com porta externa? — Ele arregala os olhos, surpreso. — Como conseguiu pagar?

— O dono da taberna é um velho amigo da nossa família. Foi ele que me arrumou esse vestido.

— Então é melhor você se recolher. — Ele fica desconfiado, mas não insiste no assunto. — Não tem ideia do perigo que correu ao dar as caras lá dentro.

Um barulho ao longe. Andriel enrijece e sua respiração perde o compasso. Capto a urgência em seus movimentos. *Por que está tão tenso assim?*

— Você precisa entrar agora! — Ele quebra as regras e, para minha surpresa, segura minha mão em um lugar público, guiando-me pelo que fora um caminho de pedrinhas, agora uma trilha enlameada. A ventania piora a sensação do frio, mas o calor de seus dedos enlaçados nos meus é simplesmente arrasador. — Se seu pai não aparecer, eu mesmo a levarei para casa amanhã. Não pode voltar sozinha em hipótese alguma — determina assim que paramos em frente à porta do quarto.

A chuva piora. Os pingos grossos explodem com força na estreita cobertura e parecem pancadas violentas a atingir em cheio meu coração. Preciso conversar com ele e tem que ser agora, sem ninguém por perto.

— Andriel, eu preciso que me escute. Da última vez que nos vimos...

— Shhh! Aqui fora não é seguro, existem perigos à solta nessas regiões de Unyan. Entre e tranque a porta — ele comanda sem me dar atenção. A mesma preocupação que vi no rosto de Ron agora deforma o do meu amado também. Andriel checa novamente as redondezas quando mais relâmpagos riscam o céu.

— Você entendeu tudo errado! — Abro a porta, mas finco o pé. — O encarregado do armazém tinha me arrumado maçãs, eu estava com fome, eu... só tenho olhos para você, estava te aguardando quando Samir apareceu no esconderijo.

— Nailah, chega. No fim das contas, foi o melhor.

— Mas aconteceu algo maravilhoso! — Solto num rompante de euforia e expectativa, a voz estranhamente engasgada, como se várias mãos tapassem a minha boca, como se o universo, ao contrário do que eu poderia imaginar, conspirasse contra a verdade. — É um segredo que você terá de guardar por um tempo. — A confissão queima minha língua, como se uma força misteriosa me implorasse a não contar. A dor de cabeça piora e a sensação ruim se expande, congela todos os músculos e torna a arrepiar minha nuca, como se uma batalha estivesse sendo travada em meu cerne. — Não sou mais Branca — confesso. Emoção inunda minhas veias, mas em algum lugar dentro de mim, contra toda e qualquer razão, a noite acabava de ficar mais escura. — Meu sangramento aconteceu. Finalmente virei uma Amarela!

Andriel congela no lugar, boca e olhos escancarados.

— O que você disse? — balbucia, atônito.

— Sou uma Amarela agora.

— Pare com isso. Não tem graça — alerta com o cenho franzido.

— Juro pela alma da minha mãe — acelero em dizer ao ver sua reação.

Um ruído diferente rompe nossa bolha. Giramos a cabeça ao mesmo tempo, mas não há nada pelas redondezas a não ser a chuva torrencial, os uivos do vento e as batidas aceleradas do meu coração.

— Queria que fosse o primeiro a saber. — De fato, ele era a primeira pessoa a quem eu contava. Sinto discreto mal-estar ao ver o sombreiro que

Ron esquecera ali. *Se o nobre sabia, foi por uma infeliz obra do acaso.* — Eu te amo. Quero ficar com você, ser somente sua — confesso ao tocar seu rosto. Seus olhos ganham vida e, finalmente, reluzem. — Mas ninguém deve saber. Não por enquanto.

— Por que não? O que você está aprontando agora?

— Shhh. Tenho um plano. — Coloco um dedo em seus lábios. — Mais detalhes te passo depois, por bilhetinhos ao pé da cerejeira que fica próxima ao portão de entrada dos Meckil... Enfim, vou manter meu sangramento em segredo até a véspera da primeira fase do Twin Slam, o prazo limite para os lances. Me apresentarei ao setor médico na última hora do último dia estipulado, assim não haverá tempo para ninguém dar o lance em mim, exceto você. — Sorrio, triunfante. Ele me encara embasbacado. — Não vê? Serei sua, qualquer que seja sua posição no campeonato!

— Mãe do céu! Isso é... perfeito! — Há felicidade cristalina e desejo arrasador exalando de suas feições. — Ah, Nailah! — Vejo, entregue, o sorriso resplandecer no rosto mais lindo do mundo. — Sabe quantas vezes imaginei esse momento? Quantas vezes sonhei com você me dizendo que havia virado uma Amarela?

Sua respiração quente embrenha-se pela minha e gera arrepios de puro prazer que sobem e descem pela coluna. Ele toma a minha boca com furor. Todas as hesitações se foram, seus carinhos ficam decididos e ardentes, nosso arfar parece tão primitivo como o som da natureza e ecoa alto, mais poderoso que o ribombar de qualquer trovão. Uma rajada de luz incide sobre nós. Zonza de euforia, mal reparo na única testemunha do nosso amor proibido abrindo passagem, reluzente e perigosa, por entre as pesadas nuvens e a névoa escura que nos envolve.

A lua de Kapak!

— Meu amor... — ele arfa. — Meu amor...

Seus lábios me cobrem com uma chuva de beijos incandescentes, febris, desses que desintegram todas as dúvidas. Andriel me abraça e me beija e faz isso de novo e de novo. Minha felicidade é tanta que perco a noção de quem sou, do tempo, de tudo. *Oh, Mãe Sagrada! Como sou completamente apaixonada por ele!* Andriel geme, meu coração martela o peito furiosamente e o frenesi alcança patamares inimagináveis quando, sem parar de me beijar, suas mãos traçam um caminho de fogo por minha cintura, subindo e descendo, fazendo-me arrepiar por inteiro e, de repente... *Dor!*

Uma fisgada terrível se alastra pelas minhas costas, vozes se atropelam e o ganido de Andriel retumba em meus ouvidos. Nossos corpos são lançados com violência para dentro do quarto e caímos os dois espatifados no chão. A porta externa do aposento se fecha com estrondo. Quatro homens com lenços escuros cobrindo os cabelos e os rostos, apenas com os olhos expostos, surgem no nosso campo de visão.

— Nailah, você está bem? — Andriel fica de pé. Faço o mesmo. — O que vocês querem? — esbraveja ele, colocando o corpo à frente do meu.

— O mesmo que você. Diversão — responde um deles em tom jocoso ao sacudir as chaves no ar e, em seguida, enfiá-las no bolso do casaco.

Sagrada Lynian! Estávamos trancados!

— Sumam daqui ou vão se arrepender! — Andriel ruge e dá um passo à frente, enfrentando-os de cabeça e punhos erguidos.

Admiro sua coragem e o amo ainda mais por isso, mas, em uma fração de segundo, três partem para cima dele enquanto o quarto me agarra. Não consigo ver a cena em detalhes porque os covardes com olhares assassinos o cercam por todos os lados. Andriel resiste bravamente, acerta vários golpes. Os miseráveis lhe desferem socos pela frente e pelas costas. Ele cai de joelhos.

Acerto as costelas do sujeito que me agarra, consigo me soltar, mas outro vem em sua ajuda e, agarrando-me pelos cabelos, tapa minha boca com violência. Unhas imundas e pontiagudas furam minha pele, obstruem a passagem de ar.

— Soltem ela! Argh! — Escuto a ordem de Andriel seguida de um arfar de dor e então... nada mais. A voz do meu amado se extingue no ar.

Paro de me debater e, por entre os corpos que me rodeiam, presencio Andriel cair desacordado no chão. Ao nível da cintura, há uma mancha vermelha na sua camisa. *Oh, não! Ele foi esfaqueado?*

— Socor... — Minha voz sai abafada sob o peso da mão que me sufoca. Não penso duas vezes. Cravo os dentes nela.

— Arrr! Sua... — gane o sujeito atrás de mim, espremendo meu corpo contra a parede. Tento me soltar, lanço cotoveladas a esmo, mas meu braço é retorcido com violência às minhas costas e a dor aguda me faz paralisar. Meu coração dá pinotes frenéticos. — Vai entender quem manda neste mundo! Vou fazê-la curvar a cabeça e se colocar na sua posição!

— Espere. Quero trocar duas palavrinhas com ela antes — ordena outro, a voz mais prepotente ainda. Minha mente dá um salto. *Eu a reconheço?* Forço a visão em meio à confusão instalada dentro de mim, mas só vejo olhos cruéis me cercando por todos os lados. Estremeço com a verdade estarrecedora: sou a caça. — Garota, você não tem alguma informação interessante para nos contar? Algum fato que, *talvez,* nos faça mudar de ideia e livrar a sua cara?

— E-eu... não sou uma Vinho — confesso, e os quatro riem de soluçar.

— Diga algo relevante, infeliz — desdenha o que parece ser o líder do grupo. *Sua voz era assim mesmo ou ele a estava modulando?*

— Se tocarem em mim, estarão arruinados! Se... — engasgo diante do horror crescente, a ameaça cada vez mais real. — Sou uma Branca!

Gargalhadas altíssimas reverberam pelo aposento. Minha intuição dá um salto diante da reação deles, alarmadíssima. A dor de cabeça piora. A névoa negra avança pelo canto dos olhos. Visão e razão entram e saem de foco. O chamado da escuridão cada vez mais sedutor – e pungente – dentro de mim:

Venha para mim...

— Ainda não entendeu a gravidade da situação, colona estúpida? É bom abrir o bico se quiser sair viva daqui. O Prímero de Silver Moon é o sonso do seu irmão, não é? — A pergunta rosnada me traz de volta à péssima situação. *Não são meros bandidos que aproveitaram uma oportunidade! É realmente a mim que eles querem!*

— N-não sei sobre o que está falando. — Tento disfarçar a tremedeira que toma todo o meu corpo. O sujeito atrás de mim retorce meu braço ainda mais, como se desejasse quebrá-lo. — Arrr... Não sei de nada!

— Vou perguntar pela última vez. Que tramoia o dissimulado do seu irmão está armando?

As paredes rodam e rodam. Pisco com força, tentando desesperadamente resgatar o foco e o raciocínio. Observo a roupa maltrapilha. Não condiz com a voz arrogante e o porte altivo. Seria um aristocrata ou um oficial vestido de colono? Algum capataz de Khannan? De onde eu a conhecia? *O que isso importa agora, Nailah?,* indaga em desespero a voz da razão dentro da minha mente desorientada.

— Por favor, eu imploro — peço, fingindo mais pavor do que realmente sinto. — Nefret nunca conversa sobre isso comigo. Ele diz que corrida de cavalos não é assunto para mulheres. Não sei de nada. Juro!

— Não posso negar que o gago tem razão. Mulheres são criaturas limitadas, só servem para uma coisa mesmo... — diz com descaso. — Mas está no sangue dos dois. Assim como ele, você mente. Sua cara de vadia não me engana. — Ele esfrega os dedos imundos nos meus lábios. — Aliás, sabe o que adoramos fazer com vadias?

A palavra maldita ecoa em meu espírito. A fúria me desacorrenta, voo sobre ele e lhe acerto um soco em cheio.

— Você vai pagar por isso, vai pagar caro — rosna o líder com ira assassina ao levar a mão ao olho e, em seguida, avançar como um bicho raivoso para cima de mim.

Algo pontiagudo cintila entre seus dedos. *Um canivete?* Consigo me desviar, mas um deles dá um bote, empurrando-me para o lado. Aproveitando-se da minha falta momentânea de equilíbrio eles me jogam de um lado para o outro, várias mãos atacando meu corpo ao mesmo tempo enquanto rasgam minha roupa e minam minhas energias. Enfrento-os com toda a minha força, chuto e soco tudo pelo caminho, acerto vários golpes e desvencilho-me dos ataques como posso, mas não há saída.

Não tenho como lutar contra quatro homens e vencer.

A batalha é injusta e cruel.

— Cansei da brincadeira. Segurem-na! — ordena o líder.

Os três comparsas partem para cima, suas garras entrando fundo em minha carne, aprisionando-me, drenando o que restara das minhas esperanças. O monstro se aproveita da situação e, sem hesitar, acerta um soco na minha barriga. O mundo escurece e me curvo, segura apenas pelas mãos dos meus agressores. A dor é tão forte que acho que nunca mais conseguirei ficar de pé.

Mas meu orgulho, diferente do meu corpo, recusa-se a ir ao chão.

— Covarde. — Ergo a cabeça e abro um sorriso selvagem, confrontador, mas dentro do meu peito o caos impera.

Sou pânico e loucura. A névoa negra turva minha visão e, mesmo assim, vejo meu destino com clareza impressionante, os detalhes, o horror. *Como se eu já tivesse passado por isso antes...* Meu corpo fervilha de um jeito insuportável, como se já conhecesse o sofrimento por que passaria em instantes. Aperto os olhos com força. Não quero enxergar mais nada! Mas o delírio avança, me atropela, me destrói. *Meu rosto.* É tudo que vejo agora. Sou eu ali. *Eu. Eu. Eu.* Tantas de mim em lugares que nunca estive, nessa mesma situação, sucumbindo, *sangrando...*

— Vou te domar, potranca. E sabe o que vai acontecer comigo? Nada.

— Um dia você vai me pagar — afirmo com o sangue escorrendo pelos dentes.

— Tapem a boca dela! — comanda e, em seguida, sinto a pancada final. Um pedaço de pano, do meu vestido talvez, é empurrado com violência lábios adentro. Começo a asfixiar. Engasgo feio. O líder libera uma risada demoníaca. — Não existirá esse dia, infeliz. Não nessa vida. Não nesse mundo — ele diz com certeza inabalável ao terminar de rasgar minhas roupas e partir para o ataque derradeiro.

Um berro implode dentro de mim.

Dor.

Engulo as lágrimas do meu pranto silencioso.

Dor.

A névoa escura ganha corpo, acelera, se espalha.

Dor.

O mundo gira ainda mais rápido, veloz demais.

Dor.

E, de dentro do furacão do caos e do sofrimento, a figura etérea dos meus sonhos surge mais em brasas do que nunca, seus cabelos explodindo como labaredas de fogo, queimando minha carne com força arrasadora, lavas vulcânicas jorrando sem misericórdia sobre o que eu acabava de me tornar.

Meu corpo entra em combustão. Sou apenas chamas.

Me ajuda, imploro em pensamento, mas a resposta é um ganido furioso, o estremecer do mundo como num terremoto violento.

Uma trovoada altíssima, ainda mais ensurdecedora que a do dia em que encontrei Silver, reverbera dentro de mim, sinalizando o fim da luta e a última batida do meu coração.

E então, eu morro.

Capítulo 20

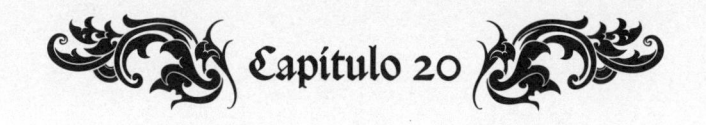

O ATORMENTADO

Ela mereceu!

Eu a alertei. Uma, duas, várias vezes.

Mas, obviamente, ela não me escutou, deixando-se seduzir como as demais e enganando a todos com um sorriso traiçoeiro e amarelo.

Sempre essa cor maldita...

Parece uma doença a contaminar de maneira irreversível o campo dos lírios brancos e imaculados, da pureza e da honra, tornando-os sujos, encardidos e... desprezíveis.

Ela mereceu!

Tão articulada, sonsa e sedutora como as anteriores, resolveu dar os primeiros passos no inferno de devassidão Amarela, o mesmo que faz divisa com o terreno da podridão Vinho, das almas perdidas, daquelas que a sociedade já havia desprezado.

Pobres coitadas!

Ao menos não escondem o que realmente são. Dessas, não tenho raiva, apenas... pena.

Um gemido baixo.

A bruma escura da loucura, do animal possuído em cólera que habita em mim, se dissolve em alguns pontos. Olho através deles e... *a vejo!*

Estremeço. A cor que excita a fera, a mesma que cobre o corpo lindo e inerte subitamente me gera repulsa abominável. O vermelho que macula sua pele, o chão e as minhas mãos me desestabilizam.

Fecho os olhos com força, não suporto encarar o que deveria me causar triunfo e realização. Há uma sensação dolorosamente fria, ácida, afiada e tudo isso de novo e de novo acontecendo dentro da minha garganta e em mais algum lugar dentro do meu peito.

Tão diferente das outras vezes, tão...

O que é isso que me faz querer voltar no tempo e desejar, ao menos nesse instante, que nada disso tivesse acontecido?

Novo gemido estrondoso.

Curvo-me para a frente, o corpo contorcido de dor, como se a ferida estivesse na minha própria carne...

A bruma se esvai um pouco mais, embaralhando minha visão e sentimentos.

Levanto os olhos em busca de respostas, mas encontro apenas mais escuridão. O ar trava. Engasgo. Nada entra ou sai de dentro de mim enquanto a observo com os dentes cerrados.

Ela mereceu...

O pensamento, para meu horror, fica cada vez mais hesitante.

Mereceu mesmo?, indaga a parte dentro de mim que julguei erradicada havia muito tempo, desde aquele dia maldito, desde o que aconteceu com a primeira delas, meu único e verdadeiro amor...

Outro gemido ensurdecedor nocauteia meus pensamentos de vez.

Berro de dor ou uma trovoada?

O universo desata a tremer, meu reinado e certezas trepidando violentamente num terremoto de fúria, sofrimento e impotência.

Escuto, desorientado, atordoado como nunca, o pedido de socorro.

Dentro de mim?

Mas como? Como?!?

Encaro os lábios ensanguentados, lindos... *imóveis*!

E, no entanto, sinto sua energia pulsar furiosamente dentro da minha, mais poderosa do que nunca. *Estou enlouquecendo?*

Pisco com força, a mente rodando sem parar. Nada mais faz sentido. Preciso enxergar, preciso entender, preciso...

Acabou, afirmam os ecos do passado à medida que os minutos passam.

Então por que ainda estou assim? Por que me sinto ardendo em brasas, mais vivo e atormentado do que nunca? Que castigo me aguarda agora?

A terra para de tremer, mas o mundo cai em prantos.

Uma tempestade de sangue...

Enterro o rosto nas mãos, incapaz de estancar a ferida aberta.

Nela e em mim.

Não. Não. NÃOOO!!!

Capítulo 21

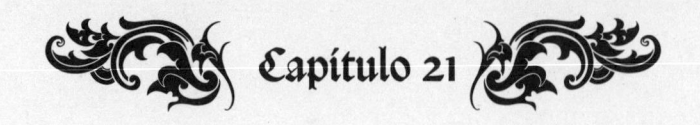

— Não. Não. NÃOOO!!! — O esbravejar furioso pertence a um lugar longínquo, bloqueado pela barreira impenetrável de um sofrimento pungente e incapacitante.

Intrusa indesejada de toda uma existência, a dor que me dilacera agora é a lâmina afiada que destrói tudo pelo caminho, abre passagem à força pelos cacos da derrota e se finca nas minhas vísceras, no que restou de mim.

Não consigo suportar.

Mergulho ainda mais fundo.

※

— Você consegue me ouvir?

Me deixa morrer, é o que quero suplicar em meio ao martírio, mas não há voz em minha boca, não há energia em meu espírito, não há nada.

Em algum lugar distante, um badalo sombrio ecoa alto aquilo em que não quero acreditar, a verdade que lateja tão violenta quanto a dor em meus ossos: o que o sujeito sacode é apenas um corpo sem alma, um invólucro, uma casca.

— Fala comigo, por favor!

Os pedidos desesperados retornam ao longe, baixinhos, até se avolumarem ao nível do intolerável e, contra a minha vontade, me fazem despertar. Experimento uma ardência terrível, como se minha carne estivesse dilacerada e em brasas, e meu espírito se encolhe. Ganidos de dor extrema saem rasgando por minha garganta. Meu corpo se contorce ao ser balançado de um lado para o outro e é imobilizado num abraço tenso. Batidas aceleradas retumbam em meus tímpanos. Ar quente me atinge por trás.

Uma respiração? Estou no colo de alguém?

— Socor... — Ao mínimo movimento as fisgadas, cáusticas e implacáveis, alastram-se como fogo por minha pele e entranhas, rompem a barreira de proteção levantada pelo meu subconsciente e, perversas, trazem parte da irremediável realidade de volta. — Argh!

— Shhh. Vai fica... tudo be...

A voz falha ou está apenas se afastando de mim?

Não importa mais.

Porque o flagelo fica pior a cada respiração. Meus olhos descerram minimamente e me deparo com o que não deveria, com aquilo que implorei à deusa da vida para que fosse outro pesadelo ou delírio de uma mente levada ao extremo.

Mas não era.

O fino cobertor de flanela está tingido do vermelho-vivo do fim, encharcado de sangue – *o meu sangue*. Não é preciso averiguar a extensão dos danos. O que os malditos fizeram comigo – o que quer que tenha sido – foi grave, muito grave.

— Vá embora — balbucio arruinada, rechaçando tudo para longe: a voz que não reconheço, essa vida desgraçada, o mundo que não suporto mais. — Me deixe morrer.

— Não. — O murmúrio chega despedaçado, tão quebrado quanto o que me tornei. *De quem era? De que adiantaria saber?*

Uma escuridão ainda mais pesada que a névoa das luas cheias – infinita como a meia-noite – avança pelo que restou de luz, desliza suas garras geladas por minha pele febril. Libero um arfar de alívio. *Ah, finalmente!*

Aceito o chamado das trevas com certeza irrefutável, deixando minha cabeça e pálpebras tombarem de vez. Capto o gemido estrangulado às minhas costas. Braços me envolvem. O tremor que nos une é tão furioso que não sei se vem da estrada esburacada, do aguaceiro que estapeia nossos rostos, dos espasmos que massacram meu corpo ou das pancadas pungentes do coração forasteiro.

— Rápido! Tragam mais compressas geladas e outro lençol! — ordena uma voz aos berros. Parece desesperada.

Dentro de mim, algo acorda em meio à penumbra. Por alguma razão inexplicável, essa voz traz um sopro de vida ao meu espírito decadente.

— Deixe-a morrer em paz. — Escuto uma senhora dizer em tom cauteloso. — A hemorragia não cessa, está além das nossas possibilidades.

Hemorragia...

— Ainda não tentamos tudo. — Sinto um toque gelado em meus dedos, a palma da mão delicada trepidante junto à minha.

— Não se martirize — diz com candura a voz idosa. — Nem sempre conseguiremos salvá-las.

— Ela não merece isso! — O ganido estrangulado me atinge com força, como se sua aflição fosse minha. — Não é justo!

Em meio às imagens sem definição, ao som ritmado de ondas violentas e aos vultos que me cercam, identifico a silhueta de uma mulher de ombros curvados ao meu lado. *Eu a conheço de algum lugar? Estou delirando?*

— A vida não é justa, já devia saber. Além do mais, os desígnios dos deuses estão além da nossa compreensão. — A voz da senhora fica rouca, parece incomodada em falar sobre o assunto. — Já pensou no que pode estar condenando a pobre coitada ao tentar mantê-la viva a qualquer custo?

— Não! — rebate a mais nova num choro aflito.

— Ela terá de passar pela checagem médica em breve.

Soluços são a resposta. Sombras murmuram dentro de mim.

— E se...

— Por favor, pare! — interrompe a senhora num rompante. — Não existe "e se" nessa história. Desta vez, ela não perdeu um dedo apenas!

— Mas...

Chega! Não quero ouvir mais nada!

— Pelo amor de Lynian, por que insiste? De que adiantará no final? As feridas são graves demais... Ela foi esterilizad... — A voz da senhora vacila, impregnada daquilo que aprendi a reconhecer desde muito cedo – *pena* – antes de me atingir com o golpe implacável, definitivo. — Se sobreviver, a coitada jamais poderá gerar filhos.

Minha fé desintegra. Sou apenas poeira de desilusões largada ao vento do destino. Sim, eu já tive um dedo amputado, mas nunca – em momento algum – me senti uma mutilada. A bruma escura – loucura ou fúria, não sei dizer – se avoluma, transformando-se em uma barreira impenetrável, uma couraça de ódio envolta por uma armadura mortal. E me seduz com seu sorriso de dentes afiados, perigosos.

Venha para mim...

Sorrio de volta. Quero beijá-la com força, sentir sua saliva negra se espalhar pelos meus lábios, encharcar minha própria boca e me inundar. Quero que me leve com ela, mergulhar para sempre na escuridão daqueles que não têm por que viver.

Do que *realmente* sou agora.

A estranha emoção, fascinante, poderosa e assassina, envolve-me lentamente e se torna o combustível de cada milímetro da minha angústia e de todos os quilômetros da minha ira. Sorrateira, ela impregna o ar que respiro.

Experimento seu toque suave em meus cabelos e em minha pele fria, em cada célula envenenada, no meu ventre destroçado, nas batidas limitadas do meu coração, na atmosfera tóxica que respiro.

De que adiantaram as inúmeras orações que fiz noite após noite, ano após ano? Quem arrancara minha mãe e minha irmã dos meus braços, destruíra minha infância, abandonara-me a um pai cruel, contaminara minha vida com fel e desgraças? Que deus havia tripudiado sobre mim, entregando com uma das mãos as rédeas de Silver Moon enquanto com a outra extirpava o meu futuro?

Qual deles havia perversamente retirado tudo de mim?

Lynian ou Zurian?

Olhos.

Meus pesadelos se resumem a eles, de novo e de novo, envoltos em ventania, clamores bradados, sofrimento e aos borrões de imagens sem sentido.

Olhos desesperados, sofrimento.

Tudo gira. Mente. Mundo.

Olhos perturbados, cruéis, apaixonados.

Um cavaleiro em meio à névoa negra.

Assombração? Assassino?

Andriel. Samir. Ron.

Os três chamam por mim envoltos pela bruma macabra. Berram meu nome em meio ao véu vermelho que me cobre e ao jazigo negro que me suga. Imploram para que eu não os deixe, mas meu ventre se contorce. Não suporto mais tanto sofrimento. A lâmina reluz. Apenas dor. Várias e várias vezes.

— NÃOOO!!!

— Está tudo bem, querida. Está tudo bem agora.

— D-Dona Cecelia?!? — Puxo o corpo para trás. Uma fisgada lancinante se alastra como um raio e tudo queima dentro de mim. — Argh!

Sentada ao lado da cama, a gentil criada tem o semblante taciturno, mas acelera em entrelaçar os dedos nos meus ao me ver checando a porta mesmo curvada de dor.

— Meu pai...? — indago com horror, cobrindo-me com o lençol.

— Estamos só nós duas — ela diz, tensa. — Seu pai e seu irmão estão presos na área central por causa do temporal e não retornarão tão cedo. Unyan está inundada. Vivemos nesse clima estranho, mas há séculos não presenciávamos uma tempestade dessas proporções. Os trovões são um mau presságio.

— Como...? — Tento me sentar, mas não consigo. Pânico me paralisa mais que a terrível ardência. Estremeço ao dar de cara com os hematomas pelos braços e pernas. Uma camisola larga, branca, esconde o restante do corpo que ainda não tenho coragem de averiguar. — Não entendo, e-eu não me lembro...

— Calma. Vou te explicar o que... eu puder. — Ela aperta os dedos entre os meus e seu tremor percorre minha pele. — Chovia a cântaros quando um criado achou ter visto um vulto neste aposento. Joak não o reconheceu, mas, dadas às circunstâncias, acreditou que era o sr. Wark que havia chegado. Ele chamou, mas ninguém respondeu. Entrou assim mesmo e a encontrou delirando sobre a cama, *sozinha*.

— Joak não viu quem me trouxe?

— Não. Disse apenas que, quem quer que fosse, tinha muita prática em fugir ou muito medo de ser pego. — Ela arqueia uma sobrancelha. — Para ter conseguido pular essa janela e sair correndo tão rapidamente assim — explica. — Mas Joak se esqueceu do sujeito e foi me chamar ao ver seu péssimo estado. Quando cheguei aqui, achei alguns medicamentos na cômoda, uma receita e um atestado de um curadok.

— Curadok do Gênesis?!? — guincho em desespero.

— Shhh. Acalme-se. O atestado veio em papel timbrado, diz que você teve seus pulmões comprometidos e que deveria ficar afastada do trabalho, mas não havia nenhum comentário sobre as... *feridas* — sua voz falha. — A receita, no entanto, está em uma folha simples demais para pertencer ao Gênesis.

Um tornado de dúvidas, surpresa e alívio faz minha cabeça rodar. *Por que alguém faria isso? Quem havia me trazido para cá?* Vasculho minha mente à procura de pistas, mas tudo que encontro são cenas borradas, um quebra-cabeça com inúmeras peças faltando. Algo em mim afirma que eu não tinha sido tratada no Gênesis e, pela expressão de dona Cecelia, ela parecia pensar o mesmo.

— As feridas... — Engasgo. — A senhora viu?

Ela faz que sim com a cabeça de um jeito grave.

— O que lhe aconteceu foi... muito sério. — Sua voz oscila entre o pesar e o inconformismo. — Mas a hemorragia cessou e agora está sem febre.

A onda de certeza avassaladora me derruba, flashes da noite macabra, dos gritos de dor excruciante, do rastro de sangue, da minha derrocada em todos os sentidos. Não foi um delírio ou um pesadelo, afinal. Era real.

Acabou para mim.

Sem honra. Sem filhos. Sem futuro.

— Ninguém saberá de nada — ela se adianta em dizer. — Com esse atestado, será fácil explicar seu afastamento temporário para a senhora Meckil e manter as suspeitas do sr. Wark bem distantes. O sujeito que a deixou aqui... — Os vincos em sua testa ficam ainda mais marcados. — Bom, não sei se foi seu anjo da guarda ou um demônio consumido pela culpa.

— "Demônio consumido pela culpa" — balbucio e algo lateja em meu espírito, desconfortável, ao ouvir essas palavras.

— Esqueça o que eu disse. Pensei alto demais. Agora repouse. Você é muito forte, mas não tenho dúvidas de que foi um milagre que a salvou — diz com candura enquanto se afasta em direção à porta. Abatida, ela puxa o ar com força, mas não olha para mim quando sentencia: — Sabe, Nailah, as vontades dos deuses são imprevisíveis, mas, após a escuridão de uma noite assombrada por chuvas, perdas e trovões, a luz voltará a reinar. Ela sempre volta, querida. Enquanto isso você precisa se esforçar para enxergar através das nuvens. Aceitar que, talvez, exista algum significado nas tragédias, apesar da dor, apesar de tudo.

"Significado nas tragédias"?

Quase tenho vontade de gargalhar... de ódio!

Mal tive tempo de ser ou de me sentir uma mulher, tão demorado foi me transformar em uma Amarela, tão inacreditavelmente rápido ser arrancada desse status e arremessada à tempestade da desesperança, ao cinza nublado da esterilidade.

A sina maldita – imposta por Zurian ou por Lynian, tanto faz – ri da minha cara, do que restou de mim.

Não, dona Cecelia, a luz se foi para sempre.

E, a não ser cólera e escuridão, não enxergo absolutamente nada.

Até descobrir – em questão de dias – que essa ferida nada seria diante das chagas que ainda estavam por abrir, que a própria escuridão tinha um lado mais sombrio. Mas, ao contrário do que imaginei, esse lado medonho e cruel não estava nos caprichos dos deuses ou no anoitecer do mundo.

Ele se escondia dentro das almas das pessoas.

ERA UMA VEZ UMA GUERREIRA MENINA,

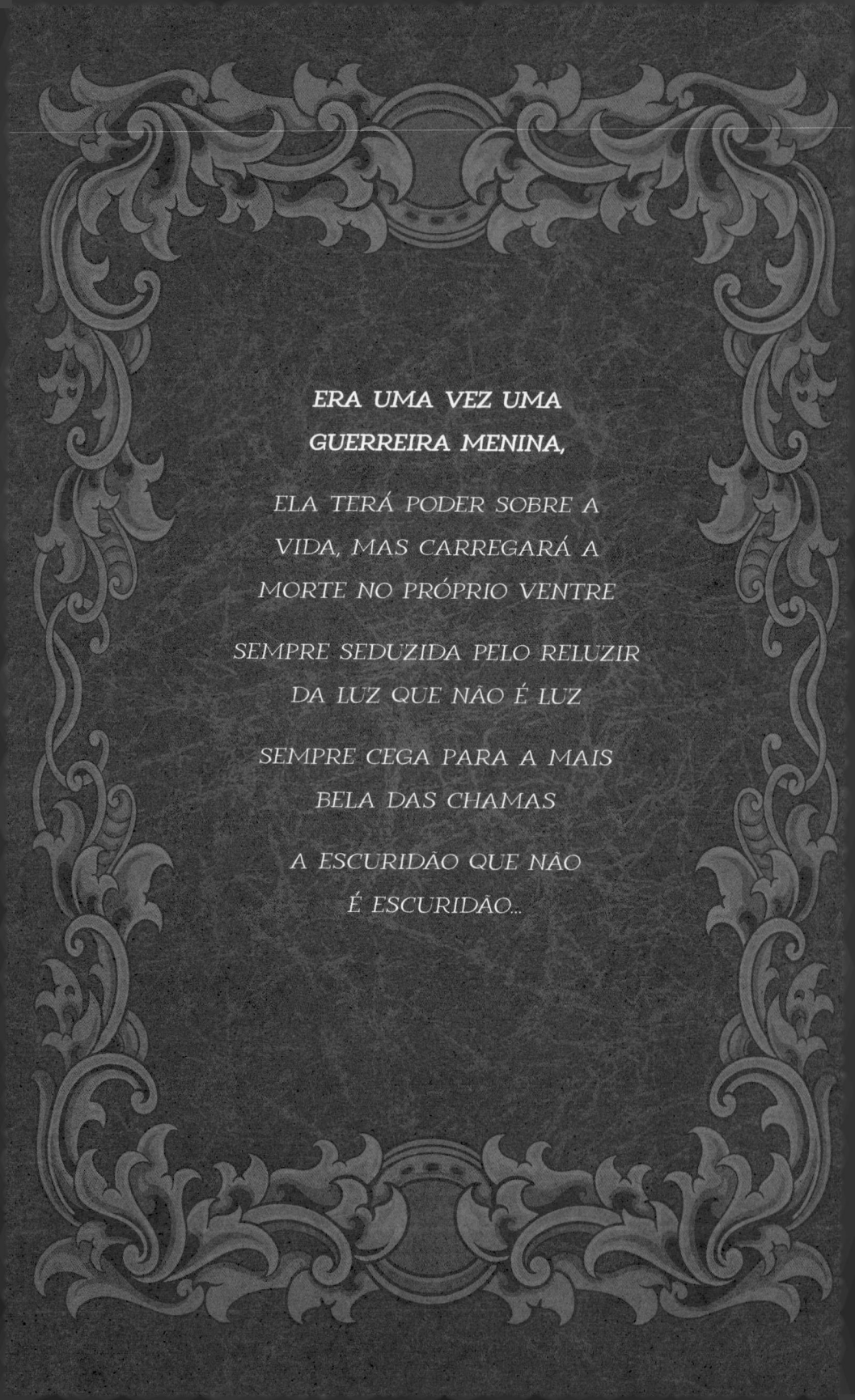

Ela terá poder sobre a vida, mas carregará a morte no próprio ventre

Sempre seduzida pelo reluzir da luz que não é luz

Sempre cega para a mais bela das chamas

A escuridão que não é escuridão...

Capítulo 22

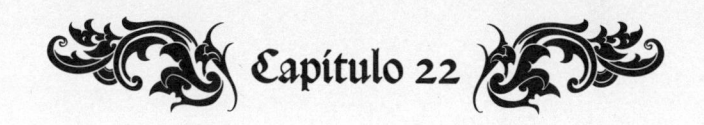

A CINQUENTA E TRÊS DIAS DO FIM

— Vaga-lumezinha, que surpresa! — A voz repentina e eufórica demais para o meu gosto me faz empertigar na sela.

Ah, que ótimo.

Silver não se abala com a aproximação do intruso e, como se sentisse minha dor, mantém a marcha melancólica pelo gramado encharcado. Sinto meu espírito tão devastado quanto o corpo que carrego. *O que havia acontecido com Andriel, afinal? Estava morto ou abandonara-me de vez? Seria tão canalha assim? Porque era óbvio que ele devia imaginar o que tinha acontecido comigo...* A dor no peito fica lancinante. As duas opções terríveis demais para suportar. Fecho os olhos. *Preciso parar de pensar nisso – nele – o tempo todo senão enlouquecerei!* Puxo o ar com força, volto a mim. É madrugada e a penumbra ainda impera, mas, por precaução, apago a lamparina assim que um resquício de claridade desponta no horizonte, sinalizando que está na hora de voltarmos. A chuva ininterrupta que castiga Unyan há mais de um mês cessou, curiosamente quando me senti recuperada o suficiente para sair de casa e cavalgar com a minha thunder pela primeira vez desde que... tudo aconteceu.

— O que está fazendo por aqui? — indago, sem coragem ou vontade de olhar para ele, tensa com um possível interrogatório do intrometido.

— Apenas de passagem.

— Dentro das terras dos Meckil?

— Não sei se lembra, mas moro na propriedade vizinha, e esse caminho é um atalho para casa. Os Meckil gentilmente me dão permissão para ir e vir.

— Que assim seja. — Puxo Silver para o lado. — Bom retorno, senhor.

— Quanta ternura.

— Disso nunca me acusaram.

— Poxa, marimbondinha, é assim que me trata após fugir da taberna e me deixar com cara de idiota no dia seguinte? Viu só? A Sagrada Mãe castigou. Soube que pegou uma pneumonia braba. — Ele emparelha seu animal com o meu.

Finalmente o encaro, aliviada por escutar a impensável confissão. Apesar de estampar um sorriso brincalhão e dos olhos negros estarem mais vivos do que nunca, não há qualquer traço de humor no seu rosto. Ao contrário, olheiras profundas se destacam na palidez de sua pele, e o aristocrata sempre impecavelmente arrumado exibe, para o meu espanto, a barba por fazer e o semblante abatido.

— O que houve? Levou uma surra por dar em cima da mulher de alguém? — indago ao ver o discreto hematoma em seu olho.

— Isso aqui? — desdenha ele com um sorrisinho safado, mas é tomado por um acesso de tosse. — Foi um tombo bobo, vergonhoso para falar a verdade.

— Sei. Então está doente dos pulmões também? — faço piada da situação.

— Doente? Eu? — Ele libera sua risada característica, mas capto um lampejo de hesitação. — Ora, ora. Sou a fortaleza em pessoa!

— Com essa cara acabada?

— Apenas... há... umas noites maldormidas. Sabe como é, né? — Ele repuxa os lábios de um jeito malicioso. — Assunto que não devo tratar com uma garota "honrada", mas se quiser eu poss...

— Poupe-me dos detalhes sórdidos, Blankenhein — interrompo-o, sem um pingo de vontade de saber o que o mulherengo apronta em sua vida libertina. — Argh! — Mas falho ao tentar esconder as fisgadas toda vez que Silver trota mais forte para desviar das poças d'água acumuladas pelo caminho.

— Tudo bem? — indaga ele, solícito, mirando de relance o meu abdome.

Um calafrio transpassa minha espinha. Não posso dar na pinta. *Ron não é bobo.*

— Melhor impossível — respondo com os dentes trincados, e, por precaução, desço de Silver. A baia está próxima e resolvo fazer o restante do percurso para casa a pé. — Só não estou no clima para suas gracinhas idiotas.

— Sou mesmo um injustiçado! Aiii! Até você, Dark? Quer arruinar minha perna boa também? — Ele não perde a chance de fazer piada, claro, e apeia do belo corcel após uma trotada estranha e proposital. Surpreendentemente, Ron respeita meu silêncio e acompanha meus passos sem pronunciar uma única palavra. Obediente, seu animal o segue de perto. — Sua thunder precisa de mais espaço. Falarei com os Meckil — diz assim que alcançamos a baia.

— Seria bom. — Acaricio a crina prateada de Silver enquanto Ron, ganhando fôlego, emenda uma conversa na outra.

Aflita por alguma notícia de Andriel, fico aguardando o momento ideal para fazer isso sem chamar a atenção do nobre. Devo admitir que, apesar de ter vontade de estrangulá-lo com enorme frequência e de não conseguir uma brecha sequer para tocar no tópico que me interessa, Blankenhein sabe como entreter uma pessoa, e seus assuntos são leves e divertidos. Só me dou conta de que o tempo passou porque a penumbra se foi e o dia, depois de tantas semanas de chuva, reluz com intensidade.

— Sagrada Lynian! Nailah, você tocou no thunder dos Meckil? Isso é errado! Você não pode... — A voz que nos atropela me faz perder o chão. *Samir?!?*

— E-eu... eu não... — Pega de surpresa, não sei o que dizer, engasgo.

— Os Meckil deram permissão para a Nailah escovar a crina da égua quando os cuidadores não estivessem. — Ao contrário de mim, Ron é rápido na resposta.

— Onde está Nefret e o sr. Wark? O que você está fazendo aqui fora na companhia *deste*... — Samir fecha a cara, olha de mim para Ron com desconfiança.

— O que *você* está fazendo tão cedo por essas bandas? — Ron devolve, rígido, os olhos de repente ariscos demais.

— O mesmo que o nobre, pelo que parece — Samir responde de imediato, o peito empinado, elegante sobre a montaria de um magnífico cavalo baio.

— Mora aqui perto? — dispara Blankenhein de maneira debochada.

— Ora, ora. O motivo é outro, não é verdade?

Surpreendo-me ao ver o que o status de hooker estava talhando em sua pele e espírito: Samir parece mais forte do que já era, por fora e por dentro, tamanha a confiança na forma de falar.

— Que seria...? — Ron não perde a pose e, sem titubear, guarda a bengala e monta em seu cavalo para ficar à altura do adversário. Sobre Dark, o aristocrata parece recuperar a confiança que a perna deformada lhe furtou.

— Saber como Nailah está passando. Acertei? — Samir indaga, petulante.

Arregalo os olhos, ainda mais boquiaberta.

Uau! Samir também sabia jogar esse jogo de palavras!

— Hum... — Ron matuta, os traços faciais modificados e, por um instante, perigosos. — Curioso... Então você tinha ciência sobre o estado de saúde dela?

— Assim como o nobre, pelo visto. — Samir não se intimida.

— Ah, claro. Tinha me esquecido. Você estava na taberna na noite do temporal. — Ron avança, os olhos negros como a noite.

Perco o ar, incerta de como agir ou respirar.

Samir na taberna? Naquela noite?

— O nobre me confundiu com outra pessoa — Samir refuta com desdém. — Não sou homem que entra em lugares... há... desse nível. Bem diferente de outros.

— Sério? Estranho... — Ron bate com os dedos nos lábios de maneira artificialmente despretensiosa. — Sou bom em reconhecer rostos familiares.

— O ópio embaralha a visão e atrapalha os julgamentos, senhor — Samir ataca com classe, sem se deixar abalar. — Se sei sobre o delicado estado de saúde de Nailah é porque sou amigo do irmão dela. Ele me contou.

Ron abre um sorrisinho ultrafalso, mas sua fisionomia fica exangue quando seu vício é trazido à tona e os olhos escuros evitam os meus quando eu o encaro em busca de respostas. Tinha perdido a rodada e, como bom jogador que é, recua. Samir não se faz de rogado e, ignorando a presença do aristocrata, se vira para mim. Seu semblante torna a ficar leve, gentil. Instantaneamente me sinto bem, acolhida no aconchego da nossa história de vida, unidos pela infância e por tantas lembranças em comum. O belo animal que monta se aproxima de onde estou. Silver bufa e arrasta as patas no chão.

— Olha, não quero parecer mal-educado, mas acho melhor afastar seu cavalinho. A égua não está gostando, está acostumada a garanhões por perto. — Implicante, Blankenhein não se dá por vencido e não sai de perto.

Seguro a risada. A forma diabolicamente debochada de Ron deixa a situação cômica e, por mais inusitado que possa ser, Silver de fato não se importa em ficar perto de Dark. Samir franze o cenho e contra-ataca:

— O senhor também tem problema de visão? — indaga, irônico, deixando a mensagem escancarada no ar ao olhar para a perna do adversário.

— *Também...?* — O sorriso malandro de Ron trepida em uma linha fina. Samir tocou no seu ponto fraco, seu complexo. O aristocrata não suporta que falem sobre sua deficiência, tem horror que o considerem um aleijado.

— Acho que não preciso explicar. O caro nobre me parece um homem inteligente. — Samir não perde contato visual.

Fico ainda mais impressionada. Não há um pingo de medo ou submissão em sua fala, a origem humilde completamente evaporada das veias. Os punhos de Ron se fecham. Os de Samir também. O clima fica tenso. Lado a lado em seus animais, os dois cavaleiros têm altura semelhante, mas Samir é bem mais forte. Ele nunca perdeu uma briga em Khannan, apesar de raramente se meter em confusão. Quando o fazia era apenas para livrar Nefret ou a mim das armadilhas de colonos idiotas.

— Sam, não. — Seguro sua panturrilha ao vê-lo crescer para cima do aristocrata. — O sr. Blankenhein é nosso vizinho e está apenas de passagem. Ele já estava de saída.

A expressão de Samir ganha brilho, vitoriosa. Ron enrijece, o peito estufado, encarando sem piscar a mão que toca o corpo do adversário.

— Eu estava? Ah, sim! Estávamos de saída, não é mesmo, Dark? — Blankenhein arranha a garganta e puxa as rédeas, girando o animal com classe. — Bom descanso, senhorita. Até... qualquer dia desses — diz com um sorriso zombeteiro, mas vejo a tempestade acontecendo em seus olhos. — Passar bem, irmãozinho... Ops! Samir.

— Deve ficar longe desse sujeito. Ele é problemático, de reputação vergonhosa e nada confiável — sentencia Samir assim que o aristocrata se vai. — Viu como sua aparência anda péssima? Estou a par de seus vícios e que está se afundando em dívidas de jogo. Ficaria horrorizada com o que dizem sobre ele nas rodas aristocráticas.

— Uau! "Rodas aristocráticas"? Quer dizer que já faz parte da nata de Unyan? — implico por implicar. Na verdade, estou feliz em saber que, ao contrário de Nefret, Samir estava fazendo novos amigos. O coitado não tinha mais parente algum desde a morte da tia que o criou. Meu coração se contorce no peito ao me recordar das últimas imagens dela, aquelas que me esforcei para esquecer. Num dia, a sra. Donina estava ótima, sorridente e me oferecendo bolinhos de cevada, noutro, seu corpo boiava morto no mar. — Não vai se esquecer do Nefret, hein? Ele ficaria arrasado.

— Claro que não. Estou aqui por isso também. Nefret foi e sempre será meu melhor amigo, e como ele não tem respondido minhas cartas... — Ele repuxa os lábios, mas, em seguida, sua face se ilumina. — Quanto a fazer parte da nata de Unyan... Quem sabe um dia? — diz, satisfeito, ao descer do animal.

— Quer dizer que o cavalo da sua fazenda se classificou para o Twin Slam?

— Tudo está indo melhor do que eu podia imaginar. Se eu vencer, se... — Seus olhos me encaram com intensidade. Estremeço com a insinuação largada no ar. Caso o proprietário do thunder não fosse apto a montar seu animal, ele poderia dividir as conquistas da vitória do campeonato com o cavaleiro da Academia de hookers em troca de seus serviços, como, por exemplo, permitir que seu Prímero escolhesse a Amarela que desejasse. Ele continua, emocionado: — Vislumbro o futuro que sempre desejei, aquele que nós dois sonhávamos, lembra? Para ficar completo só falta...

Futuro...? Não, Samir. O meu tinha sido arrancado de mim com garras, dor e crueldade.

— Vou entrar. Não estou me sentindo bem. — Tranco Silver na baia e coloco um ponto-final no assunto. Disfarço, mas tenho certeza de que ele percebe minha dificuldade para andar.

— Eu te acompanho. — Seu semblante parece suspeito ao observar o meu corpo.

Assim como Blankenhein.

Para de paranoia, Nailah! Está vendo coisas onde não existem!

— Estou só. Não posso convidá-lo a entrar nem ficar aqui, você sabe — digo ao alcançar a porta de casa. — Os cuidadores de Silver chegarão em breve e não podemos ser vistos assim, sozinhos.

— Onde está Nefret?

— Foi resolver alguma questão pendente no trabalho, como sempre.

O que acho muito injusto porque, sendo um hooker, meu irmão deveria ter sido dispensado como os demais cavaleiros.

— Sabe dizer se ele volta ainda hoje?

— Não. E meu pai está fora há dias, arrumou um serviço extra.

Samir repuxa os lábios e, após checar as redondezas, segura meus ombros, obrigando-me a olhar para ele:

— O que *realmente* houve com você?

— Peguei uma pneumonia — digo sem conseguir encará-lo.

— Não vai contar, não é?

— Não há mais nada para contar.

Ele diminui a distância, deixando o rosto a centímetros do meu.

— Então por que o aristocrata comentou sobre a taberna quando eu disse que sabia que você estava doente?

— Eu sei lá! Esse nobre é maluco! — Puxo o corpo para trás, mas ele me segura.

— Nailah, você não foi louca de colocar os pés num antro de perdição como aquele, foi? — Seus olhos acusatórios perscrutam os meus.

— Não sei sobre o que está falando — rebato, libertando-me da sua pegada. — Que pergunta sem cabimento!

— Por que está tão estranha quanto Nefret? O que você e seu irmão estão me escondendo? — Pressiona ele, olhando de relance para a baia de Silver. — Sua família ter vindo subitamente para cá... — matuta. — Nefret nega, mas não sou idiota. Há um mistério rondando esse thunder.

— Você está delirando. — Estremeço com o comentário, mas libero uma risada debochada. Mesmo para um sujeito crédulo como Samir, acho que não o convenci.

— Nailah... — Sua voz sai grave e ameaçadora.

É, não o convenci.

— Chega — disparo, agoniada com o maldito assunto, preocupadíssima que ele enxergue a verdade em meus olhos. — Vou entrar.

— Nefret desconversa, mas você precisa se abrir comigo. Se lhe aconteceu alguma coisa séria além da pneumonia, qualquer coisa — frisa de um jeito suspeito —, talvez eu possa ajudar. Você sabe o quanto eu a... — Ele se retrai, empalidece. — Agora que lido com *eles*, ainda que superficialmente, sei como essa gente é perigosa. Não tem ideia do quanto os aristocratas podem armar.

— O que quer dizer com isso? — Meu pulso dá um pico.

— Que ninguém é exatamente quem parece ser! — dispara com a voz dura demais. — Seu lindo Andriel vive rodeado por sujeitos de índole duvidosa, adora ficar de papo com essa gente. Acha que ele pode ser muito diferente deles? — Suas palavras exalam confronto, mas tudo em mim vibra ao ouvir o nome do meu amado. — Diga-me com quem andas e eu te direi quem és. Lembra-se do provérbio da minha tia? Pois é. Não podia ser mais perfeito.

— Quando é que vai parar com essa implicância? Andriel é um sujeito decente e conversa com todos porque é educado.

— Obsessão! — solta um rosnado. — Está cega pelo que acha que sente por ele!

— Você não tem o direito de falar comigo dessa maneira.

— Claro que tenho. Você e Nefret me conhecem desde sempre, sabem quem eu sou! — troveja, fora de si. — Quem é esse Andriel? Quem lhe garante que é inocente?

— Inocente?!? Sobre o que, afinal, você está falando? — Meus olhos pulam das órbitas e meu coração dispara. *Samir sabia mais do que eu imaginava!*

— O riquinho boa-pinta já veio te visitar? — questiona sem rodeios. Cambaleio, incerta do chão em que piso. Meus pelos se eriçam.

Não, não veio.

— Já? — ele me imprensa.

— Quando foi a última vez que o viu? — Ignoro seu ataque e, com um fiapo de voz, faço a pergunta maldita que vinha me consumindo, o corpo tremendo diante da resposta que poderia me derrubar de uma vez por todas.

— Por que quer saber? O que isso tem a ver com essa história? — devolve ele, desconfiado e atento demais. Recuo, sem coragem de insistir no assunto.

— Andriel não sabe que adoeci. Está tudo acabado entre nós desde o Shivir, quando ele nos flagrou naquele jardim — minto, saindo pela tangente, sabendo que tudo que eu dissesse poderia me deixar em uma situação ainda pior, o mundo rodopiando dentro de um tornado de questionamentos infindáveis.

— Será? — Samir devolve com os dentes trincados, deixando a indagação suspensa no ar. *Não sei se a pergunta se refere a mim ou a Andriel.*

Tento dar mais um passo para trás, mas ele me impede, puxando-me para si. Fraca e perdida, deixo-me ser envolta pelo calor que emana dos seus braços fortes, da cumplicidade que tivemos. Nefret me ama, mas, tímido desde a infância por causa da gagueira, sempre fui eu a defendê-lo. A única pessoa que havia me protegido das maldades da vida até então fora Samir.

— Shhh. Tudo bem — sussurra com ternura, como costumava fazer. — Quando estiver pronta para contar o que quer que seja… estarei aqui. Sempre estarei aqui.

— Quanta insistência! Não há nada para contar! — Afasto-me dele num rompante, abrindo a porta de casa e selando a maldita conversa.

Nada além de desgraças e humilhação, é o que não tenho coragem de dizer.

— Sua cabeça-dura incorrigível! — estoura ele. — Pode anotar aí! Eu vou descobrir o que você está escondendo de mim!

— Adeus — digo com a alma partida, guardando com carinho uma última lembrança do seu rosto querido.

— Isso está longe de ser um adeus, Nailah — ele sentencia com os dentes cerrados enquanto monta seu cavalo malhado e dá meia-volta. — Bem longe.

Não, Samir.

Está mais perto do que você imagina.

Capítulo 23

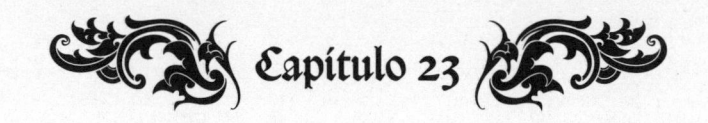

— Por que não afrouxa o vestido, batatinha? — Ron implica ao me pegar travando uma briga inglória com a anágua na madrugada seguinte.

— Por acaso está me chamando de gorda? — Levanto o rosto e me deparo com o tradicional sorriso zombeteiro reluzindo ainda mais sob a luz da lamparina que ele traz atrelada à sela de seu animal.

— Só quis ajudar. — Ele dá de ombros e capto a gozação sendo estancada a todo custo em seu timbre de voz.

— O que devo fazer para você parar de "me ajudar"? Ganhar mais alguns quilos? Se for isso, vou começar a comer tudo que puder agora mesmo.

— Tsc. Tsc. — Ele estala a língua. — Devo mencionar que mulheres com muitas curvas me agradam. São extremamente gentis e bem-humoradas, afinal, corpos com espaço deixam as almas mais à vontade. — Blankenhein me esquadrinha de cima a baixo, o olhar lascivo e desconcertante. — Isso sem contar que as "mais formosas" possuem mais áreas onde um homem pode agarrar e se deliciar.

— Um homem como *você* — destaco a palavra e é a minha vez de olhar para ele de cima a baixo — precisa realmente ter onde se agarrar.

Arrependo-me imediatamente por fazer menção a sua deformidade. *Dane-se! Já saiu. E, afinal, foi ele quem implicou primeiro.*

Ele hesita por um instante, e então…

— Ah, Diaba! Você é impossível! — Gargalha com vontade. — E isso me agrada muitíssimo, devo admitir. Nunca me diverti tanto com uma garota.

— Pois um palhaço lhe seria de melhor serventia.

Ele joga a cabeça para trás e solta outra gargalhada.

— Engula essa risada se não quiser engolir um punhado de dentes também — ameaço. — Se resolver fazer alguma gracinha durante a cavalgada, eu desapareço na hora. Fui clara? — aviso ao montar em Silver.

— Mais clara impossível. — Ele faz uma cara safada.

Travo os dentes com o pensamento nefasto que vem martelando minha mente, que suas frequentes aparições em horários mais do que suspeitos são motivadas por um único sentimento: culpa! Que sob o efeito da bebida – ou algo pior – Ron havia revelado o que somente ele sabia: *que Nefret era o hooker de Silver, que eu estava naquela estalagem e, o mais importante, que eu já era uma Amarela!*

Balanço a cabeça. Ron pode ter esse jeitão, mas... ele não seria capaz disso, seria? Então por que quando a máscara brincalhona cai, vejo profundo pesar refletido em seus olhos? Tremor percorre meu corpo, a assustadora possibilidade criando forma.

Ele sabia de mais coisas. Mas o que, especificamente?

— Arrancam-se os dentes, abre-se a goela. Esse ditado dos nossos ancestrais é perfeito para pessoas com algum tipo de... *deficiência* — Ron diz com uma pitada de amargura ao me pegar distraída, os olhos, ainda que sem intenção, direcionados do meu dedo amputado para sua perna problemática. — Perde-se algo, ganha-se alguma coisa em troca. Perdi agilidade, ganhei sensibilidade. Questão de adaptação ou defesa, sei lá. Mas é a vida. Pensei que já estivesse acostumada. — Ele tem o tom de voz quebrado de alguma forma, enquanto passa as mãos pelos cabelos e me encara por um longo e inquietante momento. — Assim como é mais do que óbvio que você está louca para me fazer uma pergunta. Desembucha, chuchuzinho. O que a consome?

Maldito fosse! Como ele conseguia ler meus pensamentos?

— O que Samir quis dizer? — vou direto ao ponto.

— Não sei sobre o que está falando.

— Sabe, sim.

— É melhor parar de dar atenção ao que as pessoas falam e começar a escutar a voz da sua intuição. Além do mais, seu "quase irmão" não é tão santo quanto se proclama. — Suas palavras ácidas ecoam dentro de mim.

— Por que não? — Não me permito vacilar. — Samir tem alguma culpa nessa história ou seria intriga sua? Também sente ciúmes dele? Acha que "com o meu sangue selvagem" eu precisaria de outro tipo de homem?

— Venha por aqui. Estamos muito próximos da cerca, alguma wingen pode passar e alguém te ver montando Silver. Não precisamos de mais dor de cabeça do que já temos. — Ele ignora as perguntas, mudando o rumo e o assunto. — Você e Nefret deixarão de ser os únicos em Unyan. A esposa de um conhecido está grávida de gêmeos. Boa notícia para tempos tão preocupantes, não?

— "Preocupantes"? Como assim?

— Pois é, distraidinha, a nuvem negra voltou a pairar sobre nós. Trovões, tempestades… Zurian está novamente ganhando a guerra contra Lynian. — Estremeço. Não pelo comentário desalentador, mas porque, apesar do que passei e sofri, eu sentia como se tudo fosse minha culpa. Até a voz etérea dos meus sonhos também se foi desde a noite fatídica, e, em seu lugar, deixara um silêncio doloroso. *Abandonara-me como todas as pessoas que amei…* — As taxas de natalidade voltaram a cair drasticamente. O Gênesis anda camuflando dados, mas soube por fontes seguras que nos últimos anos o número de filhos gerados em Unyan foi muito inferior ao da década anterior.

— Então tudo vai…

— Acabar? — completa taciturno. — É o que parece. Se não por outro dilúvio, ao continuar assim o fantasma da extinção voltará a assombrar nosso povo.

— Pois que seja. — Seguro a onda de amargura. Não me deixo abalar.

— Que mulher desalmada. É o nosso futuro em jogo.

— Não é o seu, ou o meu.

— Mas poderá ser dos nossos filhos — rebate ele com divertimento.

O mal-estar cresce ao me recordar de que fui furtada dos dois: futuro e filhos.

— Não seja hipócrita. Filhos bastardos são proibidos pelo Gênesis e, pelo que salta aos olhos, largar a vida de mulherengo e solteirão convicto é a última coisa que passa pela sua mente pervertida.

— É verdade, mas adoro crianças, florzinha. Mulherengos às vezes têm o azar de encontrar a mulher que os faz perder a cabeça...

— Coitada dessa infeliz.

— Mulherengos costumam ser punidos pelos deuses, sabe? É comum que se interessem pelas mais lindas e sem juízo. Destas que costumam aprontar a cada instante, como sair sozinhas em áreas desertas e perigosas ou abrir a porta para estranhos na calada da noite...

Ao som dessas palavras, meu cérebro desperta.

Viro-me para encará-lo, mas é tudo rápido demais. Para minha surpresa, é Dark quem bufa e arrasta os cascos, fechando a minha passagem. Ron esboça um sorriso, mas a expressão divertida é substituída por uma amedrontadora, e seus olhos ficam ainda mais negros e perigosos.

— Quem a trouxe para cá? Como conseguiu o atestado do curadok para tantos dias? Quem lhe fez... *isso*? — dispara ele, apontando para minha barriga.

A saliva arde na minha boca. Meu pulso vai à estratosfera.

— O que você sabe? — enfrento-o com os dentes cerrados, tensa demais. São exatamente essas as perguntas que me assombravam noite e dia.

— Menos do que gostaria, mas mais do que você imagina.

— Não caio no seu joguinho, Blankenhein. Está blefando!

— Ah, é? O que me diz de um vestido e roupas íntimas completamente rasgados sobre um rio de sangue em vez de *você* — ele destaca a palavra com fúria —, me esperando no quarto no dia seguinte, hein?

— O-o que você tem a ver com isso? — Perco o ar, engasgo.

— Tudo, maldição! Fui eu quem a levou para o maldito abatedouro! — ele responde com estrondo, as sobrancelhas quase se tocando de tão contraídas. — Mas não havia sinal de arrombamento e eu avisei mil vezes, alertei para não abrir a porta, mas, é claro, você não me ouviu. Você nunca ouve ninguém!

— Sai da minha frente. — Puxo as rédeas de Silver, mas para onde quer que eu vire, ele me cerca.

— Não enquanto não disser! Quem foi, Nailah? — indaga com a voz dura, os olhos ferozes e cravados nos meus. — Diga!

— Qualquer um! Pode ter sido qualquer um, até mesmo você!

Ron fica mais pálido do que já é.

— V-você não viu? — A pergunta é um sussurro afônico largado ao ar.

— Estavam com os rostos cobertos — confesso no mesmo tom, sem conseguir conter a dor que me dilacera por dentro.

— "Estavam"?!? — Ele se petrifica, mas uma veia pulsa forte em seu maxilar.

— Eram quatro.

O rosto de Ron se deforma, ambas as mãos voam para a cabeça e ele recua de maneira abrupta, curvado, como se atingido em cheio, como se experimentasse minha própria dor. Algo em mim se aquece, estranhamente satisfeito com a reação do aristocrata. A sensação agradável, porém, desintegra-se diante da muralha da verdade, amarga e intransponível. Ainda que eu descubra as identidades dos bandidos, será a palavra de uma mulher contra a de quatro homens, e mais terrível que a violência que sofri é a certeza do que isso significará: *impunidade*.

— Eles sabiam que Nefret era o hooker de Silver. E Samir afirmou...

— O que está insinuando? — indaga ele com a voz muito rouca.

— Você bebeu. E estava... *estranho* naquela noite.

— Está me acusando de bater com a língua nos dentes? — Ron solta uma risada, a expressão perturbada, algo entre a furiosa e a incrédula, mas com uma pitada de desespero. — Acha mesmo que eu seria capaz?

— E-eu... — Deixo meus ombros tombarem e desacorrento a verdade que me consome desde então. — Não sei mais o que pensar ou em quem confiar.

Minha mente roda e roda, a razão berra em meus ouvidos: não confiar em ninguém! *Ron tem fama de mentiroso. Ele pode ter contado aos estuprado-*

res que Nefret era o hooker de Silver em troca de favores. As aristocratas comentaram sobre seus vícios, e Samir afirmou que Blankenhein está se afundando em dívidas de jogo. De fato, eu o vi pagando uma quantia a Andriel, fiquei frente a frente com seus olhos vermelhos e desfocados, submersos em alguma droga, olhos de um outro Ron... Além disso, quem me garante que o nobre não era um deles? Afinal, somente ele sabia sobre a minha estada na estalagem e sobre o meu sangramento, e maldades feitas a Amarelas (ou qualquer outra cor) nunca são punidas. Para o Gênesis, apenas as Brancas são inocentes e devem ser protegidas.

Olho com atenção para o nobre e o pensamento nefasto é repudiado com mais força do que eu poderia imaginar. Uma parte dentro de mim não consegue admitir que Ron tenha feito algo tão hediondo, que ele esteja me enganando todo esse tempo.

— Vou para casa. — Sepulto o maldito assunto.

— Eu a acompanho.

Um silêncio pesado impera no caminho de volta.

— Vá descansar. Eu levarei Silver para a baia — comanda após apearmos. Ele checa o lugar com atenção, mas não há ninguém por perto.

Nunca há quando ele aparece...

Cheio de olheiras e mancando mais do que o normal, por um instante ele recosta-se à ombreira da porta para tomar fôlego, parece exausto. Observo-o com atenção. Ron não é bonito, mas há algo no piscar preguiçoso dos seus cílios sobre os olhos negros como carvão e na sua postura elegante que me intriga.

— Não acha que devia ir devagar com as noitadas? — indago ao ver suas tosses mais frequentes e entender o porquê de ele sempre aparecer nesse horário.

O aristocrata não perde tempo, óbvio, alarga o sorriso mais sem vergonha do mundo, segura minha mão e diz com a voz animadinha demais para o meu gosto:

— Ah, gracinha! Assim você me deixa sem palavras. Saber que realmente se preocupa com a minha pessoa é tão... hum... deixe-me ver, tão...

— Eca! Onde enfiou essas mãos? Lavou depois de usá-las? — Livro-me de sua pegada com cara de nojo.

— Que belos modos — zomba ele.

— Rá. Rá. Quem é você para falar sobre o assunto? Um fanfarrão que só lida com mulheres da cor vinho, como aquelas que vi lá na taberna e que...

— O que você disse?!? — troveja de repente, cravando os anéis no meu braço e me obrigando a olhar para ele. Todo divertimento evapora e seus olhos de ônix lançam chamas negras sobre mim, num misto de fúria e descontrole. — Agora entendo o porquê disso tudo! Você esteve lá! Você entrou na taberna!

— Não vou receber sermão algum, principalmente seu, ouviu bem? — rebato no mesmo tom. — Acabou! Não tem mais volta!

— Sermões não são nada, sua estúpida! Eu a alertei para não sair do quarto! — brada ele, nervosíssimo. — E eu me culpando...! Foi VOCÊ a causadora disso tudo!

— Ah, é? Não foram os monstros mascarados, não? — enfrento-o com o queixo erguido. — Além do mais, a vida é minha e você não tem nada a ver com isso!

— Não tenho mesmo, graças aos céus! — Ele joga as mãos para cima, exasperado. — Que os deuses protejam o homem que tiver algo com você!

— Não haverá homem algum e você sabe disso melhor que ninguém! — vocifero, incapaz de conter a onda de raiva e de frustração. — Serei condenada ao lugar maldito assim que passar pela próxima checagem médica!

— Se não houver checagem... — A insinuação sai rápida demais.

Meu pulso lateja com a opção inacreditável.

Sempre soube que Ron tinha uma queda por mim, mas nunca liguei para isso. Não apenas porque meu coração já tem dono, mas, principalmente, porque sei que não passo de uma aposta para ele, um solteirão convicto e, antes de tudo, um aristocrata mulherengo, a combinação mais perigosa possível.

Mas... Será que ele cogitava dar o lance em mim mesmo após o que havia acontecido comigo?

O pensamento inesperado faz meu coração acelerar. Inclino-me sobre ele e sinto o ar se deslocar entre nós. O nobre permanece imóvel, a expressão quase impenetrável. *Quase*. Porque é traído por um discreto tremor no maxilar e por sua necessidade de parecer calmo demais à minha aproximação.

— O que quer de mim, afinal? — indago de forma sedutora ao me aproximar ainda mais.

— E-eu, bem... há... em outra ocasião eu direi.

— Diga agora — insisto.

— Nailah, não brinque com o fogo. — Ron solta o ar com dificuldade quando fico paralisada à sua frente. Sorrio intimamente ao confirmar meu poder sobre ele. — Não serei responsável pelos meus at... — Ele larga a bengala, segura meu rosto entre as mãos e me encara com fulgor. Ron elimina a distância e, muito lentamente, desliza o nariz pelo meu pescoço, seus lábios úmidos delimitando caminhos e despertando sensações em minha pele que julguei erradicadas.

O tiro, para minha surpresa, sai pela culatra.

Minha mente ferida ordena-me a me afastar, alertando-me da dor que acabei de vivenciar, mas meu corpo, carente de afeto, ainda mais destroçado que a voz que o comanda, se faz de surdo, parece desesperado por carinho.

Novamente ele me toca de um jeito tão cheio de cuidado, tão perfeito, que me pego incapaz de pensar ou reagir. Seu hálito se mistura ao meu e seu gemido abafado me faz estremecer. Fecho os olhos em resposta e quando tudo começa a esquentar e arrepiar ao mesmo tempo, quando acho que ele vai me beijar para valer como da vez anterior, o contato se desfaz e o nobre solta uma risada.

— Me conquistar, Diaba? Era isso o que tinha em mente?

— Prefiro ser comida dos deuses a isso, "tolinho"! — controlo minha ira e rebato com indiferença enquanto lhe dou as costas para abrir a porta de casa. — Mas obrigada pela ideia que acabou de dar. Agora sei o que fazer.

— Sabe mesmo? — Ele fecha minha passagem com a bengala. Sua expressão debochada permanece intacta, mas a ponteira prateada trepida e o denuncia. — Pois reforce a sola dos sapatos e dobre seu fôlego.

Meu coração dá um pinote. Meus punhos se contraem.

— O que está insinuando? Que vou sair correndo atrás de alguém?

— É você quem está dizendo. — A boca de Ron enverga, seus olhos faíscam um desafio mudo, mas um músculo retesa em seu maxilar.

— E se for isso mesmo? — enfrento-o.

— Perda de tempo. É complicado encontrar alguém que quer se esconder. Levo uma rasteira. *Ele se referia a Andriel?*

— Se "esconder"?

— Você é esperta. Não preciso explicar — responde com desdém.

Seria Ron capaz de criar intrigas por ciúmes ou estava apenas blefando? Mas... e se fosse verdade o que ele acabava de insinuar?

— Por que não abre logo o jogo e diz o que quer de mim, hein? — disparo, desconfiada e impaciente, sem entender em que tipo de armação o nobre de reputação duvidosa estava me metendo.

— Não decidi ainda. — Ele arqueia as sobrancelhas e faz cara de cínico.

— Não? Ótimo. Então vá para o inferno e só volte quando tiver a resposta.

— Inferno?!? Mas não estou cansado de dizer que nunca irei me casar?

— Arrr! Suma daqui, seu... seu...

— Insuportavelmente interessante e atraente?

Bato a porta na cara cafajeste dele. Eu devia estar com raiva.

Mas na minha face – para minha surpresa – é um sorriso que se abre.

Capítulo 24

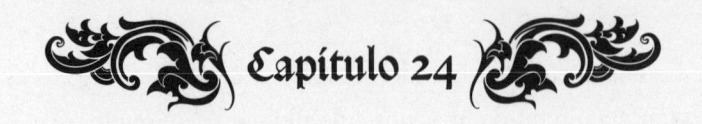

A DEZESSETE DIAS DO FIM

— Olá, pimentinha! — Ron surge repentinamente em minha cavalgada, emparelhando Dark ao lado de Silver. — Não devia estar acordada tão cedo assim. Deixe isso para homens de negócios como eu.

— Não está tão cedo assim — rebato com tranquilidade. Agora não me escondo mais pelas madrugadas de Unyan. O medo se foi. A voz em minha mente afirma que junto a Silver estou envolta por algum tipo de proteção mágica e que ninguém é capaz de nos ver atrás da névoa branca. *Com exceção do nobre bisbilhoteiro...* — E você é um fanfarrão, Blankenhein.

— Ora, não foi isso que acabei de dizer? — indaga com a cara mais sem-vergonha do mundo. Ron está muito elegante, mais que o habitual, em um requintado traje de montaria branco e azul-marinho com botões dourados. A fisionomia abatida também se foi e seu semblante parece vivo novamente. — Sentiu saudades minhas? Está se sentindo melhor? Parece melhor. Silver está ótima, não? Que égua!

Ele faz de conta que não existe um cronômetro acionado a assombrar o que restou da minha existência e, sem me dar chance de falar, vai emendando um assunto no outro, conta anedotas sobre aristocratas e colonos, faz piada do Gênesis, ri dos próprios fracassos, relata corridas de thunders do passado e...

Isso acontece um dia após o outro.

Posso jurar que suas aparições são propositais, para vigiar meus passos, mas não vou gastar o tempo que me resta confabulando os motivos que trazem o bon vivant por essas bandas. Disfarço o sorriso otimista, a expectativa a galopar acelerada em minhas veias. Finalmente meu bilhetinho havia desaparecido do esconderijo e em breve eu teria notícias de Andriel.

Raio de Sol...

O apelido carinhoso vem à mente ao me recordar da grande bola de fogo sobre mim e Silver em nosso primeiro encontro. Olho ao redor, imaginando seus feixes dourados se mesclando na paisagem, por entre os diversos tons de verde das folhagens e o prateado da crina da minha thunder, fazendo reluzir com intensidade o pouco que restou da minha fé em dias melhores. Calor e claridade se intensificam, como se dedos divinos esticassem as nuvens finas, deixando-as quase transparentes, como se desejassem rasgá-las e abrir espaço para o sol.

Silver estremece abaixo de mim. Experimenta a rara emoção que me toma desde que tudo aconteceu. Um suspiro me escapa, a esperança renovada, e olho para Ron de esguelha. Apesar de ser como é, debochado e por vezes insuportável, meu peito se aquece de gratidão. Quando Nefret não está por perto, o aristocrata fanfarrão sempre aparece, ainda que eu decida cavalgar nos horários mais inusitados. Com a desculpa esfarrapada de que precisa passar pela região, Ron surge em minha rota e faz dos momentos que passamos juntos, ainda que eu não admita, os mais divertidos do dia.

— Opa! Finalmente! — ele solta, exultante, ao estancar o trote de Dark.

— O que foi? — Interrompo minha cavalgada também.

— Você está sorrindo, vaga-lumezinha — comemora ele. — Eu já disse que fica lindíssima quando sorri? Até o dia ficou mais reluzente depois disso.

— Desista. Não caio mais nos seus jogos de sedução, Blankenhein. — Dou um tapinha amistoso em seu ombro.

— Já passamos da fase das formalidades. Me chame de Ron — corrige ele. — E quem está seduzindo quem aqui? — Ele mordisca o lábio inferior enquanto seu olhar malicioso esquadrinha meu corpo de cima a baixo.

— Você não tem jeito mesmo. — Reviro os olhos e acelero a marcha pelo estreito e familiar caminho de terra entre os eucaliptos que, pela quantidade de mato, entrara em desuso havia muito tempo.

Escuto sua risada ficar para trás, mas instantes depois ele já está ao meu lado.

— E ainda assim você vai morrer de saudades minhas a partir de amanhã.

— Não se iluda, "docinho" — é a minha vez de desdenhar. — A última coisa com que gastaria meus dias seria pensando em você. Tenho pouco tempo até a próxima prova, preciso voltar a trein... — Mordo a língua. — Q-quero dizer, preciso ajudar Nefret nos treinamentos. Por que sentiria saudades? Não vai mais aparecer por aqui? — disfarço a mancada emendando uma pergunta na outra, e faço cara de inocente.

— Viajarei a negócios. — Ron estreita os olhos de águia em minha direção.

— Mais "negócios"?!? Não me admira tantas olheiras.

— *Outros* negócios — ele frisa, presunçoso, analisando-me com atenção redobrada. — Meu pai tinha cargo de importância na câmara do Gênesis. Como está afastado, sou eu quem precisa ir às assembleias quando necessitam da nossa assinatura. Pelo que soube, serão vários temas a serem discutidos, então...

— Você trabalha?!? — É a minha vez de soltar uma sonora risada. — Desculpa. É que não dá para acreditar... Quero dizer, um aristocrata como você...

— Sou um sujeito surpreendente, não é mesmo? — ele diz de maneira marota, mas seu sorriso não alcança os olhos.

Ron é astuto. Percebo que está imerso em pensamentos, desconfiado. *Para de neura, Nailah! Nenhum homem jamais imaginaria que uma garota montaria num Twin Slam. Isso é inconcebível! Até mesmo para alguém como Ron Blankenhein.*

— Se é. — Giro o rosto, tentando me livrar do seu escrutínio. — Ao menos o trabalho o manterá longe dos vícios.

— Acontece que adoro meus vícios, tolinha. Foi exatamente por isso que me dei ao trabalho de adquiri-los.

— Venha por aqui — digo, puxando as rédeas de Silver num rompante e a conduzindo por entre os finos troncos de eucaliptos.

— Por quê?

— Deu vontade — minto descaradamente quando meu sexto sentido dá o alerta e sou atropelada por novas visões. — O aroma aqui é tão agradável...

— Foi por causa daquela névoa estranha? — Ele franze a testa.

Ron enxergava a névoa branca também?

— Sobre o que está falando? — Faço-me de tonta quando ele crava os olhos nos meus. — Seja lá o que for que vem consumindo em sua vida libertina, devia ir mais devagar. Suas pupilas estão mais dilatadas que o normal.

— O quê? — Ele se retrai quando menciono o vício que esconde de todos.

— Brincadeira! Deve ter sido a fumaça de alguma *wingen*, homem! — Alivio a pegada ao vê-lo empalidecer como um defunto. — Estamos muito perto das cercas.

— Fumaça... — rumina ele. — Então por que você está com essa cara?

— Que cara?

— De quem segura um sorriso muito suspeito.

— Não posso sorrir?

— Nailah... — solta de maneira ameaçadora.

Mordo a língua antes de lhe dizer a verdade impensável, que fomos protegidos pela névoa branca que sempre surge nos instantes em que corro o risco de ser vista junto a Silver. *Até para o excêntrico aristocrata isso também seria loucura demais.*

— Ah, não delira, Blankenhein. Está vendo assombrações, é? — implico, mas descarto o assunto ao vê-lo tão desconfiado. — Venha por aqui, então. — Aponto a direção a tomar. — Vamos fazer um caminho alternativo.

— Quero que me escute com atenção, espoletinha — recomeça ele quando ficamos longe das cercas. — Evite andar por essas redondezas e, pelo amor dos deuses, passe longe de confusão no tempo em que eu estiver fora.

— Você é confusão suficiente, né? — disparo a verdade com ironia porque ambos sabíamos que o que eu vinha fazendo era errado e que – se fosse descoberta – eu seria punida não apenas por estar a sós com um homem, mas principalmente por me atrever a montar a criatura sagrada, *ainda que eu fosse a dona dela...*

— Exato. — Ele sorri de um jeito malandro, mas seus olhos escurecem, predatórios, com a óbvia sugestão de que eu não deveria passar perto de homem algum enquanto ele estivesse viajando.

— Hum... vou pensar no assunto. — Não sei quanto tempo Ron ficará fora e, com a corrida se aproximando, talvez seja a última vez que a gente se encontre. Engulo em seco, estranhamente incomodada com tal pensamento. — Esse trabalho repentino do meu pai... Eu soube que foi você quem arranjou. Obrigada, Ron. De verdade.

— Que emoção! — ele vibra, sorrindo de orelha a orelha. — É a primeira vez que você me chama pelo nome, docinho. Já não era sem tempo!

— Como conseguiu? — Reviro os olhos, mas é impossível não sorrir também.

— Ora, abelhudinha, todo homem tem um preço. O do seu querido pai não foi dos mais caros — responde sem um pingo de modéstia.

— V-você pagou para que ele ficasse longe? — Meu coração tropeça, emocionado com o gesto atencioso e tão raro.

— Você precisava. Mas sinto informar que em breve ele estará de volta. — Ron me olha de esguelha, a postura altiva e ao mesmo tempo relaxada comprova que a montaria faz parte do seu sangue. Sua expressão divertida, entretanto, vacila. Poderia jurar que há uma pitada de expectativa ali dentro. — Tá bom, eu confesso. Aprecio sua companhia acima do que considero *normal* para um sujeito... hum... assim como eu e... bem... — Ele alarga o sorriso ao mesmo tempo malandro e encantador. Sorrio de volta, feliz, o ego massageado com o comentário. — Ah, claro! Pode fazer essa cara, belezinha. Ninguém está mais surpreso comigo do que eu mesmo, esteja certa.

— Mudou de ideia, é? Resolveu dar o lance em mim? — Ao vê-lo enrubescer, aproveito para implicar e desato a assoviar.

Quero me deleitar com a rara oportunidade e provocá-lo ao máximo, assim como ele sempre faz comigo. É divertidíssimo vê-lo experimentar do próprio veneno.

— Lance?!? Valha-me, Mãe dos Sobreviventes! Prefiro ser amarrado sem roupa alguma em cima de um formigueiro — exclama ele horrorizado.

— Eu sabia! Você está interessado em mim! — Cantarolo uma música alegre e dou uma batidinha no dorso de Silver que, satisfeita com a minha reação, faz um galope animado. O dia fica ainda mais claro, como se o sol estivesse a um milímetro de rasgar as finas nuvens.

— Pode ser, mas... — Ele arregala os olhos, coça a nuca e aumenta a marcha também, mas não chega a emparelhar. — Talvez não seja da maneira que imagina e...

Estranho sua reação. Ron nunca cavalga atrás. Não sei se fere sua masculinidade ou porque é um aristocrata, ou simplesmente porque gosta de se sentir o dono da situação. Percebi seu desconforto em nossos passeios, nas poucas vezes em que Silver ficava à frente de Dark, e, para fazê-lo se sentir melhor, evito ultrapassá-lo. Quando o faço é apenas para implicar e aguardar até que ele venha rapidinho e fique a uns *poderosos* dez centímetros à minha frente.

— De que maneira você acha que eu imagino? — alfineto, olhando-o por sobre o ombro. Ele me encara por alguns segundos, como se fosse óbvia a resposta, mas então meneia a cabeça ao ver que não mordo a isca. — Nossa! Como desceu tão rápido assim? Tem *formigas* na calça? — Aproveito a deixa e desato a rir quando o vejo apear do cavalo num piscar de olhos e, em seguida, paralisar Silver Moon que, para meu espanto ainda maior, aceita de bom grado. — O que está aprontando agora, seu doido?

— É fascinante vê-la rindo assim, florzinha. De verdade. Mas agora desça — ele ordena, com um misto incompreensível de força e gentileza, estendendo-me a mão enquanto elegantemente apoia-se na requintada bengala. Uma suspeita gota de suor escorre por sua testa, as argolas de ouro em sua orelha trepidam e reluzem. Posso jurar que ele está tramando outra traquinagem, mas não há o menor traço de divertimento em seus olhos escuros como a meia-noite.

— Vai se declarar, é? — provoco um pouco mais.

— N-Não queria que fosse assim, mas com o que aconteceu com você e o tempo se esgotando... B-bem, não posso mais adiar, não teremos outro momento e...

— Ron Blankenhein, você não está falando coisa com coisa! — digo sem conter minha gargalhada ao vê-lo gaguejar pela primeira vez na vida.

— Desça ou eu terei de fazê-lo! — Ele bate a bengala no chão com estrépito, a voz repentinamente grave demais.

Meu instinto dá o alerta. Ignoro-o.

— Não estou gostando desse joguinho e... Ai! Me solta! — Esperneio ao ver meu corpo ser puxado para baixo.

Basta uma pulsação para estar imobilizada pelos seus braços ágeis e fortes. Pensei que Silver reagiria, como sempre faz quando percebe que estou acuada, mas minha égua se finge de tonta e desata a mastigar o capim.

— Shhh! Calma — Ron murmura em meu ouvido e seu hálito quente me gera calafrios. Meu instinto apita alto agora. Estremeço. — Não tenha medo de mim. Não sou homem que se satisfaz com uma mulher tomada à força.

— Não? — Suas palavras ressoam forte nos meus ossos.

— Nunca — diz, rouco, toda a concentração voraz voltada para a minha boca.

— Sua fortuna aristocrática por acaso não seria essa "força"?

— Sempre tenho três opções. — Ele sai pela tangente.

— Três...? — Os pelos da minha nuca eriçam. Meu sorriso vacila.

Era outra de suas brincadeiras idiotas, não era?

— De fato, não posso negar que a minha "fortuna aristocrática", como tão espertamente denominou, gera certo encantamento nas mulheres de Unyan, apesar de a senhorita, para a minha mais profunda perplexidade, ser indiferente — diz num tom baixo e calculado, o olhar grudado ao meu, estudando a caça, faiscando malícia e algo mais que não consigo decifrar.

— Entretanto, maçãzinha, o dinheiro é somente minha segunda opção. Acredite, a maioria das mulheres com as quais me relaciono são atraídas pelo meu charme e não pelo meu bolso.

— Tem pessoas que adoram se iludir — balbucio, irônica, e ele abre um sorriso glacial. Dou corda. — Hum. Charme, dinheiro... Qual é a terceira opção, então?

— Esquecer — sussurra de um jeito sinistro. Uma rajada de vento frio me atinge a face. Arrepio. — Por que desperdiçar energia com uma pessoa que não nos deseja? Só gera sofrimento e perda de tempo.

— Concordo. De fato, esta seria a opção ideal para a mulher que não se entrega ao seu "charme" ou que seu dinheiro não compra. — Provoco um pouco mais enquanto tento camuflar a estranha tensão que inunda meus pulmões.

— Nunca a utilizei.

— Até parece.

— Todo mundo tem um preço, Nailah. — Ron segura meus ombros e me encara com fulgor. Identifico urgência nos vincos de sua testa.

Não. Não. Não pode ser! Ron não pode estar fazendo isso comigo. Não ele...

Meu pulso dá uma quicada abrupta e todas as minhas células congelam. Engulo em seco, chocada com o que seus olhos profundamente negros e ansiosos me confessavam: não, ele não estava de brincadeira!

Finalmente chegávamos ao motivo que o trouxera aqui, dia após dia, desde o início...

A ventania piora.

— Você quer saber... o *meu preço*? — balbucio aos tropeços, a mente girando, a boca completamente árida em antecipação ao que estava prestes a acontecer.

— Mais do que tudo no mundo. — Sua voz é pura rouquidão e seus ônix, dois buracos negros implacáveis, sugando o melhor de mim.

Todo meu oxigênio evapora. Há um vendaval acontecendo dentro do meu peito e, ainda assim, estou sufocando. Calor e claridade se vão, varridos para detrás de um paredão de nuvens escuras.

Sou apenas noite e vazio.

Como pude ser tão cega? Ron era tão hipócrita como todos os outros!

Minhas pernas cambaleiam, seguro-me como posso. Não deveria me espantar, afinal eu já havia passado por situações absurdamente piores, e Ron era um solteirão convicto e mulherengo inveterado.

Mas não é o que acontece.

A decepção – por ser justamente *ele* a fazer a proposta – arde em minha garganta e umedece meus olhos. O peso das malditas palavras paira no ar antes de se embrenharem pelos meus poros e começarem a me envenenar. Pisco várias vezes, a palidez da impensável surpresa dando lugar ao vermelho escarlate da cólera.

— E se você não puder pagar? Meu *preço*... hum... pode ser alto demais. — Empino o queixo, engulo a mágoa e a lágrima, disfarço.

— Eu poderei. — Ele abre um sorriso triunfante, sexy, e me envolve com vontade, suas mãos grandes passeando com avidez por minha cintura e me puxando para perto. Não sei se é o meu coração ou o dele, mas sinto suas pancadas nas minhas costelas, como um cinzel afiado talhando trincas ainda mais profundas no meu esqueleto e espírito. *Mais trincas...* A sensação dolorosa se espalha por todo meu corpo. Ron se curva sobre mim, envolvendo-me em seu vigor masculino. Seus lábios deslizam pelo meu pescoço, molhados, desesperados, gerando calafrios ininterruptos por minha pele. — Diga seu preço, docinho — sussurra com a voz ardente de desejo.

Assusto-me com o calor desconhecido, as labaredas em forma de ira que sobem pelas minhas pernas e arrombam tudo pelo caminho. Contra-ataco:

— Quero as cabeças dos quatro estupradores.

— Há?!? — Ron se desequilibra e se solta de mim num rompante, olhos e boca escancarados. — V-você quer o quê?

— Você ouviu.

— Impossível! — ele ruge e, sacando a bengala, desata a batê-la com força no chão, nervoso e desorientado.

— Mas é perfeitamente possível me transformar em uma amante, não? — imprenso, ácida, ódio incandescente jorrando por minhas veias. O vento toma minhas dores e uiva sua fúria com estrondo. — Foi essa a proposta que fez para a tal de Tracy cuja vida arruinou? A tola se deixou enganar e você a usou até se cansar?

— Não diga tolices, Nailah!

— Tolices? — rosno. — Estaria me fazendo essa proposta se eu ainda fosse a garota honrada de dois meses atrás?

— I-isso não tem cabimento! — Ele perde a cor e tropeça nas próprias palavras.

— Estaria? — Avanço, feroz.

— Sua tonta! A oferta seria a mesma há dois, dez ou mil meses! Quantas vezes já lhe disse que nunca me casarei! — Ele leva as mãos ao ar, exasperado. O vendaval lança suas garras sobre nós. Galhos de árvores gemem, curvando-se de dor. — Meu pai tem contatos no Gênesis, meu sobrenome é respeitado. Talvez consiga adiar a fiscalização médica. *Permanentemente* — pontua a palavra. — É só você aceitar...

— Que nojo — vomito meu desprezo. Mais ventania. — Seu pai compactua com a vida devassa que leva?

— Claro que não! — ele esbraveja com o cenho franzido, os cabelos desgrenhados escondendo parte da névoa – desespero talvez – que cobre seus olhos negros e traiçoeiros. Um tufão de areia, folhas e decepção rodopia ferozmente ao nosso redor. — Também não sou homem de pedir favores a ninguém. Se farei isso é porque tenho grande estima por voc...

Acerto-lhe um tapa em cheio no rosto.

Devia ter dado um soco, mas ainda não me sinto forte para tanto. O golpe, para minha surpresa, parece ter sido em mim.

Porque dói. Dói muito.

A dor profunda, tão arrasadora quanto as violências que sofri, é, contudo, diferente. Há uma mistura indistinguível de ira extrema borbulhando no sangue que me mantém de pé e uma tristeza sem explicação congelando cada uma das minhas células. Percebo – para me deixar ainda mais destroçada – o quanto, ainda que às avessas, a amizade de Ron havia se tornado importante para mim.

Mas o que houve entre nós foi apenas uma mentira bem arquitetada, como tantos outros de seus blefes. Sim, Ron, você me enganou muito bem...

O aristocrata permanece paralisado no lugar, os olhos imensos, a respiração entrecortada. As marcas dos meus dedos destacam-se em sua pele alva, mas nem de longe alcançam o rubro da hipocrisia, neste momento tão evidente em sua face enganadora.

— Canalha — rosno com desprezo inexprimível e, sem pensar duas vezes, monto em minha égua e dou meia-volta.

Ao meu contato, Silver fica inquieta, arrasta os cascos no chão e emite um ruído fino. *Estaria ela sentindo a mesma dor que eu?*

Relâmpagos são o meu berro.

— Está jogando fora a melhor oferta que poderia receber, a única nas atuais circunstâncias, sua estúpida! — ele brada, olhando transtornado de mim para a mudança brusca na atmosfera.

Olho por cima do ombro, fervendo dentro do caldeirão do ódio e da decepção.

— Me ajudou para *isso*...? — Minha voz sai seca, perigosamente fria.

— É claro que não. Mas que inferno! Você não entende! — Ron solta uma risada estranha, a expressão perturbada deformando seu rosto e dilatando as narinas. Se reconhece a ultrajante proposta que acaba de fazer, não sei dizer.

Não importa mais. É tarde demais. Ele conseguiu reabrir a maldita ferida. *Estou sangrando novamente.*

— Pois agradeço a generosa "oferta", sr. Blankenhein — digo com fúria glacial. — Mas pretendo passar pela fiscalização do Gênesis com a cabeça erguida. E assim ela haverá de permanecer até o instante final, até o momento que trincarem os ossos do meu pescoço, quando eu me recusar a ir para... *você sabe onde* — abro um sorriso perigoso —, o lugar amaldiçoado aonde serei arremessada por causa de bárbaros, ou melhor, *homens* — corrijo — não muito piores que o senhor. A diferença é que os monstros tiveram coragem de colocar em prática o que queriam de mim, enquanto você, com sua pose aristocrática e suas falas articuladas, na verdade não passa de um dissimulado e só não fez o mesmo em virtude do seu traço característico: a covardia.

— Nailah...

— Eu o desprezo.

Cega pela dor e pela ira, minha visão escurece. O dia vira noite. Dark bufa forte. Silver relincha em resposta.

— Nailah... — Desorientado, ele mal consegue se defender.

— Faça-me um favor, caro nobre. Se realmente tiver um pingo de orgulho na cara, pela estima que diz ter por mim, não me procure mais, esqueça que eu existo porque, para mim, você acaba de morrer. *Definitivamente.* — Raios caem como lanças ao nosso redor. A ventania ganha proporções assustadoras. Ron fica em choque. Começa a chover. — Será uma tarefa facílima, fique tranquilo. Afinal, não existirei mesmo dentro de duas semanas.

Faço Silver empinar nas patas traseiras e, com o espírito em chamas e o coração esmurrando o peito, saio em disparada. Gotas grossas da chuva se unem à maldita lágrima que, contra todas as minhas forças, não sou capaz de segurar.

— NAILAH!!!!!!

Um palavrão escabroso seguido de um uivo gutural. Uma gargalhada em meio a um gemido. Frases nervosas lançadas ao vento.

Desculpas esfarrapadas? Ameaças? Novas promessas?

Tanto faz.

Não importa mais.

Capítulo 25

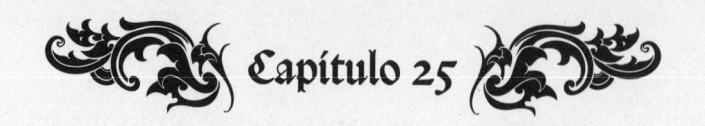

O ATORMENTADO

Sinto a escuridão primitiva crescer dentro de mim, pungente e decidida.

Encaro a mensagem no pedaço de papel e o caminho sem volta que adentraríamos em questão de horas.

"Desculpe."

Justamente para a mais reluzente e deslumbrante de todas.
Justamente para a mais valente de todas.
Exatamente tão cega – e tola – quanto todas as outras.

"Desculpe."

O fim se aproxima de qualquer forma, não há o que fazer para mudar o terrível destino.

Desculpas...? Ora, por quê?
Todo esse tormento... Toda essa dor... TUDO culpa sua!
Sou apenas a pior consequência dos erros que *você* cometeu, meu bem.
Então... Não!
Nada de desculpas!

Capítulo 26

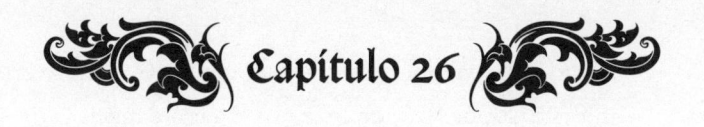

VÉSPERA DA CORRIDA

— Precisamos c-conversar. — Nefret entra sorrateiramente no meu quarto na calada da noite. Encaro a refinada sacola marfim com um laço prateado que segura, mas nada comento ao vê-lo andar de um lado para o outro. Está tomando coragem para enveredar pelo assunto que o trouxe aqui, como sempre faz quando fica nervoso. — Você fez bem em não t-treinar hoje.

— Quis deixar Silver em paz.

— Em p-paz — ele fecha a cara — graças ao *providencial* atestado do curadok. Se não fosse o d-documento afirmando que está inapta ao t-trabalho você não teria conseguido tamanha melhoria nos tempos. Lembre-se de que só aguentou treinar t-todas as madrugadas porque não precisou trabalhar durante o dia. No entanto, s-se o doutor lhe deu t-tantos dias para repousar é porque seus p-pulmões foram muito afetados, não? — indaga, desconfiado.

— Estou ótima.

— V-você está diferente desde aquela pneumonia. T-tudo aqui anda estranho d-desde então, merda! — Seus olhos se cravam nos meus, condenatórios, ansiosos. Ele olha para a sacola e puxa o ar, recompõe-se. — Há algum tempo vi um homem moreno, com b-brincos nas orelhas, conversando com o n-nobre aleijado que também adora esses pendurilcalhos chamativos. D-deve ser moda em Greenwood — emenda, sarcástico, analisando minhas reações. — V-venho "esbarrando" nesse nobre com mais frequência do q-que o normal. Tenho estima por ele, por t-ter nos livrado daqueles aristocratas repugnantes, sei que Blankenhein é n-nosso vizinho, mas...

— Desembucha — comando ao ver que ele está me cercando em uma armadilha de palavras. Nefret pode ser gago, mas é excelente nisso.

— V-você aprontou alguma — diz com certeza inabalável, a conexão de gêmeos dando-lhe pleno acesso às minhas emoções. Estremeço com o pensamento. — O que você está lhe d-devendo para que Blankenhein coloque um criado montando guarda como um soldado a p-poucos metros da cerca de entrada, vigiando cada m-movimento seu com um binóculo em mãos e afastando qualquer um q-que se aproxime daqui?

— Nunca ouvi tanta tolice junta — desdenho, mas me petrifico.

"Afastando"? A ideia parece a ponta afiada de um punhal a cutucar a maldita ferida que não cicatriza, minha intuição estremecendo em resposta.

Quem ele teria afastado daqui, de mim?

— Não se faça de t-tonta comigo, Nailah! — dispara feroz. — Há alguns dias, eu surpreendi esse criado abaixado p-próximo à cerejeira que fica rente à nossa cerca. Assim q-que me viu ele se levantou num rompante, t-tentou disfarçar dizendo ter tropeçado, mas o r-rosto moreno estava exangue enquanto guardava algo às pressas no bolso, os d-dois braços sujos de terra até os cotovelos. Mas não f-foi rápido o suficiente. Eu vi o pedaço de papel e d-depois o buraco no chão. O lacaio se mandou rapidinho, ciente de que eu p-percebi que ele estava mentindo, que eu sabia que ele havia pego algo que não lhe pertencia, e – o mais importante – que eu nada poderia f-fazer porque, para estar escondido ali, p-provavelmente era algo ilegal. — Começo a afundar. *Mãe Sagrada! O que Oliver havia furtado, afinal? Uma carta de Andriel para mim ou a que eu havia escrito para ele?* — Daí foi só juntar os pontos, afinal, c-conheço a irmã que tenho. — Sua voz sai estrangulada, parece atônito. — Apesar de eu não acreditar... Era com Blankenhein q-que você se encontrava às escondidas em Khannan? Já fazia essa loucura de mandar b-bilhetinhos para ele d-desde aquela época?

— Ele seria o último homem em Unyan para quem eu escreveria!

— Q-quem seria o primeiro, então? — pressiona ele, implacável, e a cor é varrida do meu rosto. Recuo quando o vejo mais perto da verdade a cada palavra que sai da minha boca. — Não s-sei se te esgano ou se tenho mais r-raiva de mim, por tê-la ensinado as letras!

— Acha que sou tola a tal ponto, que deixaria provas se realmente quisesse me comunicar com alguém? E você sabe que não sei escrever direito, apenas ler!

— Sério?!? — devolve, irônico. — Digamos q-que diz a verdade, maninha. Então por que alguém t-teria o trabalho de enterrar um bilhete ali se homens p-podem se comunicar através de cartas? — insiste. — Fala, Nailah! Se não v-vem se correspondendo com Blankenhein, por q-que diabos esse mulherengo de péssima reputação mandaria s-seu guarda-costas cavoucar nossas t-terras a fim de furtar uma carta que alguém mandou ilicitamente p-para você? O que havia de tão importante nela que o fizesse t-tomar essa atitude para lá de s-suspeita?

— E-eu... — Engasgo, o coração a pulsar na boca, mal conseguindo disfarçar a erupção de raiva que explode em meu peito. Se o futriqueiro não tivesse mandado roubar a carta, tudo podia ter sido diferente. *Maldito seja você, Ron Blankenhein! Eu o odeio mais do que tudo no mundo!* — Não tenho a menor ideia sobre o que você está falando — minto descaradamente. — Está imaginando coisas. Se Samir estivesse aqui ele lhe abriria os olhos e...

— Deixe Samir f-fora dessa conversa! De q-qualquer conversa! — Nefret rosna e se vira de costas, mas sua voz sai embargada.

— Por quê?

— Ele... está d-diferente, anda me evitando. O sucesso lhe s-subiu à cabeça.

— Mas... isso não faz o menor sentido! Vocês são melhores amigos! Meu irmão nem tenta disfarçar a dor que o consome.

— Então... Você não lhe contou sobre a minha pneumonia? — indago de supetão, o pulso disparado ao me dar conta de para onde o assunto me conduzia.

Nefret se encolhe, meneia a cabeça em negativa. Cambaleio, como se tivesse recebido uma punhalada pelas costas. Outra punhalada.

Como Samir sabia que eu tinha adoecido? Fecho os olhos com força, arrasada. *Samir também estava me enganando!*

— Sei q-que está me escondendo algo sério. Eu s-sinto. — Seus olhos tornam a me estudar, parecem em chamas. — V-você se acha esperta, mas das duas uma: ou não passa de uma garota muito ingênua ou m-muito sonsa porque é óbvio que existem várias peças f-faltando neste quebra-cabeça dos infernos em q-que está metida.

— Não imagino sobre o que está falando nem aonde quer chegar!

— Não m-mesmo? Pois sabe q-qual é a fofoca que está correndo por Unyan? — Nefret indaga de um jeito severo, intolerante demais para alguém como ele. — Lembra-se daquele orador do Shivir, o nobre bonitão por quem t-todas as colonas ficavam s-suspirando acordadas? — Seu olhar chega a me perfurar. — Pois é. Ele e Blankenhein se desentenderam na entrada do Gênesis.

As pernas bambeiam, o coração dispara. *Finalmente a certeza: Andriel estava vivo!* Solto o ar aprisionado no peito há meses, mas não me sinto aliviada. Pelo contrário.

— E o que eu tenho a ver com isso? — indago na defensiva, afogando-me em uma onda de emoções desencontradas.

— Esperava que você me c-contasse, afinal seu nome foi m-mencionado na discussão, que por um triz não d-descambou para a agressão física.

— Impossível — rebato, afinal Ron é um covarde por natureza.

— Se tem tanta certeza é p-porque conhece bem ao menos um d-dos dois, não? — Nefret me encurrala. — Mais rápido p-pego uma mentirosa que um manco... — Ele abre um sorriso irônico. — Pois diga, maninha, por q-que diabos dois nobres fariam isso f-faltando menos de uma hora p-para encerrarem os lances?

— Eu... não sei — A bombástica notícia me faz perder o chão de vez.

Misericordiosa Lynian! Então... Andriel não havia desistido de mim, ainda me queria! E, como eu havia lhe pedido, aguardara até a última hora para dar o lance em mim, mas...

Meu nome não estava lá!

— Muito m-menos eu. — Meu irmão abaixa as armas, mas o massacre continua: — Porque quanto mais penso, mais tonto f-fico. Nada disso faz o menor s-sentido. Quem f-faria a loucura de cortejar uma Branca e arriscar a própria vida? Quem cometeria tal infração p-por nada?

— Cortejar... uma Branca?

Nefret abre a sacola e me estende um lindíssimo e raro lírio branco, a flor que é o símbolo máximo do amor para o nosso povo. O botão é tão leve, mas pesa toneladas e me faz afundar num pântano de falsas verdades.

Giro o rosto, apavorada de que meu irmão gêmeo seja capaz de entrar ainda mais fundo em minha alma e descobrir o que eu não suportaria, que eu não era mais uma Branca, que fora condenada da pior forma possível ao Cinza da desesperança das estéreis, assim como o mundo que me envolve e o futuro que desponta no horizonte. Nefret ficaria arrasado se soubesse o que realmente havia acontecido comigo.

— Você diz que corre para dar um bom f-futuro a mim e a Silver, mas mais do que t-tudo, você quer... *lutar!* Esse é o verbo que a guia. Ainda que tenha q-que ocultar o rosto, sua presença num t-torneio de homens será sua vitória p-pessoal.

Ele tinha razão. Como sempre.

No fundo, o desaparecimento de Andriel tinha sido a desculpa perfeita para me esconder... Não apareci na última hora no Gênesis para anunciar meu sangramento porque, se passasse pela vistoria médica, eu não apenas causaria profundo desgosto ao meu irmão como também seria condenada ao lugar amaldiçoado faltando apenas um dia para o Twin Slam...

Antes de conseguir o que prometi a minha mãe em seus instantes finais. *Antes de lutar!*

— Você vibra com a p-possibilidade de enfrentar o sistema e v-vencê-lo ao menos uma vez na v-vida, não é? — atiça ele.

— Sistema machista e hipócrita — rosno, tentando controlar a energia escura – ódio e confronto – que se alastra rapidamente por minhas células.

— Por acaso não está cansada d-de saber que a humanidade s-sempre foi machista e h-hipócrita? — devolve, sarcástico.

— Por isso definhou e chegou aonde estamos.

— Mas é assim q-que as coisas são. Não há como m-mudar.

— Praga de Zurian! Alguém tem que tentar! — explodo.

Nefret abre um sorriso glacial e meneia a cabeça em discordância. Seu semblante torvo é mais poderoso que qualquer argumento e me faz estremecer.

Porque ambos sabíamos o destino de todas as mulheres que tentaram.

— Bem no fundo você sabe que, no que d-dependesse de mim, eu retornaria felicíssimo p-para nossa vida em Khannan, contanto que pudesse manter você sã e salva ao meu lado, mas... — Ele arfa forte. — Sou capaz de captar uma ínfima parte do f-furacão que está acontecendo no seu p-peito nesse exato momento e já estou desnorteado. Se p-permito que essa insanidade vá adiante sem entender ou contar ao n-nosso pai é porque não quero carregar mais culpa na alma, porque acredito que s-seria isso que mamãe faria se as coisas chegassem a esse p-ponto e, principalmente, porque eles virão buscá-la em quatro dias e eu n-nada poderei fazer para te livrar dessa s-sina maldita. Só por isso — confessa, arrasado. — Tome. Talvez para você f-faça algum sentido. Estava escondido entre as p-pétalas. — Seus dedos gelados esbarram nos meus ao me entregar um minúsculo pedaço de papel. — Vou te dar um conselho, aquele que eu já d-devia ter dado há mais tempo, mas que n-não consegui, não q-quis macular sua inocência... — Ele faz uma pausa. Ergo o rosto e o pego me observando de um jeito intenso demais. — Nem tudo que r-reluz é ouro. Existem m-muitos demônios p-por aí disfarçados de anjos.

— O que quer dizer com isso? Tem a ver com o bilhete? — indago, perdida no caminho que se tornara o resto da minha existência, uma parte dentro de mim querendo entender a charada a todo custo, ciente de que Nefret jamais comentaria algo sinistro assim sem um porquê. Mas, por outro lado, insegura se desejaria mesmo tomar conhecimento de algo que me desestabilizaria a poucas horas da grande corrida.

Aturdida, vejo apenas meu irmão gêmeo balançar a cabeleira ruiva em negativa, e, sem dizer mais nada, ir embora de cabeça baixa. Assim que a porta se bate, ergo o bilhete e encaro a palavra rabiscada. Sinto a lâmina afiada da traição rasgar cada pedacinho que restou da minha fé nos homens.

"Desculpe."

Fecho os olhos com força, a mente girando num tornado de fúria e decepção.

Ron. Samir. Andriel.

Desculpar?!? Por quê? Qual deles o tinha enviado? Por que somente hoje?

Esmago o papel.

O conselho de Nefret não poderia ser tão perfeito. *Demônios disfarçados de anjos...* Algo reluz por detrás das inocentes pétalas brancas. *E não é ouro, bem longe disso.* Meus dedos ardem nas brasas da certeza irrefutável.

Lanço longe a maldita flor.

Mas tinha sido eu a tola a ser arremessada em um jogo cruel e de cartas marcadas.

ERA UMA VEZ UMA GUERREIRA
DE TREVAS E LUZ

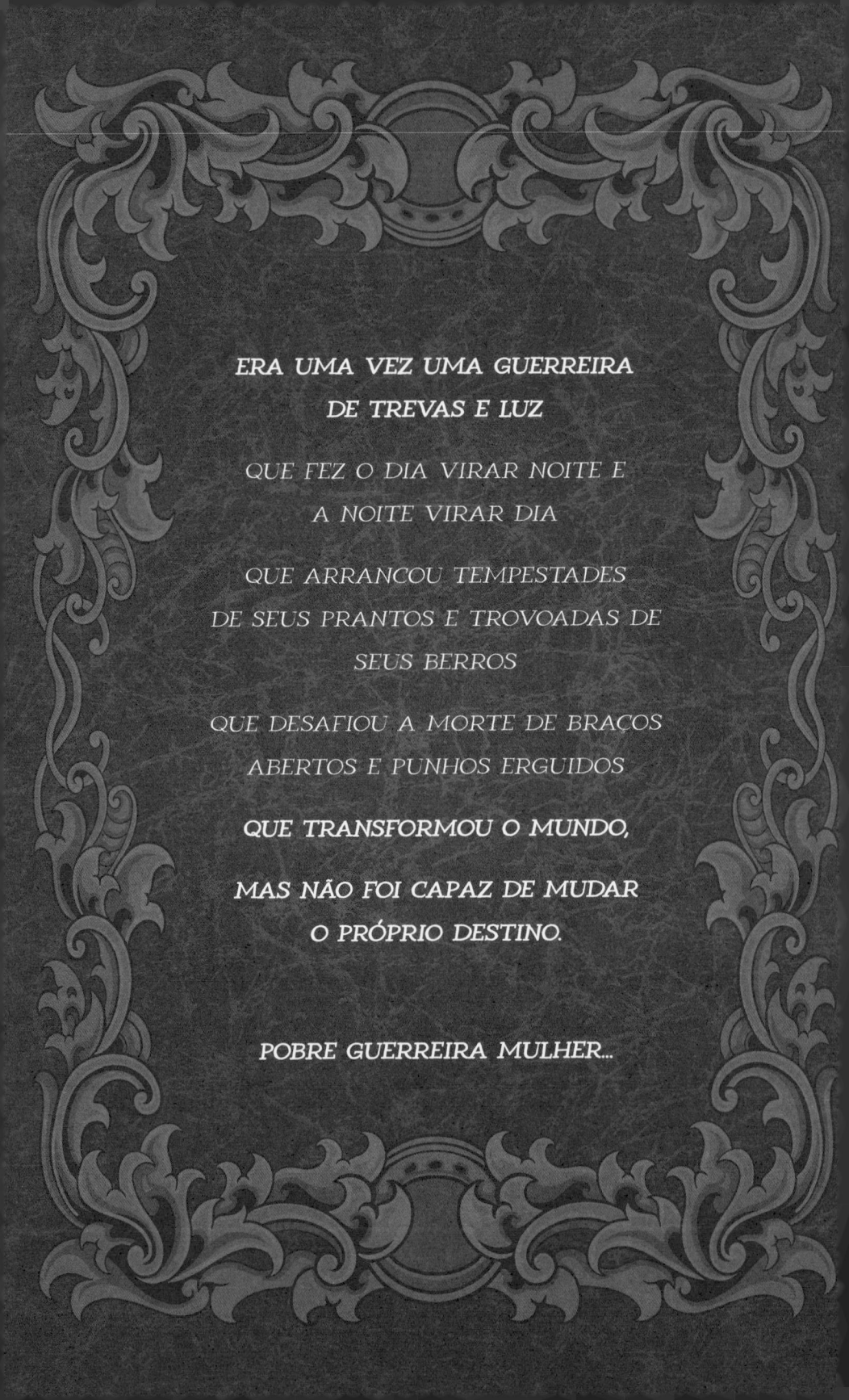

QUE FEZ O DIA VIRAR NOITE E
A NOITE VIRAR DIA

QUE ARRANCOU TEMPESTADES
DE SEUS PRANTOS E TROVOADAS DE
SEUS BERROS

QUE DESAFIOU A MORTE DE BRAÇOS
ABERTOS E PUNHOS ERGUIDOS

QUE TRANSFORMOU O MUNDO,

MAS NÃO FOI CAPAZ DE MUDAR
O PRÓPRIO DESTINO.

POBRE GUERREIRA MULHER...

Capítulo 27

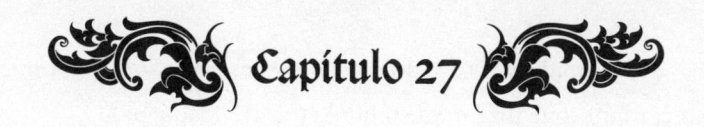

— R-rápido, Nailah! — Nefret esbraveja dentro da nossa sala de preparação privativa na construção anexa à arena de gala do Gênesis. — Vão fechar o saguão em d-dez minutos!

O esquema para eu vir escondida na wingen deu mais trabalho do que poderíamos imaginar e nos fez perder um tempo precioso. Antes que nosso pai percebesse, Nefret lotou a cabine principal com seu Kabut e um montão de bugigangas que, segundo ele, eram muitíssimo necessárias (para me camuflar, claro!). O sr. Wark bufou e reclamou, mas acabou vindo na cabine do condutor. Nefret fez o veículo parar em pontos estratégicos do caminho e, chamando a atenção dos dois com sua lábia incrível, concedeu-me condições de entrar e sair sorrateiramente.

— Quem é esse tal de *Shark* que todos estão comentando? — pergunto enquanto me arrumo às pressas.

— O thunder que só se c-classifica, mas que nunca p-participou das provas. — Nefret não consegue disfarçar o semblante sombrio. Não gosto disso.

— Ele é páreo para *Black Demon*?

— Ninguém é p-páreo para Black Demon — sua voz sai grave demais, taxativa. — Contudo, Shark t-tem tempos excelentes e já tirou o primeiro lugar nas corridas classificatórias, mas n-ninguém sabe como é o seu desempenho nas p-pistas. Esta é sua primeira v-vez no Twin Slam, por isso a multidão está empolgada. O público q-quer emoção — solta, irônico. — Isso sem contar q-que dizem que o hooker d-dele é louco.

— Como assim?

— Não f-faço a menor ideia.

— E Silver? Onde ela está?

— Os t-thunders são levados para as baias p-pelos agentes do Gênesis, para q-que não haja o risco de fraud... — Ele foge do meu olhar ao deixar escapar o que não devia. — As p-pessoas adoram inventar coisas.

— Fraudes aqui dentro?!? — Minha boca despenca.

— Se forem d-descobertos, os hookers serão automaticamente desclassificados e p-punidos — acelera em dizer. — É r-raro acontecer. O Gênesis é cauteloso em relação a isso, os agentes checam t-tudo. Você viu.

— Sei. Esse Kabut é novo? — Sem me permitir abalar, questiono ao ver o peitoral e a escarcela prateados brilharem como nunca.

— É o mesmo. Só utilizei meu t-tempo inútil com algo útil — diz enquanto ajusta o espaldar e encaixa as barbatanas das pernas e dos braços. — Não deu para fazer mais p-porque os cuidadores só permitem que a gente fique com ele na v-véspera da corrida, mas me baseei nas suas r-roupas e fiz alguns ajustes, deixando-o mais...

— Aiiii!

— Justo. — Nefret solta uma risadinha. — Para v-você não competir com isso te engolindo. Mas não p-pude fazer nada com relação aos s-sapatos e ao elmo.

Dou uma boa olhada de cima a baixo no espelho. Meu irmão é mesmo muito habilidoso. A imagem que me encara faz lembrar uma versão mais sofisticada dos guerreiros de olhos puxados dos tempos ancestrais.

Exatamente como um de seus desenhos...

— Está ótimo. — Toco seu rosto com carinho. Ele segura minha mão com vontade, infiltrando os dedos trêmulos aos meus. — Obrigada, irmão. Por tudo.

— Nai, n-não importa o resultado, p-para mim você já é uma vencedora. E nós haveremos de comemorar. Só nós d-dois, no último dia...

— Sua voz sai embargada ao me encarar. — V-vamos acabar com aquela bebida cara que papai guarda escondido e rir dessa v-vida desgraçada. Tem um lugar lindo que d-descobri por acaso e que quero que c-conheça, uma clareira cortada p-por um riacho de águas claras e margens repletas de flores branquinhas e cascalhos, como nas f-fábulas da nossa mãe.

— Oh, Nef! — engasgo, escondendo as lágrimas dentro dos olhos.

Uma despedida só nossa antes que o Gênesis me levasse...

Ele estremece ao depositar um beijo demorado na minha testa. Abraço-o com força. Ele arfa e me abraça de volta, a voz rouca, de quem segura o choro:

— T-tenho muito orgulho da sua f-força e do que se tornou. Eu t-te amo.

Meu coração se contorce ainda mais no peito. É a primeira vez que meu tímido irmão diz isso em alto e bom som. *Talvez essa seja a despedida, afinal.*

— Eu também te amo. Muito.

No relógio, dois minutos me separam do início das apresentações. Caminho da maneira mais rápida e digna possível pelo corredor abarrotado de guardas, mas por pouco não tropeço e vou de boca ao chão quando coloco os pés no saguão dos hookers e sou saudada pelas letras de bronze que reluzem na imponente parede de carvalho:

RIVALIDADE É SAUDÁVEL; IMPRUDÊNCIA, MORTAL.
QUE MORRAMOS COM HONRA, GUERREIROS DE UNYAN.
PORQUE O MUNDO É DOS FORTES. O MUNDO É NOSSO!

O Twin Slam não era apenas uma competição ou uma diversão para o povo? Por que eu tinha a impressão de que eles queriam dizer mais com isso?

Obrigo-me a não alimentar a fogueira da desconfiança. Não é hora para isso. Expectativa e mistério já são a lenha do espetáculo.

Os hookers se mantêm no anonimato, parte do estratagema de combate. Eles me estudam dos pés à cabeça assim que entro no lugar. Faço o mesmo e observo seus Kabuts. Enquanto os trajes da parada visam encantar, esses daqui têm óbvia intenção: incutir medo. Com exceção da cor negra que pertence a *Black Demon*, eles exibem toda a sorte de cores, desenhos sinistros, modelagens e tramas em alto relevo, podendo ainda ser lisos, foscos ou brilhosos. O cavaleiro negro não está. Por ser o grande campeão, *Black Demon* vai direto para a semifinal, não precisando passar pela corrida classificatória nem participar desta prova.

A primeira corneta reverbera pelo lugar, provocando pisadas fortes e murmurinhos generalizados. A imensa porta de carvalho bate com estrondo e o som da aldrava se fechando inunda a atmosfera. Um oficial trajando um chamativo traje na cor chumbo cintilante adentra o salão escoltado por outros dois.

— Caros hookers, assim que eu convocar seus números, dirijam-se imediatamente para as suas baias. Cada um de vocês terá um oficial-guia que os escoltará até elas e os ajudará a montar em seus thunders — comunica ele com a voz empostada. — A regra é clara: serão dez voltas completas no circuito e, dos quarenta participantes, somente os dezenove primeiros a cruzar a linha de chegada irão para a próxima fase. O hooker que for ao chão durante a corrida estará automaticamente eliminado, o hooker responsável pela injúria proposital de algum thunder será eliminado e penalizado. O hooker que não for capaz de conter qualquer comportamento de *seu thunder* que possa colocar em risco a segurança dos demais thunders será desclassificado — enumera. — Peço-lhes que deem o bom exemplo para as próximas gerações, que façam uma corrida justa. Em nome da cúpula do Gênesis, quero alertá-los que estamos cientes de que, contra a nossa vontade, fatos desagradáveis vêm ocorrendo durante as competições. Tomaremos as providências necessárias para que nenhuma infração passe impune — afirma com semblante severo. — As baias correspondem à posição de cada um dos senhores na prova de classificação. Iniciemos a chamada — diz sem rodeios ao sacar uma folha de papel de dentro do bolso. — Número dois — começa e um cavaleiro com Kabut na cor bronze caminha altivamente pelo salão.

Por que ele não chamou o número um? Talvez a posição pertença a Black Demon. Então por que tenho a sensação de que algumas cabeças giraram para o cavaleiro de Kabut vermelho com os braços cruzados recostado na parede do fundo do salão?

Não tenho tempo para ficar confabulando porque meus olhos, ávidos por entender a mecânica dos bastidores do espetáculo mais grandioso desse mundo, acompanham os passos do hooker chamado, quando o oficial-guia o saúda e lhe mostra a direção a tomar. Em seguida, ambos desaparecem por outra porta.

— Número três — chama o oficial e é a vez de um hooker com um Kabut dourado com frisos pretos. Ele se exibe, fazendo um percurso maior, e sinaliza para o hooker de Kabut cinza com faixas roxas antes de ser escoltado portão afora. — Número quatro. — Quem se movimenta agora é justamente o cavaleiro que o hooker anterior havia acenado em código.

Cinco, seis, sete, oito. A chamada continua, mas o tempo parece não passar. Fecho os olhos. Preciso manter a concentração e os nervos no lugar.

— Trinta e nove — o oficial me convoca algum tempo depois. Perdida em meus pensamentos, deparo-me com o grande salão praticamente vazio. Quase todos já foram para as suas baias, mas... *Ainda sobraram dois hookers além de mim? Como pode isso se estou na penúltima posição? Que tipo de tramoia está acontecendo aqui, afinal?*

Caminho até o oficial-guia, mas não sem antes observar os dois cavaleiros que restaram. O com o Kabut coral está mais à frente e parece ansioso, jogando o peso do corpo de uma perna para a outra. O último hooker, por sua vez, de Kabut num tom de vermelho reluzente, permanece em seu mundo particular, paralisado na mesma posição como uma estátua metálica desde que a chamada se iniciara.

— Por aqui. — Aponta o oficial, e eu o sigo de perto.
Era chegada a hora!

<hr />

— Aurora de Lynian! Nem acreditei quando o senhor conseguiu classificar a Silver Moon. Não sei explicar, mas essa égua é diferente de todos os thunders, e olha que já vi muitos — confessa o oficial-guia de olhar gentil enquanto me conduz pelo estreito caminho. — Aqui está sua belezura indomável. — Ele destranca a penúltima baia de forma cautelosa e volta rapidinho, amedrontado por ficar perto de Silver.

Não o recrimino. Nefret havia comentado sobre o quão deslumbrante ela estava, mas não conseguiu me preparar para isso. Preciso tomar fôlego ao abrir o portão e dar de cara com Silver no Zavoj prateado bufando e esfregando os cascos imensos no chão. Perco a voz e a reação diante de algo tão deslumbrante, tão... *perfeito*. Uma *pintura divina*, uma deusa em seu traje de gala, altiva, observando os súditos de cima porque com as proteções da mesma cor colocadas na fronte e flancos, minha thunder parece muito mais alta e mais forte do que já é, a personificação do etéreo com o diabolicamente assustador. A crina alva escorrendo como uma cascata de neve sobre a cintilante pintura prateada que lhe cobre o corpo destaca ainda mais seus olhos vermelhos como o fogo a crepitar em brasas infernais.

— Ôôô! — digo num engasgo, no tom mais masculinizado que consigo. Por sorte, Nefret não tem o timbre de voz muito grave. — Deixe-nos a sós por um minuto.

— Mas...

— Um minuto — reitero.

O homem se afasta, eu entro na baia e bato o portão atrás de mim.

— Oi, menina. — Levanto a parte frontal do elmo e a abraço, meu

Kabut e seu Zavoj atrapalhando nosso contato direto. Ela relincha. — Eu sei. Também estou nervosa. Mas você vai conseguir, precisa conseguir.

Faço-a olhar para mim, olhos vermelhos dentro de olhos vermelhos, e aceno com força. Sem pestanejar, ela obedece ao comando, dobra as patas dianteiras e, mesmo em condições desfavoráveis, consigo dar impulso e montar.

— Não vou colocá-la em perigo, ok? Prefiro morrer a fazer isso — afirmo. — Nós vamos correr por fora, longe da confusão. Nossa meta é chegar entre os dezenove primeiros colocados. Não deve ser difícil. Você é muito rápida.

Silver solta um barulhinho e remexe as orelhas. Sorrio. *Ela está de acordo!*

— Senhor, preciso ajudá-lo a montar. — O portão da baia se abre atrás de mim. — Sinto muito, mas não temos tempo. Sua thunder é brava e... — Abaixo a parte frontal do elmo num rompante. — Pelas barbas dos sobreviventes! Como conseguiu montar sozinho? — indaga espantado ao me ver sobre uma Silver tranquila e confiante.

Mas recua sem resposta, desaparecendo do nosso campo de visão quando um som vibrante inunda o lugar. Um discreto mal-estar cresce em meu estômago. A maldita baia é um bloco maciço de metal e veda tudo, deixando-me às cegas. Gostaria de saber o que acontece do outro lado, me familiarizar com o circuito que terei que enfrentar antes de ser arremessada nele.

O megafone ganha vida. Uma voz empostada dá as boas-vindas, solicita silêncio à multidão. Ela avisa que as baias serão abertas e pede aos hookers e seus thunders que se posicionem para a volta de apresentação. O som estridente de inúmeras cornetas ecoa no lugar. O portão se abre automaticamente e...

Um terremoto atinge meu queixo!

O mundo estremece em meio a uma trovoada de berros nervosos, relinchos enfurecidos e cascos estridentes. O vento uiva altíssimo e entra por minhas narinas, mas, em vez de me impulsionar, ele derruba meu raciocínio e reflexos. A multidão ganha vida, como se milhares de gigantes resolvessem gritar ao mesmo tempo. E, assombrada com o tsunâmi de ruídos e sensações, Silver não se mexe.

Nem eu.

Permanecemos em choque, paralisadas como estátuas; tímpanos e olhos nocauteados pelo assombro que nos rodeia. Minha égua emite um ruído incompreensível, mas não sai do lugar. Permaneço imóvel, embasbacada com a grandiosidade do universo que me cerca. A arena é colossal, muito maior que a da prova de classificação, o suprassumo da beleza e da opulência, com pilastras, camarotes e arquibancadas esculpidos num mármore alvíssimo. Frisos dourados serpenteiam tudo. Branco e dourado: as cores do Gênesis.

Fico para trás, entorpecida, uma espectadora a assistir a um espetáculo de longe. Fascinada, vejo os hookers, poderosos em seus trajes de guerreiros sobre seus corcéis, acenando e sendo ovacionados pela multidão. Seus magníficos thunders usam Zavojs de cores idênticas aos Kabuts dos seus cavaleiros, cada um mais impressionante do que o outro, cada um mais reluzente do que o outro. Eles se afastam de onde estou, exibindo-se para o público, bufando e trotando com exuberância logo atrás de um veículo curioso – uma pequenina e requintada Sterwingen dourada.

É lindíssimo de ser ver!

— Número trinta e nove, emparelhe! — Tenho a vaga sensação de que me chamam de um lugar longínquo. — Número trinta e nove!

— Pelo amor da sagrada égua! Está passando mal novamente, senhor? Precisa sair daí antes que fechem a baia! — Um alerta também distante. *Do meu oficial-guia?*

— Número trinta e nove, segundo aviso. — A voz no megafone começa a fazer algum sentido. Um murmurinho generalizado pinica minha pele. — Contagem regressiva para o fechamento da baia de número trinta e nove em três, doi...

Silver relincha ao escutar o barulho das engrenagens, dá um salto repentino e sai correndo pela pista de terra batida. No instante seguinte, a baia se fecha como uma guilhotina atrás de nós.

— O quê...?!?

Acordo do meu estado de torpor da pior forma possível: no tranco! Seguro-me de qualquer maneira, escorregando de um lado para o outro, enquanto vejo minha thunder partir em direção aos demais cavalos que, mesmo em sua marcha cadenciada, já percorreram mais da metade da volta de apresentação.

— Número trinta e nove, emparelhe com os demais thunders imediatamente!

O murmurinho se transforma em risadas cada vez mais altas. Levanto a cabeça e tomo conhecimento do que está acontecendo: as pessoas gargalham e apontam para mim. Virei alvo de escárnio, o palhaço do espetáculo.

Puxo as rédeas.

— Silver, espera — digo com força e finalmente me aprumo na sela.

— Trinta segundos! — troveja a voz no megafone.

Maldição! Pela regra do torneio, um thunder seria instantaneamente eliminado se não estivesse na linha de partida até o final da contagem regressiva. Vinte e cinco.

— Vamos, menina!

Corro o mais veloz que consigo pelo gigantesco circuito oval, a cabeça baixa, concentrada em respirar, lutando para não me render sem ao menos ter entrado no campo de batalha, fazendo de tudo para ter controle dos movimentos com o maldito Kabut a me tolher por todos os lados. Conto as inspirações e expirações, meu mantra no desespero. Vinte segundos.

A Sterwingen-guia muda sua trajetória, vai para uma área fora da linha amarela demarcada. Vejo os thunders diminuírem o ritmo e, em sua cadência muito bem coordenada, assumirem suas posições atrás da comprida fita brilhante presa a mastros de cada lado da pista. Dez segundos. *Droga. Droga. Droga!*

Estou perto agora. Posso sentir. Há estática no ar, o silêncio tão atordoante quanto um acorde altíssimo. Cinco. Quatro. Quase lá. Três. Dois e...

Meu corpo dá um tranco para a frente quando Silver afunda os cascos na terra, empina e relincha alto ao alcançar a linha de largada no último segundo. A única fêmea bramindo sua força – e presença – entre os machos de Unyan. O público aplaude.

Conseguimos!

Vibro intimamente, o coração dando pinotes incessantes no peito. Ainda que às avessas, uma largada triunfante. Então, a surpresa: o cavaleiro de vermelho do outro lado da pista gira o rosto para mim e faz um movimento de aprovação com a cabeça.

Quem talvez soubesse que Nefret era o hooker de Silver Moon e ficaria feliz com a sua presença na corrida?

Um sorriso involuntário me escapa.

O cavaleiro vermelho só podia ser Samir!

Capítulo 28

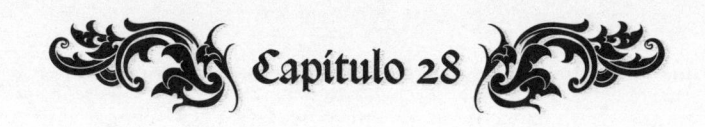

— Hookers de Unyan, honrem sua linhagem. Lutem, mas que seja com integridade — diz com entusiasmo exagerado o mestre de cerimônias num palco montado dentro do maior camarote da arena, uma tenda de veludo vermelho adornada com franjas douradas que reluzem aos olhos.

Ao seu lado, sentados empertigados uns ao lado dos outros em cadeiras douradas com espaldar altíssimo, há um grupo de senhores trajados de preto e com cartolas pontudas: os juízes. Bem próximo, em uma região também privilegiada, estão os camarotes destinados à elite aristocrática, os que lucram com o Twin Slam. Na imensa arquibancada fica a massa de Unyan, colonos que habitam as vinte colônias e que pagam o pouco que têm para assistir ao maior espetáculo deste mundo decadente. O público é totalitariamente masculino, óbvio.

— Que vença o melhor!

— Hookers e thunders, preparar em... — comanda outra voz que surge no megafone.

Hipnotizada, encaro o número trinta e nove bordado em negro na fita dourada desaparecer do meu campo de visão à medida que ela começa a subir, acionada por mecanismos de manivela de cada lado da pista. As pessoas aplaudem com efusão, como se esse mero objeto simbolizasse algo celestial a nos dar não apenas permissão para passar, mas uma bênção dos deuses.

Assim que a fita finaliza seu trajeto, parando muito acima das nossas cabeças, cavalos e cavaleiros congelam em expectativa. O silêncio paira no ar: pesado, amedrontador, excitante.

— Três. Dois. Um!

BOOM!!!

A corneta explode em meus tímpanos. É tudo rápido demais, mas, graças aos céus, minha thunder responde ao meu comando e larga bem. Os animais mantêm uma corrida equilibrada, cabeça a cabeça na reta inicial. Ao término da primeira volta, porém, as diferenças começam a surgir.

Silver cavalga com velocidade, mas longe do seu melhor. Ela está inquieta e, mesmo com o coração pulsando dentro da boca, sou capaz de sentir sua aflição em minha própria pele. Talvez seja a proximidade com os outros animais ou o Zavoj e proteções envolvendo seu corpo, aprisionando suas patas, impedindo-a de voar.

A voz dentro de mim, entretanto, afirma ser por outro motivo...

— Isso, menina! — tento animá-la, mas a corrida por fora nos obriga a um trajeto maior e nos faz perder as posições que conseguimos na largada. — Mais rápido! — comando com força ao cruzarmos a segunda volta e constatar que a quantidade de animais à nossa frente é bem maior, talvez o dobro, do que deveria ser. *Maldição!*

Inclino o corpo de maneira aerodinâmica e assumo as rédeas da situação. Silver sente a mudança no meu comportamento e aumenta o ritmo. Vamos fechando o percurso, entrando na chamada "área de risco". Não temos opção. É isso ou nada. Essa colocação não nos serve. Em pouco tempo, minha thunder vai avançando pela pista e deixando vários adversários para trás: uma, duas, cinco posições.

Entramos na quarta volta e então... um ruído pavoroso!

Há uma confusão entre os thunders do primeiro pelotão. Estremeço ao escutar um berro de dor excruciante. Um hooker com Kabut azul-turquesa é arremessado longe, caindo estatelado na pista. Vários animais, entre eles o vermelho e o verde com listras douradas, conseguem se desviar do corpo retorcido, mas um thunder não muda sua rota e acerta o crânio do cavaleiro em cheio. Minha visão escurece por um instante e experimento uma sensação horrível, cáustica, ao ver o elmo deformado.

Foi de propósito?!? E se ele fosse... Mãe Sagrada! E se fosse Andriel?

Mas o pior ainda estava por vir. Perco o ar ao compreender a resposta da multidão enlouquecida. *Eles não sentem pena!* Ao contrário, vibram efusivamente com a primeira baixa da corrida.

— Número nove eliminado! — anuncia o megafone enquanto faço força para me manter focada diante da sinistra certeza: aquele hooker estava morto.

A claridade na arena diminui abruptamente. Nuvens escuras surgem no céu. Estou me recuperando, as mãos trêmulas e o corpo enrijecido quando ouço outros animais relinchando e o megafone berrando de novo em meus ouvidos:

— Número vinte e cinco eliminado! Número trinta e um eliminado!

Por sobre o ombro, vejo o hooker de Kabut coral com listras cinza se espremer por dentro e jogar seu animal sobre o thunder azul-marinho, que está logo atrás de nós.

— Mais rápido! — comando, mas Silver responde de maneira estranha, como se quisesse lançar um coice em meio à corrida. — Ôôô, garota! O que foi...?

Então escuto o vibrar da multidão, novos sons metálicos e outro berro de dor. Em meio aos galopes furiosos, giro a cabeça para trás e perco o fôlego com a velocidade absurda de tudo ali, vida e morte sem distinção, separadas pelo nada. Finalmente vejo os velozes *bersands*, os famosos soldados montados do Gênesis que recolhem os thunders que ficaram sem seus hookers na pista. Há pedaços de metais azul-marinho e outras cores espalhados por toda parte, mas, pelo visto, os *berdoks* são ainda mais rápidos que seus colegas de profissão. Porque não encontro os corpos dos hookers abatidos. Rastros de sangue são a única prova de que existiram, mas terão o mesmo fim. Em breve serão apagados pelo peso das patas e pelo vento sepultador.

— Número vinte e sete eliminado!

Eu sabia que seria uma corrida difícil, que teria que lutar, mas não imaginava que seria essa carnificina, *que seria assim...* Vou controlando a taquicardia feroz no meu peito e a estranha cavalgada de Silver. Minha égua sente o perigo à espreita, capta a decepção em meu espírito. Dentro da atmosfera inóspita, uma sombra cresce e então... um solavanco violento me atinge pelas costas. *Um soco?* Consigo me segurar, mas trinco os dentes ao compreender que o *Ohhh!* da multidão é de decepção.

Eles queriam que eu tivesse caído!

Relâmpagos metralham o ar. Silver mexe a cabeça sem parar, nervosa. Em outra ocasião, eu afirmaria ser por causa da eminência de trovões, do pavor que ela tem deles, mas meu instinto apita alto, alertando-me para algo bem pior. A muralha de Kabuts e as caudas dos cavalos à minha frente parecem intransponíveis. Tento encontrar uma brecha, mas toda vez que forço passagem, algum thunder se aproxima perigosamente e minha égua relincha em advertência, furiosa, instável. Recuo quando suas reclamações ficam cada vez mais altas e decididas. Sei que Silver me ama, mas sua natureza é selvagem. A sensação de aprisionamento atiça seus nervos ultrassensíveis e pode fazê-la surtar, como aconteceu no Twin Slam do ano anterior, o primeiro em que ela participou e foi desclassificada ao perder a batalha para os próprios nervos.

— Entrando na quinta volta! Os líderes se afastam do segundo pelotão. Poison mantém a liderança da prova, seguido de perto por Fire, Iron e Nigthmare, que disputam cabeça a cabeça a segunda colocação, mas Brave e Shark vêm logo atrás! — Para minha surpresa, o locutor não berra números, mas revela os nomes dos animais.

"Os líderes se afastam do segundo pelotão."

A frase reverbera em minha mente no exato instante em que escuto outro alerta de Silver. O thunder coral ia atacar novamente e, na cola dele, mais animais se aproximavam. *Estávamos ficando para trás!* Para piorar a situação, à nossa frente havia hookers digladiando entre si e thunders num emaranhado terrível.

Sem pensar duas vezes, mudo a rota e avanço por fora. Minha égua acelera, satisfeita em se ver livre da montoeira de Zavojs a cercando por todos os lados, e sua cavalgada fica fluida e veloz. Borrões de thunders e hookers ficam para trás. Silver faz o inimaginável. É um relâmpago prateado na pista. Sinto suas passadas ribombando em minha alma, nossa conexão mais forte do que tudo. Experimento na pele a vibração da torcida, acho que berram o nome dela. Pouco importa. Haverei de me manter alheia a esse bando de sádicos. Quero apenas chegar entre os dezenove primeiros colocados.

— Quinze posições em apenas três voltas! Isso é impressionante! — anuncia o locutor e a plateia vai à loucura. — Poison permanece na dianteira, mas Silver Moon, em sétimo lugar, avança por fora, em uma prova de recuperação nunca vista! Entramos na penúltima volta e, a continuar nesse ritmo, tudo pode acontecer!

A multidão fica enlouquecida e agora é certo: o nome de Silver ecoa na imensa arena. Elevo a cabeça e, ainda sem acreditar, vejo que, mesmo fazendo um percurso maior, minha thunder mostrou sua superioridade. Os relâmpagos desapareceram e até a ventania diminuiu. Meu espírito exulta de felicidade.

Sétimo lugar! Agora era só administrar as voltas restantes!

Mas o carma da minha vida – o inesperado – me arranca o chão como sempre.

Nightmare, o thunder cinza com listras roxas, muda sua trajetória, expandindo-a, e vem em nossa direção. Silver reclama ao perceber a suspeita aproximação, mas é tarde demais. O hooker adversário se coloca propositalmente à nossa frente. Ele joga Nightmare de um lado para o outro, fecha nosso campo de visão e, quando acelero para ultrapassá-lo, Brave surge em nosso caminho, trombando em Silver Moon, em uma tentativa escancarada de nos empurrar para fora da área delimitadora e nos desclassificar. Minha égua é mais forte, pouco se desequilibra, mas arremessa a cabeça para trás com o olhar feroz, pretende revidar. *Não. Não. Não!*

O público vai ao delírio.

Não posso permitir que Silver surte, não agora. Antes que ela ataque Nightmare ou Brave e jogue tudo pelos ares, puxo as rédeas e, num movimento rápido e preciso, eu contorno os dois animais por dentro, cavalgando ainda mais veloz do que antes.

Mas o que parece ser a minha saída se transforma num pesadelo!

Assim que assumimos a posição interna, Silver emite um som estrangulado. Perdendo a guerra para os nervos e tropeçando nas próprias patas, ela acaba se chocando em Fire e seu cavaleiro de Kabut bronze berra alto em resposta, nervosíssimo. A ventania retorna com força total e cria uma ópera atordoante. Em meio à confusão instalada, o hooker verde e dourado que monta Iron habilmente fecha nossa passagem. No instante seguinte, a sombra vermelha de Shark cresce sobre nós também. Silver bufa e bufa. *Preciso recuar, ficar longe dessa loucura o mais rápido possível!*

Acelero ao máximo e me afasto de Shark, Fire, Iron e Brave, mas Nightmare não fica para trás. Ao contrário, ele mantém o ritmo muito forte, emparelhado à minha direita, correndo para valer, como se estivesse aguardando para mostrar sua força somente se necessário. Seu hooker maldito faz uma manobra arriscada e joga o animal sobre o meu, imprensando-nos contra Poison, o thunder com Zavoj dourado com frisos negros. Assim que trombo nele, escuto o ganido de Silver.

Instigado pelo seu cavaleiro, Poison havia atacado minha égua, lançando os dentes em sua crina volumosa. Uma intricada rede de relâmpagos cobre tudo de repente, clareando com terror a arena de combate, alertando para o que se aproximava a passos largos: uma tempestade. Como uma suicida, ergo-me sobre os estribos e desato a socar a proteção que cobre o focinho do thunder demoníaco. Poison interrompe seu ataque, mas Silver joga a cabeça de um lado para o outro num cacoete irrefreável. Eu me lanço para a frente e, em uma tentativa desesperada, tento acalmá-la. Em vão. A fúria escarlate de Shark cresce pela nossa esquerda. Uma pancada brusca me atinge pela direita. Ela é violenta e, ainda assim, infinitamente menor do que o golpe que receberia em seguida.

— Geme mesmo, Wark! Igual a vadia da sua irmã. — A voz do hooker de Poison sai abafada pelo elmo, mas as palavras chegam claríssimas.

E cruéis.

Uma dor insuportável, lancinante, atravessa meus pulmões, perfurando-os, rasgando-os, desintegrando-os em milhares de pedaços de sentimentos pungentes e desencontrados.

Minha respiração evapora. Meu coração paralisa. Minha visão enegrece. Os céus desabam num temporal violento!

Há comoção generalizada do lado de fora; mas dentro de mim, nada. Estou petrificada diante da voz que reconheço e da verdade aniquiladora: *ele era um deles!*

Silver sente minha dor, o assombro que me toma, e, relinchando com estrondo colossal afunda abruptamente as patas na terra e empina. O mundo escorrega e sai do eixo, a pista roda e roda, inalcançável, mas, em meio ao tornado de tormentos, algo dentro de mim acorda e borbulha, células febris se multiplicando em uma cascata violenta, uma explosão de sangue selvagem. Estou fervendo por inteira, queimando no óleo ardente da ira, mais viva do que nunca quando meu corpo é lançado no ar.

Em minha queda, berros e trovões apunhalam meus tímpanos. Um borrão de imagens me envolve, uma delas se destaca em meio à saraivada de relâmpagos, reluzente e poderosa, fazendo-me estremecer de emoção ao vê-la novamente: a figura sem rosto dos meus sonhos dando o comando da minha mãe.

Lute!

Deparo-me com a cena inacreditável: estou pendurada de cabeça para baixo, mas por obra de algum milagre meu Kabut se manteve atrelado à sela.

E eu não caí.

Silver arrasta os cascos no chão, relincha com estrondo. Perdemos muitas posições, mas isso pouca importância tem agora. Porque sei em meu cerne que ela não apenas compreende a minha dor como me faz um convite.

Minha thunder também quer a vingança!

Ela sente o que se passa na minha alma. Sabe que ter acesso à identidade do covarde por detrás do elmo dourado me concederia alguma paz em meus instantes finais, principalmente se eu conseguisse que o maldito pagasse pelo que me fez...

Sim, esse seria o grande prêmio, afinal!

Pisco forte, convicta de que meus olhos são pura hemorragia, que expelem o escarlate da fúria, a mesma que entra em ebulição em meu espírito ao escutar as gargalhadas da plateia.

Bando de vampiros! É exatamente isso o que vocês terão: sangue!
— Última volta! — a voz do locutor ribombeia no megafone.
Respiro fundo e, com forte impulso, reassumo a montaria. O público vibra.
— Hora do show, Elizabeta! Vamos mostrar para esses sádicos como se faz uma corrida! — brado e, abaixando o corpo, assumo minha posição de ataque.
E faço o que meu instinto ordena: largo as rédeas!
Escuto os sons desencontrados da multidão, entre o espantado e o eufórico, quando executo a manobra arriscadíssima e, sem perder tempo, arranco as luvas do Kabut e envolvo seu pescoço. *Agora sim! Finalmente estávamos conectadas!*
Sinto uma energia cintilante exalar dos nossos corpos unidos. A chuva torrencial e a ventania implacável param repentinamente. O mundo à nossa volta trinca e abre passagem para a bola de fogo que nos transformamos. Somos mais que uma estrela cadente na pista, somos ódio e poder mesclados de uma forma mágica. Avançamos numa velocidade impressionante e desta vez nem preciso guiá-la para a área de risco. Silver corre como um raio fulminante, um thunder alado, ultrapassando com fúria titânica qualquer um que ouse entrar em seu caminho. Vultos de metais ficam para trás, alcanço o primeiro pelotão, passo por Brave, Shark e, em seguida, deixo Iron comendo poeira. Agora apenas dois animais nos separam de Poison.
Nightmare e Fire modificam suas trajetórias de maneira sincronizada e fecham meu caminho. Não posso forçar além da conta, arriscar romper os limites da pista e acabar sendo desclassificada. Mudo a rota, mas para qualquer lado que tente, eles me bloqueiam. O comportamento, óbvio, é mais que suspeito, mas não há tempo para pensar em nada. Resta-me pouco mais que meia volta.
Então faço o impensável.
Forço Silver Moon por entre os dois cavalos. O ardiloso hooker de Nightmare não perde tempo e joga seu animal contra o meu, espremendo--nos contra Fire, para desestabilizar minha thunder. Em outra situação teria dado certo, mas desta vez Silver não se abala, permanece altiva e poderosa e, como uma máquina indestrutível, carrega-me consigo por entre as mu-

ralhas de músculos e Zavojs, ultrapassando-os com força e superioridade impressionantes. O hooker de Nightmare tenta me agarrar, quer me jogar no chão a qualquer custo. Em meio à corrida acelerada, tenho a sorte de acertar um golpe em cheio na área descoberta da cabeça do seu animal. Dá certo. O thunder se transforma em uma mera sombra que deixo para trás.

Avanço em minha escalada de destruição, olhos cegos para tudo com exceção do Kabut dourado com frisos negros. O hooker de Poison gira a cabeça de um lado para o outro, pressente minha aproximação. Abro um sorriso assassino.

Tarde demais, covarde. Vou para o inferno, mas não irei sozinha!

Não perco tempo e, com o coração a esmurrar o peito, avanço com velocidade desmedida, um calor febril percorrendo cada milímetro da minha pele e as toneladas de ira que se tornaram meu esqueleto, a adrenalina pulsando como um indomável rio de fel jorrando em antecipação ao que estou prestes a fazer: desvendar a identidade do monstro que havia transformado minha vida em destroços. E, se existisse alguma justiça no mundo, eu haveria de matá-lo.

Assim como ele havia feito comigo.

Escuto os berros alucinados da multidão. Checo a distância que nos separa da linha de chegada. É curta, muito curta para o que tenho em mente. *Ainda assim...*

— É *ele*, Elizabeta — comando com os dentes cerrados.

Minha égua entende o que está nas entrelinhas do pedido desesperado e, como mágica, sua cavalgada fica ainda mais veloz. Apenas guio sua aceleração impressionante. Silver voa na pista e elimina a distância que nos separa de Poison.

A multidão delira. Não há uma pessoa sequer sentada na arena. O cavalo adversário é musculoso, mas, além de mais alta, a potência da minha égua é superior e consigo ultrapassá-lo sem dificuldade. Fico propositalmente à sua frente, fechando seu campo de visão e o obrigando a reduzir a velocidade.

— Quinhentos metros para a linha de chegada! — A notificação do locutor nada mais é do que um bradar de euforia extrema.

O hooker maldito percebe o perigo iminente, que vai perder, e, como eu havia imaginado, parte para o confronto físico.

Ótimo! Vou esmagá-lo em seu próprio jogo!

— Você vai pagar caro, Wark! — esbraveja ele como um bicho possuído, e seu punho fechado vem em minha direção.

Sou rápida e, mesmo em meio à corrida desvairada, jogo o corpo para o lado. Ele xinga alto ao errar. A torcida grita em resposta.

— Quatrocentos metros!

Ele torna a atacar e novamente me desvio. *O idiota vai cair na minha cilada! Vou ganhá-lo onde sou superior: no cérebro e nos reflexos.*

Seguro-me no pescoço de Silver, permito que ele me acerte. A pancada no Kabut é forte, mas não o suficiente para me derrubar. Suporto-a bem, mas deixo meu corpo tombar para o lado oposto, fingindo estar em péssimas condições, escorregando.

Mas não o deixo nos ultrapassar.

— Colono repugnante! Sai! — vocifera ele, nervosíssimo, remexendo a cabeça mais do que o normal, o elmo deslocado a atrapalhar seu ataque.

— Trezentos metros! — O zum-zum-zum generalizado explode.

Há um terremoto nos envolvendo. Tudo trepida alucinadamente: pista, coração, certezas. Meus nervos dão o alarme: a rápida aproximação da linha de chegada levaria tudo a perder. *Ah, não! Preciso de mais tempo!* O maldito berra como um louco. Os animais avançam embolados pela pista e deixam um rastro de fogo para trás.

— Duzentos metros!

A plateia vai à loucura. *Rápido, idiota!*

Finjo estar tombada, mas não dou passagem. Desesperado em se livrar de mim, o covarde morde a isca: ele abre mão do quesito fundamental – seu equilíbrio – e parte para o tudo ou nada, levantando-se nos estribos para o ataque decisivo. Quer me jogar definitivamente para fora da corrida. *Ótimo!*

— Porra! — O hooker maldito esbraveja e, para minha surpresa e atordoamento, arranca a proteção facial para enxergar melhor. — Morra, Wark!

Vejo então, assombrada – mas não tão surpresa assim –, o rosto de um dos monstros que me violentaram.

É Taylor, um dos nobres que havia espancado Nefret!

A arena está em um cataclismo, seu chão e meu mundo chacoalhando em meio à sangrenta batalha em seus instantes finais, ao confronto decisivo e à vibração da multidão ensandecida. Os cavalos se chocam com estrondo. O corpo largo de Taylor cresce como uma sombra monstruosa, o rosto repugnante destilando veneno e crueldade, o punho fechado vindo de encontro ao meu crânio. Prendo a respiração, mantenho o foco e consigo me desviar.

Mas o crápula havia caído na minha armadilha!

Ato contínuo, contra-ataco, acertando-lhe um soco violento nas partes íntimas, bem no meio de suas pernas. Taylor urra altíssimo, um uivo de dor, e, sem equilíbrio, tomba para a frente.

E o inesperado acontece. De novo!

Em seu desespero para não cair, ele cava o ar de maneira atabalhoada, tenta se agarrar a qualquer coisa pelo caminho, acertando meu elmo com violência no processo, lançando-o longe e expondo meu rosto e cabelos, ainda que presos em um coque baixo.

Dane-se! Não há tempo a perder. É a minha única chance, tudo o que me restou.

— Covarde! — vocifero ao sentir a força febril e vingativa se apoderar dos meus punhos e do meu espírito e, empertigando-me na sela, o golpeio na têmpora. Algo dentro de mim se regozija de satisfação ao vê-lo, debilmente, tentar se defender e não conseguir. — Caia, desgraçado!

Em meio à corrida insana, ao alvoroço enlouquecedor da torcida, puxo-o pelos cabelos, quero que olhe para mim. Preciso que ele veja, ainda que por um mísero instante, quem o está destruindo. Taylor arregala os olhos, atordoado, como se diante de uma assombração. Abro um sorriso mortal e dou o golpe de misericórdia, acertando-lhe o queixo com toda a força que busco das minhas entranhas. *As mesmas que ele havia deixado em pedaços naquela taberna...*

Uma trovoada ensurdecedora, a mais assustadora de todas, explode sobre Unyan, mas Silver mal se abala desta vez. Taylor perde a consciência e seu corpo frouxo escorrega pelo próprio animal. *Mas não é o suficiente. Não acabou ainda, maldito!* Puxo as rédeas de maneira brusca e, em meio à confusão entre nossos thunders, deixo Poison assumir a dianteira. Num momento inesquecível, presencio o corpo do meu algoz ir ao chão e, no instante seguinte... *Ohhh!*

O bramir altíssimo da plateia não consegue sobrepujar as batidas frenéticas do meu coração quando as pesadas patas de Silver afundam no Kabut das suas costas, a satisfação inexprimível de ouvir – e sentir – o crepitar dos seus ossos em minha própria pele e ver seu corpo ficar para trás, retorcido na pista.

E então...

Uma claridade ofuscante me atinge em cheio! Meus olhos se contraem em resposta à repentina explosão de luz. Atônita, elevo a cabeça, forço a visão e presencio o indescritível, o milagre de todas as formas.

O sol!

Um feixe de raios dourados, como uma chuva mágica, atravessa o paredão de nuvens pesadas e incide diretamente sobre mim e Silver. A bola de luz e calor nos guia e envolve, aquece meu sangue e faz nossos trajes cintilarem como prata incandescente, como uma estrela deslizando pela pista...

E, novamente, o extraordinário acontece.

Oh!

Capítulo 29

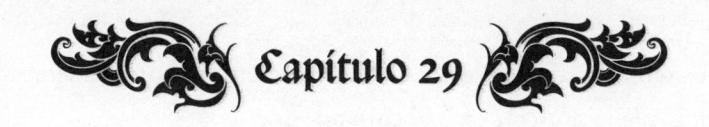

Abaixo o rosto e me deparo com o objeto, dourado e reluzente, grudado ao meu Kabut.

A fita de chegada!

Mantenho a cabeça baixa, ainda desorientada, tentando decifrar seu significado. A compreensão do óbvio me escapando e... me assombrando.

Eu havia chegado em primeiro lugar!

Os sons se vão. O silêncio é uma pancada brusca, onipresente. Sou capaz de ouvir minha respiração descompassada ecoar pela imensidão da arena. Se fechasse os olhos agora, eu podia jurar que o lugar está deserto. A mortalha da quietude lança seus braços esmagadores. Curvo-me sob seu peso, mas a voz dentro de mim, pulsante e decidida, afirma que não é ela que me mantém assim. Arranco a proteção da cabeça de Silver e a beijo enquanto a abraço apaixonadamente. Ela joga o pescoço para trás e emite os barulhinhos típicos de quando está satisfeita e tranquila.

— Conseguimos, Beta — murmuro aliviada, realizadíssima por saber que, em meio aos destinos trágicos das mulheres da minha família, ao menos eu havia mantido minha promessa e garantido um bom futuro para ela.

Silver Moon! Silver Moon! Silver Moon!

O nome da minha thunder surge baixo e cadenciado de algum lugar distante. Deixo meu espírito se aconchegar no bem-vindo e repentino calor, fecho os olhos e, emocionada, escuto a voz etérea na minha mente – loucura ou Lynian, tanto faz – parabenizando-me.

Silver Moon! Silver Moon! Silver Moon!

Os sons ficam cada vez mais claros, reverberando no ar que me envolve e ardendo na minha alma. O sol acompanha nossos passos como uma sombra divina. A realidade me atinge como um sopro gelado ao escutar os cascos dos demais animais vibrando no chão ao nosso lado.

A corrida tinha terminado, minha vida havia acabado, mas...

Eu havia lutado, como prometera a minha mãe.

E tinha vencido!

Sem conseguir compreender o que se passa dentro de mim, sinto-me mais viva e mais feliz do que nunca, do que qualquer mulher se atreveria a ser. Sorrio intimamente quando uma certeza estremece no meu peito.

Febril. Irrevogável. Confrontadora.

Não sou covarde! Jamais morrerei como tal!

Então faço o que tenho que fazer. Trago uma golfada de oxigênio, empino o corpo na sela e, sem pensar duas vezes, desfaço o coque e libero a vasta cabeleira ruiva. Faço questão de esticar o pescoço e deixar meu rosto à mostra. Quero que vejam.

Que me vejam.

Se a dúvida trouxe o branco pálido do silêncio nos braços, a certeza pincelava a atmosfera com a púrpura escarlate da surpresa.

Expressões catatônicas.

É tudo que encontro, no júri e em absolutamente todos da plateia; sejam eles aristocratas ou colonos, adultos ou crianças. Mas então, como se saídos de um transe, eles desatam a correr para onde estou e uma confusão de cabeças se amontoam umas sobre as outras à minha frente, querem ter certeza de que seus olhos não estão lhe pregando peças, precisam ver o vencedor de perto. Estufo o peito.

A vencedora!

O sorriso vitorioso que rasga meu rosto é meu, apenas meu. Encaro o júri com vontade, desafiadoramente. Meu plano secreto – *aquele que guar-*

dei a sete chaves – havia dado certo, afinal: eles nunca me levariam para o lugar amaldiçoado. Eu havia desrespeitado uma das regras fundamentais de Unyan e teria de ser enforcada.

Eu os havia vencido duplamente!
O inferno se foi. O medo se foi.
E o pouco que restava do meu futuro também.

Mas não me arrependo. Jamais me arrependerei. Sou a personificação do orgulho, um arco-íris ou uma tela em branco, tanto faz. Sou a cor que eu definir e não a que essa sociedade me rotular, uma pessoa completa ainda que sem partes da minha própria carne. Deixei de ser o nada para me transformar nessa singela fração de tempo, naquilo que sempre almejei: sou a felicidade que respira, o sonho que virou realidade, a vida em sua exuberância, uma mulher de corpo e alma, o todo.

Faço questão de balançar a cabeleira vermelha para a multidão aturdida e, sarcasticamente, saúdo-os com uma mesura exagerada, curvando-me para todos os rostos hipócritas enquanto acaricio a crina prateada do meu único e verdadeiro amor.

— Pela aurora de Lynian! — O locutor outrora pomposo e cheio de frases impactantes agora tropeça nas palavras. A plateia encontra-se tão boquiaberta quanto ele. Meu sorriso se expande ainda mais e fica poderoso, imenso, maior do que toda Unyan. — O grande campeão da primeira fase do Twin Slam é... é u-uma...

Ele arranha a garganta mais uma vez, atônito, e então libera a bomba que trincaria não apenas a minha existência, mas o mundo deles para sempre:

— O campeão é uma mulher!

A INSTANTES DO FIM

— Silêncio para o veredito! — A voz do Patremeister, a maior de todas as autoridades de Unyan, faz os pelos da minha nuca eriçarem. Procuro por oxigênio, uma mínima brisa de vento, mas não há janelas aqui, somente o ar quente das respirações às minhas costas, da seleta plateia masculina que me observa atentamente. Sentado na cadeira em destaque do Sancta Mater Auditorium, ele se dirige a mim com autoridade: — De pé, Nailah Wark.

É agora.

Pegando fogo e suando frio ao mesmo tempo, encaro de queixo erguido a junta de senhores de cenhos franzidos, empertigados atrás do pomposo palanque esculpido em ouro e carvalho, a cúpula do Gênesis. Sou a ré numa assembleia histórica, a primeira vez que uma mulher é trazida a esse claustrofóbico lugar para julgamento.

Apenas homens passam por isso.

Mulheres desaparecem. Mulheres são enviadas para...

Estremeço.

Então por que me trouxeram para cá se a pena para minha infração era clara e cristalina? Que tipo de castigo planejavam para mim, afinal?

— O Gênesis, após minuciosa e imparcial análise, chegou à conclusão de que o sol ter ressurgido depois de séculos de uma maneira tão... *inusitada* — frisa o Patremeister, um homem grisalho de olhos muito vivos e casaca dourada, — não passou de uma mera alteração climática, assim como tantas outras que vêm assolando Unyan ultimamente, que isso fique bem claro. Entretanto, não somos indiferentes ao momento delicado que o nosso mundo vivencia — afirma em tom cauteloso ao olhar de relance para a plateia. Nada se mexe. Nada respira. Meu sangue congela nas veias.

— Sendo assim, à luz do que foi exposto, o Gênesis avaliou a complexa questão sob todos os ângulos e benevolentemente poupará a ré de qualquer punição sob uma – *e somente uma* – condição imprescindível e irrevogável.

Cambaleio. Perco o ar de vez. Engasgo.

Mas, tão rápida quanto surgiu, a fagulha de esperança se transforma em pó, desintegrando-se em meio a um furacão de tormentas ainda piores. O todo-poderoso me encara com a expressão neutra, mas seus olhos o traem e reluzem o brilho do triunfo ao determinar a plenos pulmões:

— Nailah Wark terá de se subordinar a um homem o mais rápido possível! — Sua voz sai inflexível em meio ao exalar de alívio e satisfação da plateia masculina. — A ré deverá receber um lance de um pretendente balizado e se casar num prazo máximo de setenta e duas horas, data em que completará dezoito anos. Tempo suficiente para que passe pela vistoria médica e confirme se de fato é uma Amarela e manteve sua honra como mulher. Caso contrário será imediatamente encaminhada para Lacrima Lunii.

A pancada é tão brusca quanto inesperada.

Meus joelhos se dobram para a frente, como se fossem atingidos por um chute violento por trás. Curvo-me sobre meu próprio abdome, afundando o rosto nas mãos da derrota. Eu estava preparada para a forca, mas não para *lá*... o maior de todos os meus medos, a pior de todas as punições: *Lacrima Lunii!*

"Honra"? "Amarela"?

A vistoria médica confirmaria que não sou mais nada disso!

Pior. Que sou estéril!

— Contudo — o Patremeister acrescenta com a voz uma nota mais alta, se prepotente ou emocionada não consigo definir dentro de um mundo que gira com velocidade apavorante, o coração, um badalo cruel a martelar furiosamente meus tímpanos —, para que a sociedade seja testemunha da imparcialidade do nosso sistema, o Gênesis, pela primeira vez em sua história, magnanimamente concederá à ré o direito de escolha caso haja mais de um pretendente.

Fogo. Chamas. Sou lambida por um milhão de labaredas.

Eu tinha escutado direito?

Contraio os olhos com força, lutando para trazer minha lucidez de volta, mas é a imagem da estátua da guerreira Lynian que surge dentro da minha mente, reluzindo em todo seu esplendor, incendiando-me por inteira. O calor que me toma não é do milagre que acontece do lado de fora, em Unyan. O sol que arde está dentro de mim. A escuridão não me levou, afinal. Ainda há luz. E, por mais louco que possa parecer, eu a sinto – ínfima, porém febril e cintilante – em meu próprio espírito. E ela brada alto que, custe o que custasse, eu tinha que sobreviver. Ao menos, por enquanto.

Três dias. Duas opções.

Casamento ou... o horror de que sempre fugi.

Meu pulso dispara, irrefreável, diante da possibilidade absurda – e nada honrosa – que incendeia a lógica e o que restou dessa vida tão amaldiçoada quanto surpreendente. Sim, havia uma saída – ainda que provisória – para o martírio em que eu fora arremessada. Bastaria continuar a fazer aquilo que já era parte de mim: lutar!

E, se era preciso um marido para ir adiante nessa guerra, então...

Giro a cabeça e, antes que os soldados do Gênesis me impeçam, encaro as imponentes tribunas de carvalho e bronze – a boquiaberta plateia masculina e aristocrática – num duelo que dispensa palavras, um caminho sem volta, confrontando – e avaliando – o terreno e o adversário. Por uma fração de segundo, eles se despem de suas máscaras e seus olhares cravam nos meus, como lanças afiadíssimas, ao erupcionar uma gama de emoções...

Curiosidade. Assombro. Fúria.

Mas, entre a nuvem de sangue, dúvidas e destroços, deparo-me com o intangível – o inimaginável –, as armas que não apenas me protegeriam, mas também seriam a rota de fuga do inferno para onde eles mesmos pretendiam me arremessar: *olhos maravilhados, apaixonados.*

Tique-taque... Tique-taque... Tique...

O cronômetro finalmente para.

É a vez de o meu coração bater violentamente – mais vivo do que nunca – ao compreender o que me aguardava ao virar a próxima página da minha existência...

Escancaro o mais guerreiro de todos os meus sorrisos.
Não era o "FIM", afinal...

Ah, sim. A batalha estava apenas começando!

ERA UMA VEZ UMA
GUERREIRA MENINA,

COM OS OLHOS FLAMEJANTES
COMO O SOL

OS CABELOS VERMELHOS
COMO O FOGO

A PELE COBERTA POR
CONSTELAÇÕES DE ESTRELAS

E O SANGUE DOS
CONDENADOS CORRENDO
NAS VEIAS...

ERA UMA VEZ UMA
GUERREIRA MENINA,

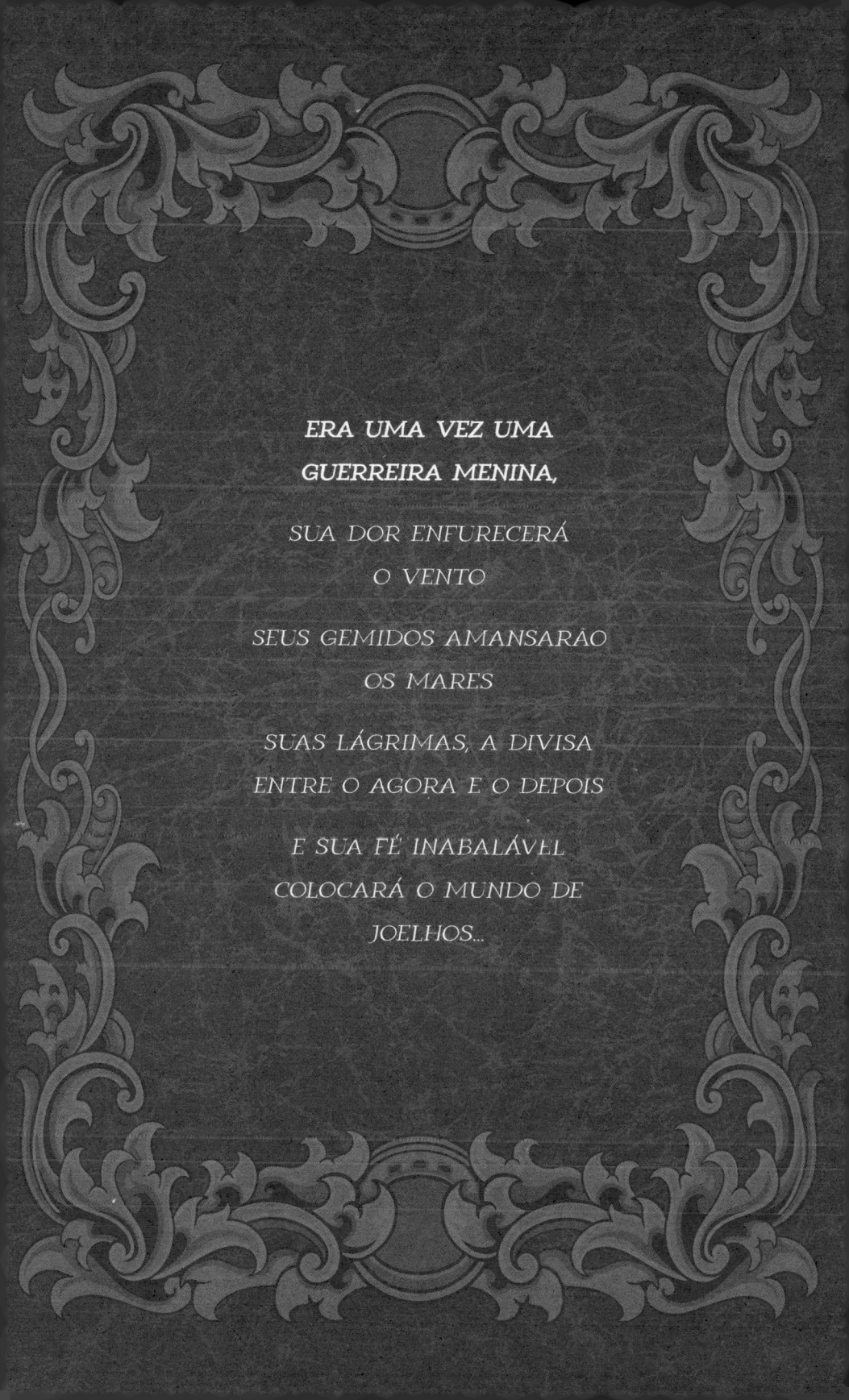

SUA DOR ENFURECERÁ
O VENTO

SEUS GEMIDOS AMANSARÃO
OS MARES

SUAS LÁGRIMAS, A DIVISA
ENTRE O AGORA E O DEPOIS

E SUA FÉ INABALÁVEL
COLOCARÁ O MUNDO DE
JOELHOS...

ERA UMA VEZ UMA
GUERREIRA MENINA,

DA SUA FORÇA, O ELO COM
A ENERGIA PRATEADA

DA SUA CORAGEM,
A CONEXÃO COM O
EXTRAORDINÁRIO

AQUELA QUE SILENCIARÁ
OS TROVÕES, MAS DARÁ
VOZ AOS MUDOS

QUE DOMARÁ O SOL,
MAS PERMANECERÁ
ACORRENTADA ÀS SOMBRAS
DO PASSADO...

ERA UMA VEZ UMA
GUERREIRA MENINA,

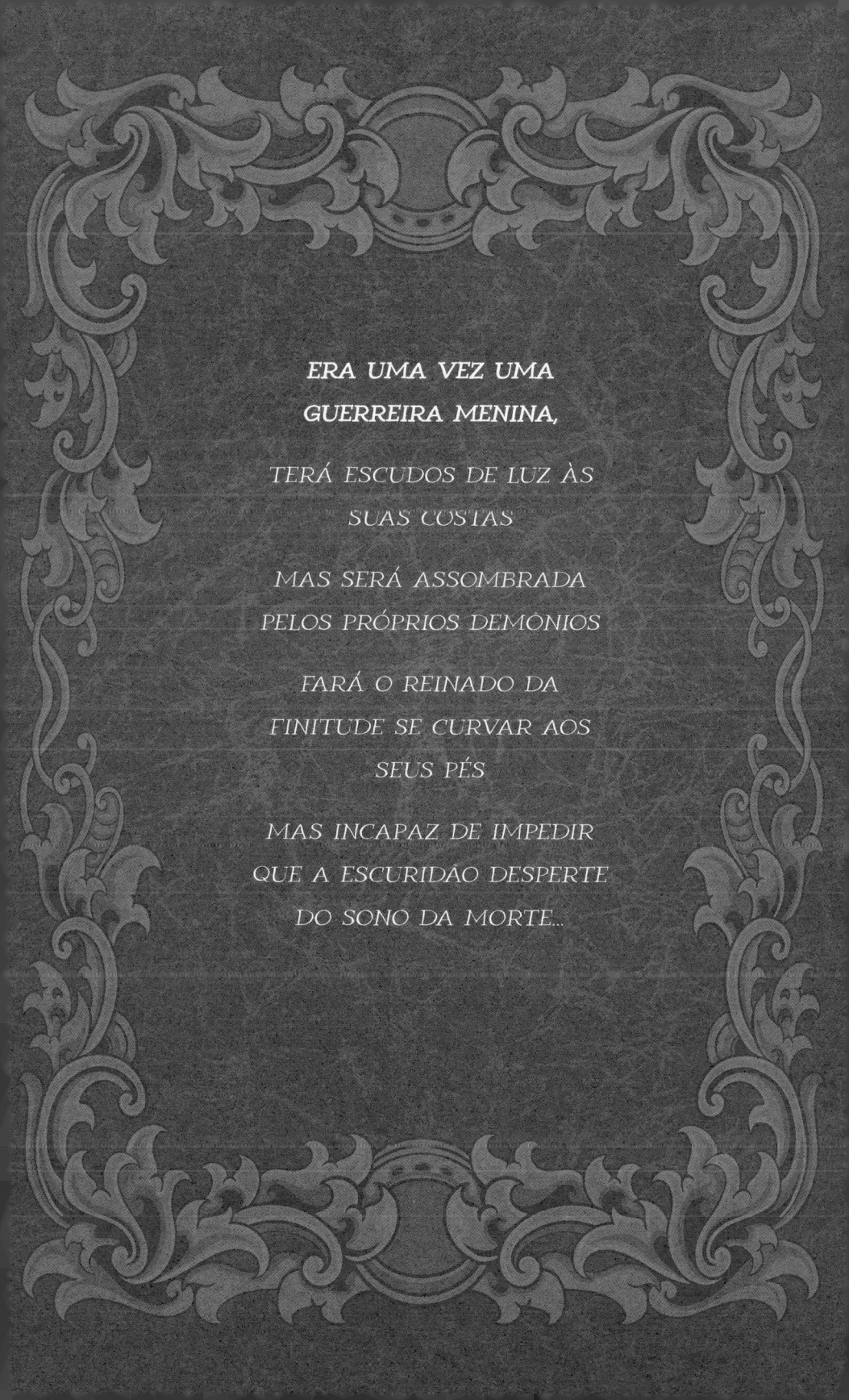

TERÁ ESCUDOS DE LUZ ÀS
SUAS COSTAS

MAS SERÁ ASSOMBRADA
PELOS PRÓPRIOS DEMÔNIOS

FARÁ O REINADO DA
FINITUDE SE CURVAR AOS
SEUS PÉS

MAS INCAPAZ DE IMPEDIR
QUE A ESCURIDÃO DESPERTE
DO SONO DA MORTE...

ERA UMA VEZ UMA GUERREIRA MENINA,

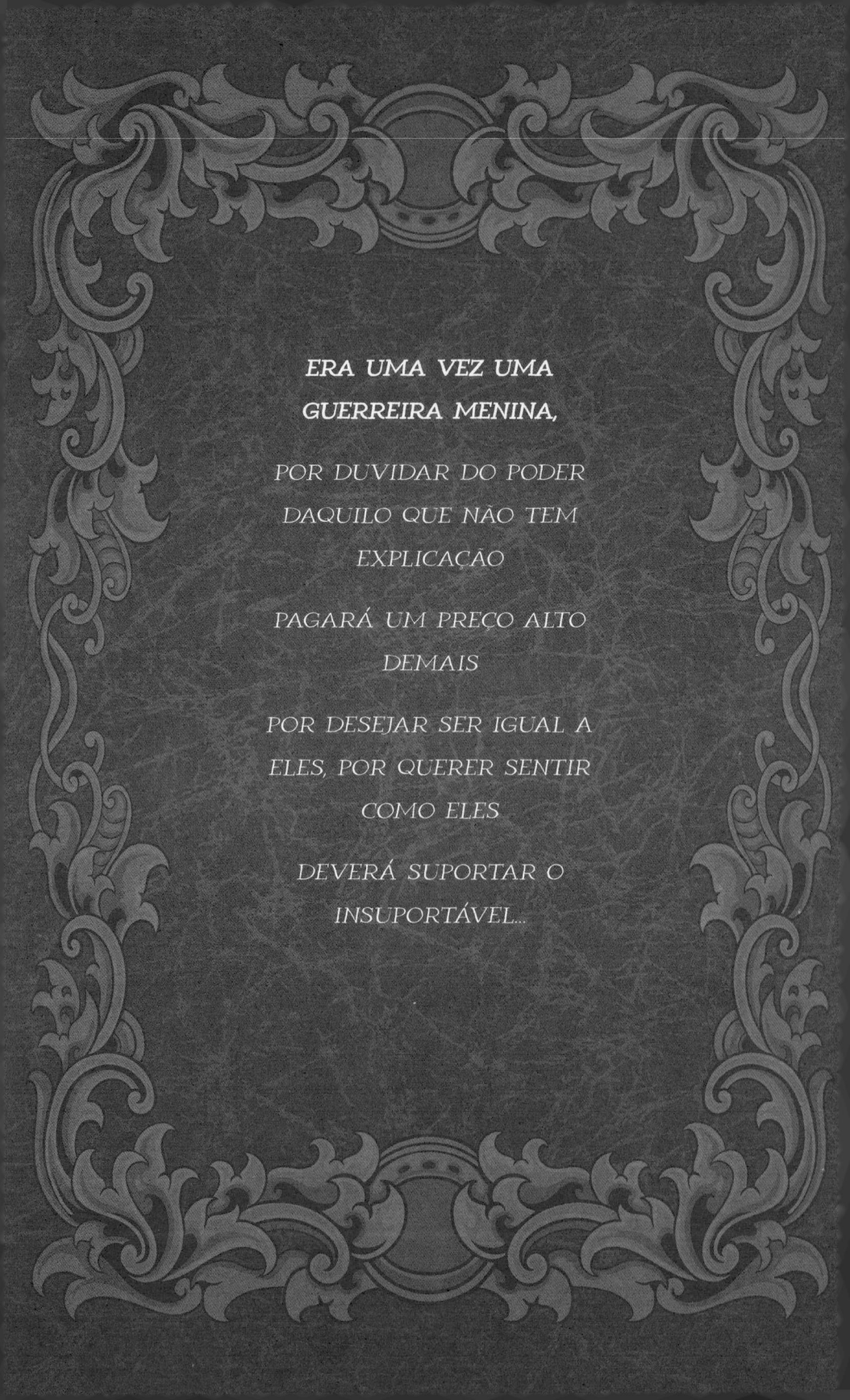

POR DUVIDAR DO PODER DAQUILO QUE NÃO TEM EXPLICAÇÃO

PAGARÁ UM PREÇO ALTO DEMAIS

POR DESEJAR SER IGUAL A ELES, POR QUERER SENTIR COMO ELES

DEVERÁ SUPORTAR O INSUPORTÁVEL...

ERA UMA VEZ UMA GUERREIRA MENINA,

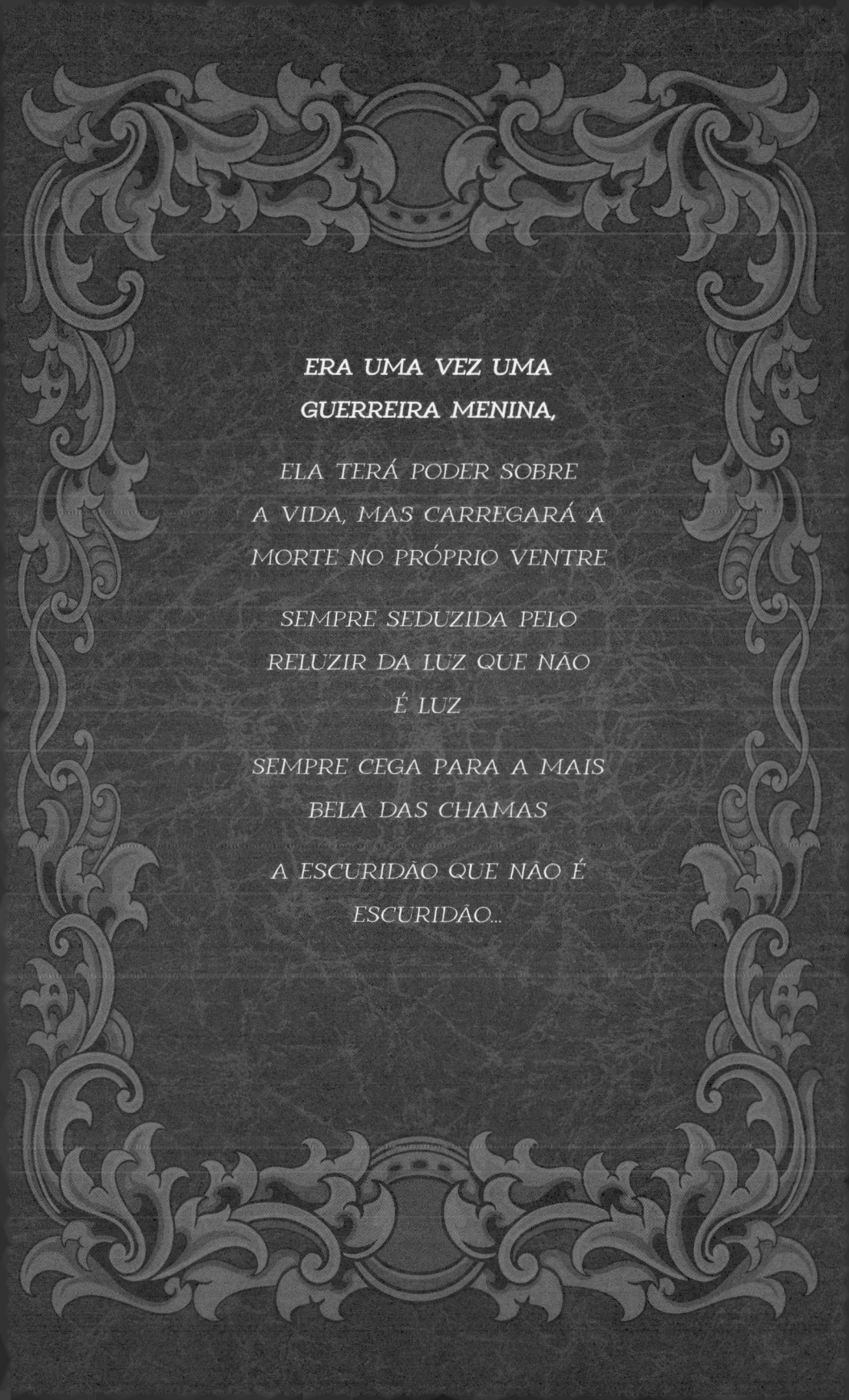

ELA TERÁ PODER SOBRE A VIDA, MAS CARREGARÁ A MORTE NO PRÓPRIO VENTRE

SEMPRE SEDUZIDA PELO RELUZIR DA LUZ QUE NÃO É LUZ

SEMPRE CEGA PARA A MAIS BELA DAS CHAMAS

A ESCURIDÃO QUE NÃO É ESCURIDÃO...

ERA UMA VEZ UMA GUERREIRA
DE TREVAS E LUZ

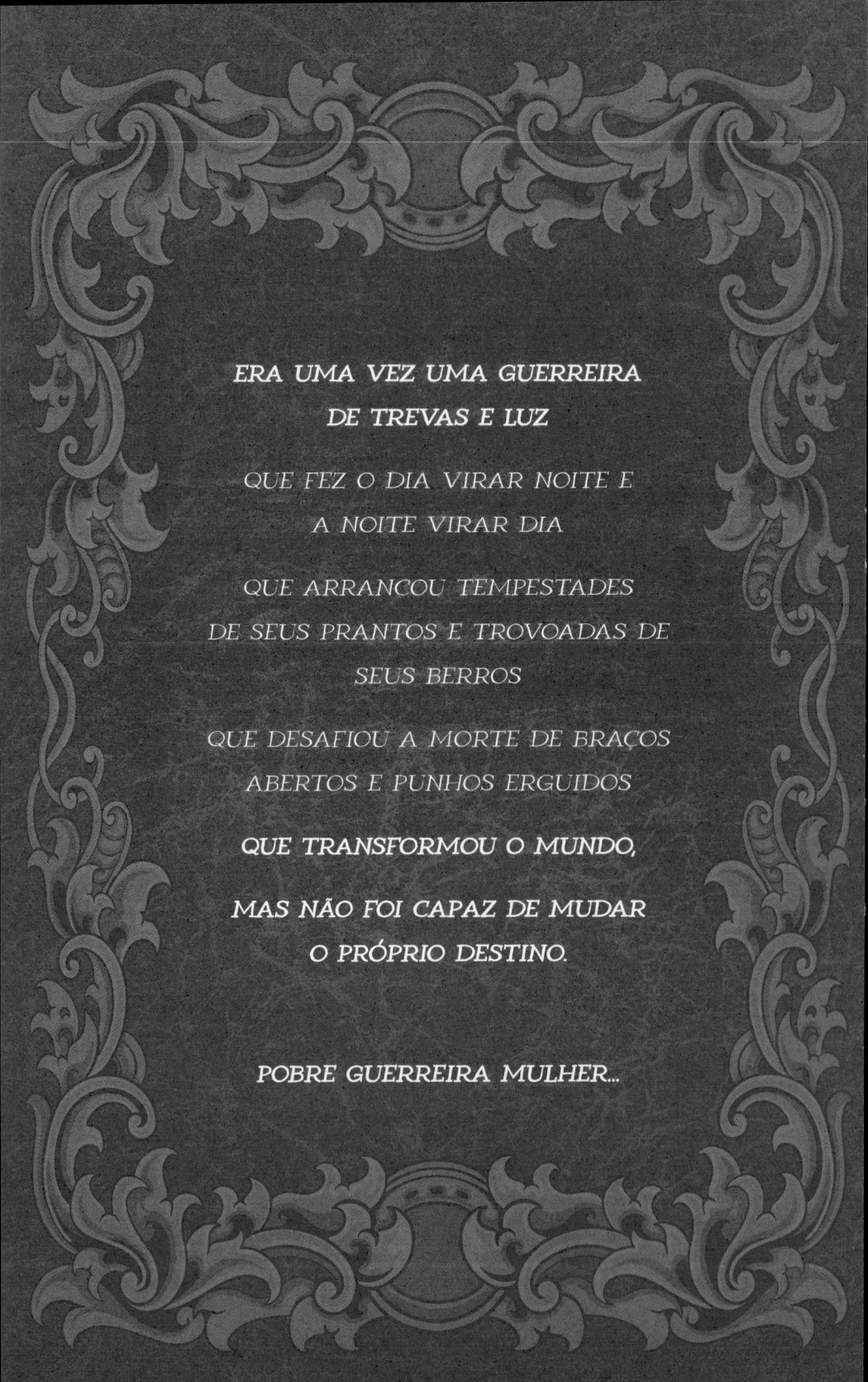

QUE FEZ O DIA VIRAR NOITE E
A NOITE VIRAR DIA

QUE ARRANCOU TEMPESTADES
DE SEUS PRANTOS E TROVOADAS DE
SEUS BERROS

QUE DESAFIOU A MORTE DE BRAÇOS
ABERTOS E PUNHOS ERGUIDOS

QUE TRANSFORMOU O MUNDO,

MAS NÃO FOI CAPAZ DE MUDAR
O PRÓPRIO DESTINO.

POBRE GUERREIRA MULHER...

GLOSSÁRIO

Parte 1
MULHERES DE UNYAN

Branca – cor usada pela menina criança, mulher que ainda não teve o sangramento. É considerada pura para a sociedade de Unyan.

Amarela – cor usada pela mulher que sangrou nos últimos três anos e que, por estar no seu período mais fértil, é disputada pelos aristocratas de Unyan (ou seus Prímeros, conforme as normas estabelecidas pelo Gênesis). Essa cor confere à mulher o status de adulta.

Coral – cor usada pela mulher que sangrou, mas não recebeu lance de nenhum aristocrata nos três anos após seu sangramento, ficando apta pelos três anos seguintes a receber lance apenas do segundo escalão masculino, ou seja, dos colonos.

Vermelha – cor usada pela mulher nos três anos após seu casamento, enquanto tenta engravidar.

Verde – cor usada pela mulher casada que está grávida.

Azul – cor usada pela mulher casada que conseguiu gerar um(a) filho(a).

Roxo – cor usada pela mulher que não conseguiu gerar filho após o casamento.

Marrom – cor usada pela mulher que sangrou, mas nunca recebeu lance.

Preto – cor usada pela mulher viúva.

Cinza – mulher considerada estéril por chegar aos dezoito anos sem sangrar. Nunca vista oficialmente e pertencente ao imaginário das pessoas, seria a cor que as mulheres usariam durante os temidos "desaparecimentos", ao serem levadas pelos oficiais do Gênesis para o lugar amaldiçoado.

Parte 2
DIVINDADES DE UNYAN

Topak – deus do dia.

Kapak – deusa da noite.

Zurian – deus da morte.

Lynian – deusa da vida e maior divindade de Unyan, também conhecida como a Mãe dos Sobreviventes.

Tanys – deus da paz.

Mersys – deus da guerra.

Parte 3
GERAL

Berdok – soldado montado do Gênesis, responsável por recolher os hookers abatidos durante uma prova do Twin Slam.

Bersand – soldado montado do Gênesis, responsável por recolher os thunders abatidos durante uma prova do Twin Slam.

Burchen – reclusão obrigatória apenas para o sexo feminino durante eventos importantes.

Checagem – procedimento feito por um curadok do Gênesis para monitorar as condições do aparelho reprodutor feminino e saber se a Branca está próxima do sangramento e/ou averiguar se já sangrou para que ela participe no próximo Shivir.

Consorte – homem responsável por guiar o animal sagrado e seu hooker durante as festivas paradas públicas.

Curadok – funcionário do Gênesis que se ocupa da saúde humana, diagnosticando, tratando e curando as doenças que podem gerar risco à vida e, em especial, ao processo de reprodução humana.

Gênesis – governo central feito exclusivamente por homens, detentor da ordem e das modernidades, cujas normas todos devem obedecer, sejam aristocratas ou colonos; criado após a noite do grande milagre de Lynian para conter atos que possam conduzir à extinção da espécie humana, assim como cuidar e dar melhores condições de vida às linhagens detentoras dos "bons genes".

Hooker – prestigiado cavaleiro que monta um thunder.

Intermediador – estudioso das leis, responsável por cuidar dos legítimos interesses das pessoas perante o Gênesis.

Khannan – colônia número 20 de Unyan, situada na área mais baixa e quase ao nível das ondas violentas e, portanto, considerada a mais desprestigiada e perigosa das vinte colônias existentes.

Kabut – requintado traje de montaria utilizado pelos hookers.

Landmeister – líder local, maior autoridade de cada colônia.

Lua de Kapak – lua cheia capaz de ser vista mesmo entre as nuvens eternas que cobrem o céu de toda a Unyan.

Patremeister – grande líder, maior de todas as autoridades de Unyan.

Sangramento – primeira menstruação e momento de passagem de uma garota do status de Branca para Amarela, tornando-a adulta para a sociedade de Unyan e apta a participar do Shivir.

Servo(a) da Mãe Sagrada – referência atribuída à pessoa que pratica o bem em devoção a Lynian; pessoa de fé.

Shivir (ou Cerimônia de Apreciação das Amarelas) – anual, sempre às vésperas do Twin Slam, trata-se de uma cerimônia festiva que ocorre em cada uma das vinte colônias assim como nas fazendas aristocráticas, onde os nobres aptos para o casamento avaliam as Amarelas para que possam dar seu lance na que lhe interessar.

Sterwingen – categoria acima das wingens, para uso de poucos ocupantes, trata-se de requintado veículo motorizado utilizado pelo Gênesis e grandes aristocratas.

Thunder – criatura sagrada para o povo de Unyan por ter surgido miraculosamente após séculos de extinção, justamente na noite do grande milagre de Lynian; animal conhecido pelos ancestrais como cavalo.

Twin Slam – torneio anual composto de três provas cuja vitória significa não apenas dinheiro, terras, poder e status, mas também dá ao proprietário do thunder vitorioso a possibilidade de escolher primeiro sua candidata entre as Amarelas de toda Unyan.

Unyan – única faixa de terra ainda não inundada pelas chuvas ininterruptas e oceanos turbulentos.

Zavoj – pintura divina usadas nos thunders durante as provas do Twin Slam.

Wingen – veículo de carga do Gênesis responsável por distribuir os produtos das colônias e fazendas aristocráticas por toda Unyan.

AGRADECIMENTOS

Não existem palavras suficientes para agradecer às beta-readers mais apaixonadas e apaixonantes de todas as galáxias: Juliana Queiroz, Laura Leite, Luana Muzy e Nádya Macário. Só Deus sabe o quanto vibro de felicidade ao ouvir os gritinhos empolgados (e com o sotaque delicioso) de Juliana, o quanto fico embasbacada com a leitura voraz e precisa (a mil quilômetros por hora, no mínimo) de Nádya, o quanto sonho acordada, com um sorriso bobo no rosto, por causa das considerações da romântica Laurinha, ou o quanto me contorço de rir com as broncas na madrugada e teorias mirabolantes de Luana. Isso sem contar nos incomparáveis memes (especialmente os de gatinho) que vocês me mandam e que definem as cenas com mais precisão do que um milhão de palavras! Hahahaha. Obrigada, lindas! Sou uma pessoa de sorte por ter vocês na minha vida!

Meu agradecimento especial a você, meu querido editor Mateus Erthal, não apenas pelo entusiasmo e carinho com que me recepcionou, mas por receber *Deusa de Sangue* de braços abertos, como um pai a acolher um filho desejado. Obrigada. De coração.

Todo meu afeto à incansável equipe da VB&M e à Luciana Villas-Boas, muito mais do que ser minha agente literária, você é inspiração, uma mestra, uma amiga e, como sempre digo, minha feiticeira de mão cheia que agita sua varinha e faz a mágica acontecer.

E, principalmente, quero agradecer a razão de tudo: você, querido(a) leitor(a)! Você é o oxigênio para os meus pulmões, a força para eu continuar a escrever e a acreditar que é possível, sim, alçar voo e dar asas a todos os mocinhos, vilões e mundos fantásticos que existem dentro de cada um de nós. O sonho só é possível porque você faz parte dele!

Com carinho imenso,

Editora Planeta Brasil | 20 ANOS

Acreditamos nos livros

Este livro foi composto em Adobe Garamond Pro e impresso pela Santa Marta para a Editora Planeta do Brasil em julho de 2023.